荒潮

陳楸帆

Chen Qiufan

Waste Tide

「由我進入淒苦之城，由我進入永世之痛，由我進入迷失之人」

本文所涉及地名、人名及事件純屬虛構，如有雷同，實屬巧合。

目錄

楔子

東南方有雲，狀如脫韁奔馬。

這是颱風「蘇拉」由三百公里外海面掠近港島的徵兆，路線輕靈飄忽，正如其名。

何趙淑怡眼前閃過那匹優雅的草食動物，如今它只存在於圖像資料裡和標本架上。

「蘇拉（Saola）」來自越南語，學名為「中南大羚」。從發現頭骨到農民報告看見活物，科學家們花了十八年的時間，然後再等上五年讓牠徹底滅絕。蘇拉臉頰帶有白色條紋，因長直的後旋犄角而被稱為「亞洲獨角獸」，生有現存哺乳動物中最大的香腺，這也是牠成為瀕危物種的重要原因。在越南及老撾傳說中，牠代表吉祥、快樂和長壽，如今聽來像個笑話。

真他媽冷。

何趙淑怡抓牢衝鋒艇船舷，一手緊了緊身上的機能防護夾克。

天文臺懸掛八號風球持續生效，這意味著海面風力時速達六十三至一百一十七公里，陣風甚至超過一百八十公里。

真是挑了個好日子。

「款冬花」號衝鋒艇躍動著，破開海面層層疊疊的白頭浪，向不遠處的八千TEU

（註1）級「長富」號貨輪貼近。後者來自美國紐澤西港，橫跨太平洋到葵湧碼頭卸貨，再轉運往中國內地各級港口。

舵手打了個手勢，被海風吹得臉色煞白的何趙淑怡點點頭，護目鏡上資料顯示，目標速度減為十節，這是回應了海管局的綠旗制度，一來減少進港排放汙染，二來降低湧浪對小型船隻的影響。

正是行動的好時機。她揮了揮手，讓所有人打起精神。

「款冬花」從「長富」航道外側突然加速切入，後以相同速度貼著貨輪同向行進。這艘羽量級的衝鋒艇在全長三三四・八公尺、寬四五・八公尺的三星重工造大型貨櫃貨輪跟前，就好比一條吸附在姥鯊腹部的鮣魚，對比懸殊。

「快！」何趙淑怡聽見自己的嗓音在轟鳴的馬達聲中顯得無比虛弱。

吸附型繩梯如蛛網般射出，牢牢黏在右舷邊緣下方約兩公尺處，另一端與衝鋒艇相連，以保持梯體穩定不懸墜。一名全副裝備的衝鋒隊員，背向海面，身手矯健地攀爬起來。之所以選擇倒爬式，一是配合鞋底特製的掛鉤，二是避免因看到海面起伏而產生眩暈，易於穩定身體。

儘管訓練有素，可在強風和湧浪的夾擊下，衝鋒隊員宛如困在細細蛛絲上的受傷昆蟲，令人膽顫心驚地飄搖著，看似短短的二十五公尺距離，竟變得如此艱難。

註1　TEU（Twenty-foot Equi valent Unit），是集裝箱運量統計單位，一個TEU為長二十英尺的標準集裝箱。

快點，再快點。何趙淑怡心裡暗自焦急，由於突然變換航線加上艇身小巧，「長富」號的船員們可能尚未及時做出反應，但時間確實所剩無幾，一旦進入港口淺水區域，湧浪幅度增大，形勢將更為被動。

「都拍下來了嗎？」她問另一名隊員，小女孩緊張地點點頭，耳側的微型攝影機抖了抖，這是她第一次隨隊行動。何趙淑怡做了個手勢讓她穩定住鏡頭。

The show must go on. **演出必須繼續**。

她笑了笑，曾幾何時自己由厭惡變為這種理念的踐行者。就像履行「非暴力直接行動」宗旨的典範綠色和平，臥軌擋車、攀登地標、衝擊捕鯨船、強卸核廢料……一次又一次的激進演出，不斷挑戰政府和大企業的容忍底線，聲名狼藉的同時卻也引起了大眾對環保問題的關注，甚至還推動了各種環保法令法規的頒布健全。

那就足夠了，不是嗎？

她又回憶起導師，也就是「款冬組織」發起人郭啟德博士在入會歡迎儀式上的講話。燈光暗下，大螢幕上出現一幅油畫，驚濤駭浪中，一艘三桅杆帆船行將傾覆，驚惶失措的人們坐上救生艇逃亡，留下船上絕望掙扎的生靈，黑色大海與白色巨浪形成強烈反差，帶來極大的視覺衝擊。

「這是法國畫家泰奧多爾·居丹一八二七年創作的油畫《肯特海灘》。」郭博士用他極富感染力的語調宣判道，「我們生活的世界，就是那艘即將沉沒的帆船，有人已經跳上救生艇準備逃命了，有人還渾然不知一片麻木。

「款冬的角色，就是那個敲鑼打鼓、扮小丑、吞火球，千方百計吸引大家注意的人。

我們要讓人們知道，船要沉啦，而罪魁禍首們正想拍拍屁股走人，如果不把他們和我們綁在一起，最後買單的人只有我們自己。」

何趙淑怡的思緒被一陣尖叫打斷了，她抬頭一看，「長富」號船舷邊上出現了幾名船員，正試圖弄脫繩梯的磁性基座，但由於船側為照顧貨艙面積設計了較大的外延弧度，他們需要把整個身子探出半空才有可能搆到繩梯。強風之中，船員們畏首畏尾地試探了幾次，終究以失敗告終。

衝鋒隊員明顯加快了速度，還剩十公尺左右。

一道白色的水柱猛烈地撞向他的身體，繩梯像鞦韆般盪了起來，隊員猝不及防雙手滑脫，眼看著整個人就要從半空直接摔下海面。

何趙淑怡瞪大眼睛捂住嘴巴，負責攝影的小姑娘卻已經叫出了聲。

那人的墜落停住了，倒掛在繩梯上，懸在空中，鞋底的掛鉤最後一刻救了他。只見他一個高難度的腰腹運力，探身抓住繩梯，繼續往上爬。

「好樣的！」何趙淑怡終於忍不住喊了一聲。

船員們抱著高壓水管不停朝衝鋒隊員噴射，彷彿那是一簇熊熊燃燒的火苗，正順著繩梯往上蔓延。在這種情況下，最危險的不是水對身體的衝擊力，而是呼吸道嗆水造成短暫窒息，幸好他早有準備，一把拉下防護面罩，艱難而又毫不畏縮地向上。八公尺、七公尺……

一絲笑容出現在何趙淑怡的臉上，她彷彿看到了當年的自己，那個渾身塗滿蘇拉香料的年輕人，不顧旁人掩鼻怒視去擠公車、地鐵、客輪甚至超市，不厭其煩地告訴人們，再珍貴的香料，如果用一個物種的滅絕做為代價，它也會變成刺鼻難當的惡臭。

無數人問過她，這值得嗎？她也曾經無數次地回答，值得。就算全世界都把你當成譁眾取寵的麻煩製造者，只要自己堅信存在的意義，這就足夠了。

船員們停止了水槍攻擊，他們似乎找到了新手段。

「他們在改變航道！」舵手高喊。

何趙淑怡從護目鏡上讀出數據，「長富」號向「款冬花」號逼近同時加速到十二節，這樣既能打亂衝鋒隊伍的陣腳，又能保證不引起海管局的注意。衝鋒艇在湧浪作用下顛簸幅度明顯加大，繩梯在空中蛇狀扭動著，衝鋒隊員開始不穩定地旋轉起來。

「加速！穩住！」她發話道。

衝鋒隊員試圖繼續攀爬，他竭盡全力控制身體重心和姿勢，保持繩梯的穩定和平衡，五公尺、四公尺……像個技巧高超的瑜伽選手，在九級風中跳著繩操。

快要到了。何趙淑怡屏住呼吸，默默倒數。

接下來那位勇士所要做的，便是利用吸盤，從繩梯攀上甲板，躲過船員的圍追堵截，把自己像胡迪尼一樣鎖死在任何一個貨櫃上，最好能把款冬組織的旗幟披在醒目的位置，然後等待媒體和環保署的出面斡旋。根據金斯諾斯判例（Kingsnorth）（註2），只要款冬提出合理辯

註2　二〇〇八年九月，被指控對英格蘭肯特郡Kingsnorth電廠造成犯罪性損害的六名綠色和平環保人士被宣判無罪，這是一起意義重大的案件，氣候變遷首次被成功做為對財產造成損害的「合法理由」。類似的觀點後來被廣泛運用到環保案件中。

解，行動就不會被視為違法。一切都取決於他們的資訊來源是否準確，也就是從紐澤西遠道而來，即將轉運往矽嶼的貨櫃裡，到底是否裝著那所謂「惡魔的饋贈」，足以引發災難性生態危機的有毒垃圾。

一點也不容易，不過最困難的部分馬上就要完成了。

……兩公尺、一公尺。衝鋒隊員終於到達繩梯頂端，可他並沒有戴上吸盤手套，而是利用身體的重量左右擺動起來。

「他想幹什麼？」何趙淑怡憤怒地問。

「湯瑪斯……他很喜歡跑酷……」攝影女孩喏喏回答，沒有停止捕捉畫面。

原來他叫湯瑪斯，這些日子有太多幹勁十足又充滿才華的新鮮血液加入隊伍，以至於何趙淑怡無法像以前那樣叫出每一個人的名字。年輕是件好事情，大部分時候是。

湯瑪斯繼續以繩梯基座為支點做鐘擺運動，並躍躍欲試。他緊張計算著距離，以及角度，這需要在身體離開支點最遠端時鬆手，躍出，同時在空中轉體九十度，抓住船舷，無論對肌肉力量、柔韌性或心理素質都有超高的要求。

「湯瑪斯！停下！」何趙淑怡大喊，「別跳！」

太遲了。她看見那具勻稱而健美的肌體躍出半空，彷彿凝固在風裡，緩慢而優雅地轉了四分之一圈，雙手鐺的一聲拍在船舷上，鋼欄微微顫動，他的身體自然下垂，腰腹發力提起，眼看就要完成一套完美的體操動作。

何趙淑怡幾乎要為這場大膽的演出起立鼓掌了。

也許是風，也許是殘留的水漬，只聽見刺耳的一聲金屬摩擦，湯瑪斯雙手離開了船舷，無法挽回地向下墜落，慌亂中，他一把抓住半空中飄蕩的繩梯，但巨大的慣性帶著他整個身體撞向船身。他的防護面罩發出清脆的碎裂聲，脖子與身體折成怪異的角度，湯瑪斯鬆開手，繼續墜落，帶著那令人印象深刻的結束動作，在海面拍起一朵悄無聲息的浪花。

攝影女孩驚呆了，她耳側的鏡頭毫無遺漏地記錄下整個過程，以及隨之而來的尖叫和哭泣，這段影片將在相當長一段時間內反覆出現在各大媒體及網站上，被調侃為款冬組織的一則秋冬季招聘廣告，主打口號是「年輕不代表愚蠢」。

何趙淑怡迷惘地看著眼前這一幕，沒有下令打撈屍體，也沒有任何動作或表情。**這真的值得嗎？**她不知道是在問湯瑪斯，還是自己。

「長富」號再次加速逼近，失去了指揮的舵手沒有來得及做規避動作，「款冬花」號的側舷被擠壓著推往高處，發出沉悶的金屬變形聲，衝鋒隊員們抓住一切固定物體，避免被傾斜的船身帶入水中，冰冷的海水開始湧入船艙，捲起細碎的浪花和漩渦。

現在，船真的要沉了。

Waste Tide

荒潮

第一部

無聲漩渦

一九八九年，聯合國環境規劃署在瑞士巴塞爾召集一百零五個國家和歐盟共同簽署了《巴塞爾公約》，制定出有害廢棄物（或其他廢棄物）越境轉移和處置等相關規定。一九九二年五月該條約正式生效，成為一部環境保護方面的重要國際法，目前約有一百七十個締約方。

做為第一大電子垃圾生產國的美國至今未加入公約。

——維基百科「巴塞爾公約」詞條

1

那是一艘手工精細的木質帆船模型，規矩地擺放在玻璃展櫃內，故意做舊的紅褐漆色泛著亮光。周圍並沒有常見的全息場景，取而代之的是一張手繪的矽嶼及周邊海域地圖，可以看出，繪圖者竭力展現當地美好風光，濃墨重彩得不甚自然。

「……這是矽嶼的吉祥標誌，象徵著豐收、富庶及和諧……」

斯科特·布蘭道出神地盯著船身，並沒有留意解說員說些什麼，那顏色與質地，尤其是張揚的風帆讓他回想起昨晚宴席上的清蒸龍蝦。他並非素食主義者或是WWF（註3）的狂熱粉絲，只是盤中憑空多出的第三隻螯足及經過巧妙修飾的背甲讓他心生疑慮。每當想到這背上增生節肢的「野生龍蝦」很可能出自附近海域養殖場時，他便興趣大減，只好眼睜睜看著官員們大快朵頤。

「斯科特先生，明天您想瞭解些什麼？」林逸裕主任帶著酒勁兒用方言問他。

助理陳開宗並沒有糾正稱謂上的錯誤，徑直翻譯過去。

「我想瞭解矽嶼。」斯科特被灌了些白酒，但還清醒，他略去了「真實的」這個限定

註3 WWF（World Wide Fund For Nature），世界自然基金會，成立於一九六一年。

語。

「好！好！」滿臉通紅的林主任轉過頭跟其他官員說了句什麼，所有人大笑起來。陳開宗並沒有立即翻譯，過了一會兒，他說：「林主任說，一定滿足你的願望。」

他們在這間冷氣強勁的矽嶼歷史博物館裡已經待了將近兩小時，而且絲毫沒有結束的意思。解說員操著口音濃重的英語，帶他們穿過明亮光潔的展示廳，經由古代詩文、政府函件、修復照片、仿製器具，用塑膠人偶裝置的生活場景和偽紀錄片，介紹矽嶼由西元九世紀至今逾千年的歷史。顯然博物館的布展水準未如理想，原本期望觀眾由魚米之鄉步入工業社會，再進入資訊時代的意圖，在斯科特看來，只不過是一間又一間沉悶乏味的遺跡陳列室，配合照本宣科的解說詞，催眠指數幾乎比得上軍營裡的教官訓話。

陳開宗倒是聽得津津有味，就好像他才是個異鄉人。斯科特注意到，自從陳開宗踏上這片土地，便一掃之前過分老成的漠然，恢復到一個二十一歲年輕人本應有的驕傲與好奇。

「……無與倫比……不可思議……」斯科特面無表情地稱讚著，像臺自動答錄機。

林主任十分受用地頻頻點頭，臉上的笑容彷彿塑膠人偶般凝固。他依舊穿著那件條紋襯衫，下襬塞進西褲裡，不像其他的官員，他的腰身尚顯苗條，少了些氣勢，卻多了幾分精幹，站在身高接近一百九十公分的斯科特身邊，活像根登山杖。但他卻能讓斯科特啞巴吃黃連，有苦說不出。

口是心非。斯科特暗忖，這才反應過來昨晚林主任話裡的含義。在來中國之前他特意讀了一本傻瓜指南，其中有一條便是「中國人嘴上說的跟心裡想的往往是兩碼事」，他在後面注上一句「美國人也一樣」。

主管領導一個都沒有出現，或許昨晚的歡迎晚宴便是本次接待訂下的工作指標，如果以乾掉的白酒數目衡量，無疑他們的表現都遠超預期。從林主任的推諉態度便可推斷出，這次惠睿公司（Wealth Recycle Co.,Ltd.）的專案調查不可能一帆風順，三大家族的關鍵人物根本不會露面，斯科特所能期待的最好結果，便是在當地政府精心整飭過的示範街區和工廠轉悠一圈，品嘗口味細膩清淡的茶點美食，抱上一堆旅遊紀念品，登上滾回舊金山的班機。

可這正是惠睿公司派出斯科特·布蘭道的原因，不是嗎？他稜角陡峭的臉上泛起笑意。從迦納到菲律賓，除去阿默達巴德的意外，他從沒有失手過。矽嶼也不會例外。

「告訴他，下午我們去下隴村。你跟他談。」他俯身迅速交代陳開宗，接著雙唇緊閉，掛上一副不置可否的微笑，望向四周。陳開宗見狀，知道老闆動了真格，忙跟林主任交涉開來。

這座博物館太明亮太乾淨了，如同它所記載的那些被粉飾和刪改的歷史，如同當地人想向外人展示的矽嶼另一面，帶著一種虛假而膚淺的技術樂觀主義。在這房間裡，不存在《巴塞爾公約》，沒有二噁英和呋喃，沒有酸霧，沒有鉛含量超標兩千四百倍的水源，也沒有鉻含量是EPA（註4）臨界值一千三百三十八倍的土壤，更沒有在這方水土上艱難生活的人們。

一切歷史都是當代史。他還記得面試時陳開宗說過的這句話。

註4　EPA（U.S. Environmental Protection Agency），美國環境保護署。

斯科特搖了搖頭，那努力保持友善卻相持不下的聲音大了起來。如果對方使用的是標準普通話，或許他還可以藉助翻譯元件進行直接對話，可那是一種帶有八個聲調及複雜變音規則的古老方言，他只有藉助凱撒陳，也就是陳開宗的特殊技能。這也是他們聘用這個波士頓大學歷史系畢業生的最主要原因。

「告訴他，如果有意見，」斯科特的視線落在一張合影上，他努力辨識著之前在資料上出現過的人物，在低速區沒有外接資料來源，那些黃色面孔看起來完全沒有分別，「我們會讓郭廳長直接跟他談。」郭啟道廳長隸屬省生態環境廳，是晉升下屆國家生態環境部副部長的有力人選，這次招標的決選名單多半出自他的授意。

狐假虎威。中國自助遊傻瓜指南上的另一條訣竅。

爭論停止了，林主任一副落敗的模樣，顯得更加瘦小，他揉搓著雙手，比起郭廳長的威脅，他似乎更擔心無法完成眼下的任務，卻又無計可施，只能努力擺出笑臉，憑空吼了一嗓子，然後自顧自朝出口走去。

「吃飯去。」陳開宗咧嘴微笑，露出一副典型東岸優等生的勝利表情。

希望這頓不會再出現「野生龍蝦」之類的危險食物。斯科特經過帆船模型時不禁擔心，但同時又十分高興能夠盡快離開這座充滿偽裝，同時無比陰冷的博物館，就像這艘木帆船，它與這座垃圾之島之間，也許僅僅剩下文字遊戲上的聯繫（註5）。

他戴上3M特護口罩，穿過門口冷氣凝結的白霧，進入一片潮溼耀眼的熱帶日光中。

註5　在英文中，帆船和垃圾可以用同一個詞「junk」表示。

白酒換成了啤酒，但這絲毫不能安撫斯科特的擔憂。這家餐館的衛生條件看起來甚至還不如昨晚。被命名為「青松」的包廂裡，舊式空調如蜂巢般轟鳴，但仍然清除不掉空氣中異樣的臭味。牆壁上溼了一片，像是某塊未被開發的黃色版圖，桌椅倒是很乾淨，或許是因為刻意選用了不容易顯髒的深色板材。

菜上得很快，陳開宗興奮地向斯科特介紹各道菜的名稱、原料和做法，他詫異七歲就離鄉背井的自己仍能回憶起當時的味道，似乎只需跨過一個太平洋的距離，便能穿越十幾年的時光。

斯科特毫無胃口，尤其在瞭解到鴨肝、豬肺、牛舌、鵝腸及其他動物器官的烹煮方法後。他選擇了白粥和湯，至少看上去不像是富集重金屬的品類。他遏制自己掏出即時檢驗晶片的衝動，由於通道管制條例，在這個低速區域內無法接入加密資料庫，也就無從判斷各種食物、空氣、水以及土壤的成分及危險程度，增強現實更是無用武之地。

林主任似乎看出他的疑慮，指著窗外街道上來回運水的電動三輪車，說：「這是羅家的飯店，連水都是從九公里外的黃村拉來的。」

羅氏宗族掌握了矽嶼百分之八十的高級餐飲及娛樂場所，背後的經濟支撐是當地規模最大的電子垃圾拆解工坊群落，其中之一便是下午他們所要探訪的下隴村。由於羅氏宗族的強勢地位，所有經香港葵湧碼頭轉運入境的貨櫃均由他們優先選貨，剩下的批次再由其他兩家分吃，長此以往形成馬太效應，甚至能夠影響政府的決策。三大家族實際上已成一家獨大。

斯科特思考著林主任話裡暗含的意思。吃別人的嘴軟，拿別人的手短。他對這些中國式的語言藝術開始感覺惱怒，似乎無時無刻都得進行解密運算，但金鑰卻隨著上下文語境變幻莫測。他決定保持沉默。

「來來來，喝！」這是打破餐桌尷尬的最有效方法，林主任招呼著高高舉起泛著白沫的酒杯。

酒過三巡，林主任的臉變得通紅，經過前一次的教訓，斯科特開始警惕起來，儘管中國人說「酒後吐真言」，但對於林主任來說，似乎又是另外一回事。

「斯科特先生，我斗膽說一句，請您不要見怪。」林主任拍著斯科特的肩膀，吐著酸臭的酒氣，「我林某人並不是要從中作梗，妨礙你們的調查，我有我的苦衷。只希望你聽我一句勸告，這個專案成不了，你們還是盡快離開這裡為妙。」

陳開宗翻譯完看著斯科特，他的臉上露出幾分不快。

「我完全明白，大家都是各為其主。你也聽我一句，這個專案對所有人，只有好處，沒有壞處，什麼條件都可以談。如果成了，就是東南區域的第一個示範專案，這可是國家循環經濟戰略的重要一步，少不了你的一份功勞。」

「哈。」林主任冷笑一聲，把杯中酒一飲而盡。「說起來真有意思，美國人把自己的垃圾丟到別人家門口，然後一回頭一轉身，說我來幫你們打掃衛生，說這都是為了你們好。斯科特先生，這又是什麼國家戰略？」

這句話的鋒芒讓斯科特一怔，眼前這個中年人並沒有他想像中那般官僚中庸，他斟酌著自己的回話，努力顯得誠懇。

「世道變了。循環經濟是個千億美元級別的朝陽產業，甚至掌握著全球製造業存亡的命脈。矽嶼具有先發優勢，轉型難度比起發達國家要小很多，也沒有政治和法規上的包袱，你們需要的就是技術和現代化管理，提高效能，減少汙染。現在東南亞和西非都是熱門地區，大批熱錢和公司湧入，想要分一杯羹，但我可以向你保證，無論在什麼地方，惠睿的條件都是最好的，包括對所有提供幫助的人士，我們從來不吝於回饋。」

斯科特在「回饋」二字加重了語氣，腦海掠過菲律賓官員索賄時的嘴臉。

林主任沒有想到這個美國人會如此直接，絲毫沒有他所習慣的虛與委蛇和假大空（註6）。他把杯腳在桌上頓了頓，說：「難得您這麼直爽，我也把話攤在桌面上了，這不是錢的問題，而是信任的問題，本地人連外地人都信不過，更別說美國人了。」

「美國人和美國人可以很不一樣，正如中國人和中國人，我看得出來，你跟他們不一樣。」斯科特祭出放諸四海皆準的一招。

林主任死死盯著斯科特，濁黃的眼睛中布滿血絲，似醉非醉。終了，他仍是哼了一聲，說：「你錯了，斯科特，所有中國人都是一樣的，我也不例外。」

斯科特驚訝地聽到林主任第一次直呼其名，但更讓他驚訝的是接下來的問題。

「你有孩子嗎？你的家鄉是什麼樣子的？」

在斯科特有限卻也絕不貧乏的中國社交經驗中，大部分中國人會談論國際政治及世界局勢，一部分人會聊生意，少數人會提及宗教或業餘愛好，但卻從來沒有一個人主動提起自己的家庭，更不會發問。他們就像是天生的外交家，心憂天下，情繫蒼生，卻刻意隱

註6 指假話、大話、空話。

藏自己的日常角色，父親、兒子、丈夫或者兄弟，似乎對他們而言是可以忽略不計的。

「兩個女兒，一個七歲，一個十三歲。」斯科特掏出錢包，把裡面的磨損照片給林主任看，「這照片有些年頭了，一直沒換過。我的老家在德克薩斯州的一個小鎮，有點荒，但年頭好的時候還是很漂亮的，你看過《德州電鋸殺人狂》系列嗎，有點像，但沒那麼恐怖。」說完他自己笑了，陳開宗也笑了。

林主任搖搖頭，把照片還給斯科特：「長大了一定是美人兒。我只有一個兒子，今年也是十三歲，在上初中。」

停頓。斯科特點點頭，似乎是鼓勵他繼續說下去，卻也沒有更好的接話方式。

「我們這裡的人，最大的心願就是讓子女離開家鄉，越遠越好。我們老了，挪不動窩了，但年輕人不一樣，一張白紙，怎麼畫都行。這個島沒救了，這裡的空氣、水土和人，已經跟垃圾浸得太久，有時候你都分不清，生活裡哪些是垃圾，哪些不是。我們靠垃圾養家餬口，發家致富，賺得越多，環境越糟糕，就像拽著一根套著自己脖子的麻繩，拽得越緊，越透不過氣來，但是你一鬆手，下面就是陷阱。水太深了。」

陳開宗並沒有馬上翻譯，他似乎激動起來，用方言跟林主任爭辯了幾句，林主任只是搖搖頭。

「這正是我們來這裡的原因。我的父母跟你一樣，一心讓我離開家鄉去大城市，但等到我真正踏入社會之後才明白，責任一直在那裡，在每個人肩上，你可以背過臉去假裝視而不見，你也可以直面它，改變它。一切取決於你希望自己成為什麼樣的人。」

好一套好萊塢的陳腔濫調，斯科特明白，他並不指望從林主任身上得到多大的支援，但此時此地，少一個敵人就是多一個朋友。

「太難了。」林主任依舊搖搖頭，「我仔細讀過你們所有的投標檔案和建議書，技術方面我沒有發言權，但惠睿在綠色回收行業處於領先地位，而且你們提出的環境重塑計畫確實很有吸引力。唯一的問題是，全島幾千家手工作坊將被取締，進口的原料也將統一由你們進行分類拆解加工，你知道這對他們意味著什麼。」

斯科特自然明白「他們」指的是誰。羅、林、陳三大宗族，幾乎壟斷了矽嶼全島的電子垃圾回收處理生意，每年上百萬噸的消化能力，十億級別的產值，這麼大規模的產業升級涉及的利益再分配必然是赤裸裸的，甚至是血淋淋的。

「我們將創造上萬個社會保障齊全、環境綠化的工作崗位，而且通過惠睿高效率的回收技術，將大大減少拆解處理過程中的損耗，至少在目前產值規模上再提升三成。最重要的是，我們將撥出專項資金，幫助矽嶼全面整治環境，還你一個藍天白雲、綠水青山的家園。」

幾乎與建議書上的總結一字不差。陳開宗對老闆的記憶力暗表欽佩，尤其在增強現實失效的情況下。

「這些我都知道，」林主任突然從醉態中恢復過來，要了一杯濃茶，「可沒人關心，本地人不關心，他們只關心多賺一天算一天；外地人也不關心，他們只關心早一天賺夠錢，回老家開個雜貨店做點小買賣，或者蓋個房子娶個媳婦。他們討厭這座島，沒人關心島的未來會怎樣，他們要的只是離開這裡，把這段生活徹底遺忘拋棄，就像那些垃圾一樣。」

「可政府應該關心！」斯科特終於按捺不住。

「政府有更重要的事情要關心。」林主任抿了一大口熱茶，不緊不慢地說道。潮紅褪去，那副精明而客套的假笑重又掛回臉上，彷彿剛才那個誠懇的父親從來沒有存在過，「時間不早了，我們還得去下隴村呢。相信我，你們不會待很久的。」

有兩個矽嶼。斯科特透過 **Land Rover** 的車窗望著緩慢掠過的景觀，心裡閃過這個念頭。

之前政府領導陪同他們參觀的屬於矽嶼鎮區，出乎斯科特意料的除了糟糕的交通狀況，還有那些不停鳴響喇叭的名貴車輛，ＢＭＷ、賓士、賓利、保時捷……他甚至懷疑自己看見一輛寶石紅的瑪莎拉蒂旁若無人地半騎在人行道上，年輕的車主蹲坐在街邊大排檔吃著海鮮燒烤。

與這片半島的行政規劃地位相比，鎮區無疑算得上繁華，不少奢侈品牌專賣店斯科特只在一二線城市裡見到過。本地居民曾熱中於修建造價昂貴的傳統「下山虎」式民宅，又揉入流行一時的歐陸元素，於是整個鎮區充滿令人眼花繚亂卻又似是而非的異域風情，恍惚間如同步入一場三流建築博覽會，時而地中海風情，時而北歐極簡主義。

如同指南裡說的，這就是中國的新富階層，他們買來全世界最好的東西，然後用它們填滿自己空空如也的生活。

斯科特沒有看到戴口罩的行人，他知道呼吸道義肢尚未普及到本地。鎮區處於矽嶼的上風帶，空氣品質尚可，但總有一股臭味讓人無法順暢呼吸，這種味道，他曾經在菲律賓的橡膠焚燒場聞到過，並為此反胃了整整一週，而這裡的人似乎習以為常。

車輛行進艱難，不時會有運送飲用水的電動三輪車斜穿馬路，阻斷交通。車夫清一色外地人，操著各種口音，對憤怒的喇叭和咒罵熟視無睹。一噸兩塊錢的水從九公里外的黃村運到本地，身價立即暴漲成四十升一桶兩塊錢。本地人不屑於賺這種小錢，儘管他們的大生意已經讓矽嶼絕大部分地表水和淺層地下水變得無法飲用。

這是發展經濟必須付出的代價。他們幾乎眾口一詞，不斷重複著這句從電視裡學來的口號。

「前面就是村區了。」坐在副駕駛的林主任回頭說。

「天哪……」陳開宗脫口而出，斯科特隨著他的視線望去，抿了抿嘴，卻什麼也沒說出口。儘管之前已經看過許多相關資料，但當現實與你只有一窗之隔時，那種強烈的震撼仍然無法比擬。

數不清的作坊工棚如同麻將牌般毫無空隙地緊挨著，占據了所有街道的兩旁，中間留出一條狹小的道路供車輛拉卸垃圾，已拆解或等待處理的金屬機殼、破損螢幕、電路板、塑膠零件和電線如糞便般隨處堆放，而外來勞工們像蒼蠅一樣在其中不停翻撿，再將有價值的部分扔到烤爐上或者酸浴池中進行分解，提取銅、錫和更珍貴的金、鉑等稀有金屬，殘餘部分或焚燒或隨地丟棄，製造出更多的垃圾。在這一過程中，沒有人採取任何防護措施。

一切都籠罩在鉛色霧靄中，它一部分來自酸浴池中加熱王水蒸發的白色酸霧，一部分來自農田裡、河岸邊終日燃燒不止的ＰＶＣ、絕緣線和電路板產生的黑色煙塵，兩種極端的顏色隨著海風被攪拌均勻，公平地飄入每個生靈的毛孔裡。

斯科特看到了生活著的人們，本地居民稱之為垃圾人。女人們赤裸著雙手在黑色水面上漂洗衣服，泡沫在漫布的水浮萍邊緣鑲上一道銀邊。孩子們在所有的地方玩耍，在閃爍著纖維玻璃和燒焦電路板的黑色河岸上奔跑，在農田裡燃燒未盡的塑膠灰燼上跳躍，在漂浮著聚酯薄膜的墨綠色水塘裡游泳嬉戲，他們似乎覺得世界本該如此，興致一點不受打擾。男人們赤裸著上身，炫耀著身上劣質的感應薄膜，他們戴著山寨版增強現實眼鏡，躺在填滿損毀螢幕和廢棄塑膠的花崗岩灌溉渠壩上，享受著每天中不多的閒暇。這些數百年前為滋養稻穀導引河水而修築的古代管道，如今閃爍著折舊的破碎光芒。

「到了。你們還想下車嗎？」林主任帶著幸災樂禍的口吻，彷彿他才是個訪客。

「不入虎穴，焉得虎子。」斯科特費勁地吐出一句不甚標準的漢語，套上口罩，打開車門。

林主任搖搖頭，一臉晦氣地跟上。

熾熱而汙濁的空氣從四面八方撲向斯科特，幾乎是同時，一股刺鼻的惡臭襲來，口罩只能濾過粉塵和顆粒，卻對氣味防不勝防。他恍惚間如同回到了兩年前馬尼拉的郊外，只是濃稠上十倍。他試圖站著不動，但汗液不停地滲出，與空氣中成分不明的化學物質融合，形成一層黏度極高的薄膜，將皮膚與衣服緊緊黏連，讓他艱於行動。

一道刻著隸體「下隴」的石料門坊立在他們面前，如果是平日，斯科特．布蘭道或許會細細考究其年代做工，但此時他腦海中閃過的竟是《神曲》中銘刻於地獄之門上的警告。

由我進入淒苦之城，由我進入永世之痛，由我進入迷失之人。

這是斯科特大學選修義大利語時的必讀篇章，他本以為這輩子不會再有機會撿起這門半吊子學問，沒想到放在此時此地卻變得無比貼切。只是他怎麼也想不起那句有力的結語。

工人們停下了手裡的工作，紛紛投來好奇的目光，大多聚焦在斯科特的身上。儘管戴著半遮型口罩，但那魁梧身形、蒼白皮膚和一頭短促有力的金髮已然出賣了他。外來工們並非沒有見過外國人，他們疑惑的是，這個穿著體面的老外為何會出現在這裡，像個拿撒勒的耶穌般穿過熱浪、毒霧及滿街遍野的汙穢之物。

然後，他們露出了笑。這笑如一股寒氣般擴散開來，蔓延到每個人的嘴角。

「小心點兒，這兒有不少癮君子。」林主任靠近陳開宗低聲說，還沒等他翻譯，走在最前面的斯科特突然停下了腳步。

那是地上爬動著的一隻義肢。不知是有心還是無意，手臂的刺激迴路開啟，被強力拆解的內置電池持續放電，電流沿著人造皮膚傳遞到斷口裸露出的人造神經末梢，帶動肌肉循環收縮動作。它的五指不停地抓握著地面，拖著殘缺的小臂緩慢爬行，像是巨大化的肉色尺蠖，直到撞上一臺廢棄液晶螢幕，碎裂的指甲不停地抓撓著光滑的偏光片，卻無法移動半分。

一個小男孩飛快地跑過來，抓起義肢，把它調了個方向，神態自若，就像那是一輛再普通不過的汽車模型。於是這枚怪異的玩具又開始了無盡的征途，直到電池耗光的那一天。

斯科特蹲下身，小男孩愣愣地盯著他的口罩，沒有害怕，也沒有好奇，只是盯著。

「哪裡還能找到那樣的……手？」他用漢語問小男孩，生怕自己的口音太重，又伸出手來比劃。

小男孩呆了片刻，指向不遠處的一間工棚，然後轉身飛快地逃走。

斯科特站起身，眼中放出欣喜的光，像是發現了埋藏千年的寶藏。

工棚裡並沒有人，只是堆起一座廢棄矽膠製品的小山丘，裡面的電線電路已被悉數拆除，剩下矽膠部分需要專門工序進行裂解催化，提取有機矽單體或者矽油。本地的作坊不具備技術條件，只是集中到一處等待回收商定點取貨。

林主任解釋著，又補充道：「這年頭，有錢人身體換個零件就像以前換手機一樣隨便，廢棄的義肢垃圾就往我們這兒運，好些甚至未經消毒，還帶著汙血和殘留液體，造成我們衛生管理上的極大隱患……」他似乎意識到了什麼，突然按住話頭，生硬地把話題扯開，「……這地方太髒了，斯科特先生，咱們還是到村尾看看吧，那裡是作坊最集中的地段。」

陳開宗看了他一眼，明白林主任必定是隱瞞了什麼實情，他如實翻譯，只是加上一句自己的判斷。斯科特微微一笑，似乎並不在意，逕自朝工棚裡走去。

忽然一道黑影從工棚左側閃出，斯科特只聽得林主任一聲驚呼，便覺得有什麼物體帶著腥臭的氣息，以極快的速度向他襲來。他猛地一蹲腰，一側身，雙手借勢把那來者猛力旁卸，就聽得幾聲低狺，一條德國大狼犬在地上打了個滾，又迅疾地調整好姿勢，準備再撲咬上來。

斯科特擺出徒手搏擊的架勢，死死盯住那對綠光閃爍的眼睛，繃緊全身力量準備迎擊。就在這剎那，似乎有一道無聲的指令擊中那條狼犬，牠瞬間低眉順目，夾起尾巴灰溜溜地小跑回工棚背後的陰翳乘涼。

「是晶片狗。」林主任驚魂未定地喘著粗氣，揚著手機，似乎被襲擊的人是他。

原來村民們為防止遭竊，特地馴養了這種植入晶片的大型犬類，藉助電子時代的巴夫洛夫效應，只要進入限定範圍的來客未能發送指定頻段的訊號，晶片犬便會發動襲擊，直到入侵者喪失活動能力。基本上每個村都設定了各自的訊號段，而且時常更新，只有少數人擁有全頻段的許可權，林主任就是其中之一。

「被咬死過好幾個，包括一些激進的環保主義分子。」林主任笑笑說。「不過斯科特先生，看不出您有這麼好的身手。」

斯科特也笑了笑做為回答。他的左手微微捂住胸口，穩住剛才因為驚嚇而失調的心律，等待胸腔裡那個小小的匣子發揮作用。

陳開宗強掩自己的震驚，他看得出來，剛才斯科特過人的反應速度和突發狀況下對動作的合理選擇，沒有經過長期的專業訓練根本無法完成。看來他的老闆不只是一個成功的職業經理人，或許這次出行矽嶼的目的也並非僅僅專案調查這麼簡單。

斯科特走進工棚，那是一座肉色的小山丘，由無數的義肢器官堆積而成。他蹲下，目的明確地翻撿著，一股刺鼻的消毒水氣味撲面而來，半透明的人造耳蝸、義唇、假肢、乳房填充物、強化肌肉和增殖性組織彈跳著崩塌陷落，他的眼前充斥著健康得透出虛假的粉紅色，彷彿陷身開膛手傑克的儲藏間。最終，他找到了想要的東西。

那是一串字元，SBT-VBPII325503439，極隱蔽地蝕刻在一件義肢的硬質支架內側，像是半個澆注成型的變異貝殼，閃爍著骨白的光，那裡顯然曾經存在過某種內建裝置，而如今空空如也。斯科特把這件寶貝拎到林主任面前，丟給他，林主任哆哆嗦嗦地接住，一臉嫌惡。

「林主任，拜託你件事，幫忙找到經手這件垃圾的人。」斯科特變得異常地客氣。「這可不是件簡單的事兒，我們不像你們，有現代化的管理流程和資料庫……這也許需要很長時間。」林主任琢磨著手裡的這件義肢，它看起來不像是任何能夠安在人體，至少不是正常人體上的器官。「這到底是什麼玩意兒？」

「相信我，你不會想知道的。」斯科特聽到動靜，謹慎地轉過身，幾名工人快速地跑過他們的工棚，沒有停留。

林主任點點頭，在這個鳥屎大的島上，沒有他林某人挖不出的祕密，只是時間問題。

「我會盡量，在你們專案調查結束之前，找到你要的人。」他意味深長地說，同時看到更多的人向同一個方向奔去，臉上帶著興奮而又恐懼的複雜表情。他攔下一個少年，用蹩腳的普通話問道：「怎麼回事？」

「有人被鉗住了。」少年的腳步沒有絲毫放緩。

林主任臉色一變，趕忙跟上，斯科特和陳開宗見狀也不敢怠慢。只見前方一間工棚外已經滿滿地圍上幾十個人，七嘴八舌地吵著什麼。他們撥開人群進入開闊地帶，看到眼前的景況，不由同時倒吸了一口冷氣。

一名滿身是血的男子躺在地上，四肢不斷抽搐，他的頸部以上被一部殘缺的黑色機械臂牢牢鉗住，從鉗爪的縫隙可以看到因擠壓而變形的五官，汩汩冒著血沫。他似乎已經神志不清，從喉部含糊地發出類似動物的嗚咽聲，又像是一臺配置失誤的機器人，把機械頭顱嵌在了人類身上。

「怎麼搞的？」林主任質問那些聒譟不止的看客，答案似乎是在拆解過程中誤觸發了機械臂的備用回饋電路，一把鉗住腦袋。這人命不好，犯了沖，人們紛紛搖頭表示同情。

斯科特衝上前，示意陳開宗固定住男子肩部，防止扯動損傷頸椎神經。他仔細查看機械臂型號，美國 Foster Miller 公司的「靈爪」Ⅲ型，六自由度的淘汰款，在斷電情況下仍然可由自帶微型蓄電池支撐伺服電機長達三十分鐘，屬於廣泛使用於防暴、保全、掃除爆炸物等場合的半軍用基本款。

你運氣好又不好。斯科特有些無計可施。幸運的是它的最大握力只有五二〇牛頓，如果換成工業機型，恐怕人頭早就成豆腐腦了。不幸的是由於防爆需求，它使用了特種強化合金，一般的工具恐怕都奈何不了它。

「來了來了！快點讓開！」人群中一陣喧鬧，讓開一條路，兩名男子扛著等離子切割槍衝進來，其中一名朝陳開宗投來感激的目光，又充滿疑慮地看了斯科特一眼。

沒用的。斯科特心想。**而且會更糟**。但他什麼也沒說，只是站到一邊。

等離子切割槍吐出淡藍色的弧光，接觸到機械臂鉗爪關節部位，發出滋滋的蒸發聲，弧光由於雜質的燃燒變幻著不同的顏色，金屬切口變黑、變紅、變白，眾人似乎看到了希望，屏住呼吸，踮著腳尖，卻又不敢靠得太近。

頭部被鉗的男子突然猛烈掙扎起來，從喉嚨底部發出慘烈的哀號。

金屬碎屑和高溫融液。斯科特把頭扭向一旁。

男子的頭髮燃燒起來，頭皮位置可以看到晶瑩透亮的水泡，接著是破裂之後的血水。操作切割槍的男子手忙腳亂地停下，找溼布撲打火苗，白色蒸汽隨著人肉燒焦的味道升起，散開，有人捂住鼻子，有人開始嘔吐。

上帝啊。斯科特知道，此時唯一的辦法，是通過「靈爪」的商用標準介面連入負載模組，解除伺服電機的啟動狀態，但他沒有工具，也不知道這臺機械臂的模組是否已經損壞。所以，他所能做的只有祈禱，祈禱電池的電量盡早耗光。

陳開宗與另外一名男子使勁按住傷者，他感到這具軀體的力量正在減弱，逐漸喪失抵抗，彷彿有什麼東西悄無聲息地流走了。他鬆開手，那個人已經完全不動了。

機械臂突然砰的一聲打開，所有人都被嚇了一跳，接著，那個男子的頭顱軟塌塌地在地面攤開來。

斯科特看著眼前的人群，看著這些垃圾人臉上那種無助、麻木、驚恐與興奮混合在一起的表情，他看到了林主任的厭惡，看到了陳開宗的震驚，他似乎也看到了自己，一張突兀於黃色皮膚中的蒼白面孔，那上面是一副什麼樣的表情，他看不清楚，只有面目模糊。

斯科特．布蘭道突然記起了那句他久已遺忘的義大利語，**汝等進入之人，將捐棄一切希望**。

那是地獄之門上歡迎辭的最後一句。

2

在一堆鮮豔而乏味的生活和風光照片裡，陳開宗的目光停留在一張黑白照上。很難想像這是本地小孩的攝影作品，取景於父母反覆阻嚇他們踏入的回收工棚區，在凌亂粗礪的電子垃圾堆前，坐著一名垃圾人，手裡握著半截義肢，髮型與穿著完全抹去性別，稚嫩臉龐上顯露出某種怪異的神情。他或她並沒有直視鏡頭，而是望向畫框外，若有所思。

難得的佳作。陳開宗合上學生優秀攝影畫冊，抬頭望向操場。

孩子們已經在日光下曝曬了兩個小時。他們臉蛋通紅，汗珠涔涔，瞇縫的雙眼下有道深色的陰影。他們像蟲子一樣不停微微蠕動，來回轉移著重心支撐腳，撓撓腦門或抹去汗水，卻努力把動作幅度減到最小，以免引起輔導員的注意。

臺上的校長依舊慷慨激昂，描繪基礎教育如何改變矽嶼的明天。兩臺大功率櫃式空調站在主席臺兩側，噴出的冷氣瞬間凝成白霧，如浮雲般飄過紅色遮陽傘下的諸位嘉賓。

狗了。陳開宗側身靠近斯科特，耳語了幾句，後者挑了挑眉毛，回了幾句，陳開宗起身走到林主任身邊，耳語，林主任皺皺眉頭，思忖了片刻，快速寫了張紙條，讓伺候一旁的禮儀小姐遞給校長。

大喇叭中由於聲調過於高亢而產生的回饋嘯叫戛然而止。校長草草總結陳詞，全場熱烈鼓掌，歡送嘉賓退席。

「布蘭道先生，您沒事吧。」校長用口音濃重的英語問道。

「我很好，只是有點頭疼，也許是空調吹的。謝謝。」斯科特笑笑回答。

「那下午的行程？」

「取消吧，正好我有些公務要處理。」

陳開宗知道這句話是說給自己聽的，他之前曾無意中抱怨，回矽嶼一週都沒機會探望親戚，儘管從血緣關係上看，他與這些陳氏宗親也僅僅是共用過某一個曾曾曾祖父。

尋訪母校之旅就在這種微妙而尷尬的氛圍中結束了。

自下隴村一行後，陳開宗對自己的老闆產生了濃厚興趣，Google 出來的結果與斯科特個人履歷如出一轍，並沒有任何疑點，他只能猜測那副矯健身手是從兩年兵役中習得，但仍有些謎團困擾著他。

陳開宗的腦袋真的開始隱隱作痛了。他已無法習慣這裡的空氣、惡臭、嘈雜和混亂的秩序。他無法理解那些本地的年輕人，在裸露的肩頭貼上聚醯亞胺OLED薄膜，藉助肌肉電泳顯示文字圖案的行為，在美國這種技術一般用來監測患者的各種生理指標，而到了這裡卻變成一種炫耀性的街頭亞文化。

他沒法向斯科特解釋，他們肩膀上的「普」字並非指「普通」，而是方言裡性交的動作。

他記憶中的矽嶼，雖然貧窮卻生機盎然，人們和善友好，互相扶助，那時的池水仍然清澈，空氣中有海浪的鹹味，沙灘上能拾到貝殼和螃蟹，狗就是狗，地上爬的也只有毛毛蟲。而今一切都變得異常陌生，彷彿在他腦海裡撕開一道鴻溝，這邊是現實，而那邊是遙不可及的回憶。

陳開宗想起向父親徵求意見時得到的回答：「你應該去，那是你的故鄉。不過記得，別靠得太近，你會看得更清楚。」

當時的他覺得父親說了一句貌似有哲理的廢話。

陳開宗驀然發現，眼前這位中年人眉骨高聳，鼻梁堅毅，嘴角又透出一絲寬厚，輪廓細節上竟與父親驚人相似，儘管他們只是遠堂關係。當年與父親合夥做生意的年輕人陳賢運，如今已經是陳氏宗族實際上的執行董事，地位僅在族長之下，卻掌握具體內外事務的話語權。他習慣性地張開雙臂迎上去，這位不知該如何稱呼的親戚卻已伸出粗壯的手掌。

「陳叔叔好，」陳開宗尷尬地收回擁抱，改成握手。「父親經常跟我提起您，今天終於有幸見到真人了。」

「呵呵。你父母身體可好？」

「託您的福，都很健康。還想著明年回來看看呢。」

「那好那好。今天中午就在這兒吃個便飯吧，正好過節，東西多的是。」

陳開宗早已聞見廚房飄出的香味，這些天飯店吃得頗為膩味，正想嘗嘗家常菜，便沒有多加推辭。令他喜出望外的不是那些大魚大肉，倒是一種多年未見的糕點，鼠麴粿。此物係取田埂野生的鼠麴草熬成湯汁，調入豬油及糯米粉製成黑色粿皮，包上豆沙或糯米、花生仁、蝦仁、豬肉調成的餡料，用木質印模壓印成心形，放新鮮竹葉或蕉葉上鍋蒸熟，有種特殊的香氣，一般逢年過節才會製作。

不知不覺閒聊間，他已經吃下三個，就著功夫茶，竟不覺得膩。

陳叔叔似乎也很高興，不停地詢問著國外生活的情況，間中若有所思地點點頭，卻不發表任何意見。陳開宗敏感地覺察到，這位宗族掌門人刻意避開惠睿公司專案一事，幾乎隻字不提，這反而更加激起了他的好奇心。他迫切地想知道與自己血脈相連的家族到底對此持何意見。

「陳叔叔，」他斟酌著字眼，「其實我特別想聽聽您的意見，關於建立循環經濟工業園區這個專案……」

陳賢運似乎早有預料，微微一笑，放下筷子，並不急於正面回應。

「開宗，你是學歷史的，你幫我分析分析，為什麼都快到二十一世紀中葉了，我們還保留著這麼落後的宗族制度？」

陳開宗一下被反問住了，儘管他曾經讀過相關著作，可對於這種源起數千年前父系氏族，根植於小農經濟，以同祖同姓同宗（宗廟），甚至共同財產為基礎，同受宗法約束，參加共同祭祀，死後同葬的組織結構，只有書本上的認識，並無切身體會。

「我猜，是因為宗族制度順應了時代發展，自身也在演化。現在的宗族，更像是一個股份制公司，全員持股，按職位高低進行分紅，遵守同一套規章制度和企業文化，只不過，所有的員工都有一個共同的祖宗和姓氏，因而企業認同感更強一些，更易於管理。」

陳開宗給叔叔杯裡續上茶。

「說得很好，喝過洋墨水眼界就是不一樣。可你沒有說到最關鍵的一點，」陳賢運食指與中指併攏，微屈，在桌面敲了敲，表示謝意，「安全感。

「如果一個人被搶了被打了，僱傭他的公司沒有絲毫義務幫他。尋求法律援助？運氣好的話也許有用。但當所有正當途徑都宣告無效時，他所能依賴的，只有他的族人。反過來說，當你背靠著某個大家族時，任何試圖搞你的人都必須想清楚，成本也許高得無法想像。」

看來那些關於民風剽悍的傳言都並非空穴來風，陳開宗暗想，嘴上卻還想反駁：「可現在難道不是法制社會嗎？」

「哈哈。」陳賢運爽朗地笑了兩聲，充滿憐愛地看著眼前這個毛頭小夥子，「記住，由古至今，我們從來只有一個社會，那就是叢林社會。」

陳開宗心裡一震，理智上仍在努力尋找反證，可內心深處卻不由得承認，他的這位叔叔掌握了某種真理，不是寫在書本上的，而是切切實實扎根於泥土裡，或許還歷經血與火的考驗。

「回到你那個問題，我怎麼想並不重要，重要的是大家怎麼想。如果所有人的想法都一樣，那我怎麼想，又有什麼所謂呢？」陳賢運站起來，拍拍開宗的肩膀，「不過我要提醒你一句，你是自己人，在陳家地盤我能保你無事，但在羅家地盤，千萬小心。

「休息一下，晚些帶你去看普度施孤大會吧，很熱鬧的！」

陳開宗像是還沉浸在思考中，對他的邀請沒有任何反應。

陳開宗的意識回到了兩年前，查爾斯河畔的波士頓校區，一節由托比・詹姆森博士主講的世界史。那個髮鬚花白活像肯德基上校的老頭向課堂提問，誰能舉個例子，什麼是全球化？

被叫起來的男生結巴了半天，抓起抽屜裡啃了一半的漢堡說，麥當勞。哄堂大笑。非常好的答案。博士說，而且比你們想像的還要好。

這不是一個你們所以為的陳腔濫調的答案，麥當勞、耐吉、好萊塢電影、安卓手機……不。當你走進麥當勞，點一份五．九五美元的套餐，你能得到什麼，源自安地斯山脈的馬鈴薯泥，墨西哥的玉米，印度的黑胡椒粉，衣索比亞的咖啡，中國的雞肉，當然，還有美國特產，可口可樂。

現在你明白我的意思了吧。全球化從來不是問題，這個趨勢千百年來一直未曾停止，通過大航海，通過貿易，通過文字和宗教，通過昆蟲、候鳥和風，甚至還有病菌。問題在於，我們從未達成共識，從未試圖去建立一個公平的秩序，讓所有人都受益，而是永無休止地掠奪、剝削和榨取，從亞馬遜，從非洲，從東南亞、中東、南極甚至外太空。

在全球化時代，沒有永遠的贏家，因為你所得到的，終有一天要失去，而且還會算上利息。博士在講臺上重重一敲，像個法官做出最終判決。下課。

陳開宗回到了現實，現實是，惠睿公司希望給這些島民一個解決方案，用科技消除全球化帶來的負面影響，拯救他們於水深火熱，可得到的回答卻是「不，我們寧可跟垃圾作伴」。

真他媽的荒謬。

這種受挫感不僅僅來自於專案本身，陳開宗清楚自己對此次返鄉抱有的期望。

很長一段時間裡，陳開宗的記憶中存在一段斷裂的空白區，那是介於矽嶼的童年生活與美國上學經歷之間的過渡期，彷彿將兩截影片強行拼貼蒙太奇，中間部分被有意無意地忽略躍過。

那是一種強烈的迷惘。一個孩子被抽離熟悉的環境和親友圈，拋擲到完全陌生的世界。所有的鄉音一夜之間變成無法理解的古怪音節，目光所及之處皆是與自己生理形態迥異的異族人，他不能讀，不會寫，吃不慣，睡不好，甚至連時間感都變得錯亂，醒來後需要花上十幾分鐘才能憶起自己身在何方。在那奔波動盪的半年裡，陳開宗隨著父母輾轉於城市之間，尋找合適的落腳地，他沒有機會，也不敢開口與任何陌生人交流。

他甚至不和父母說話。

這種緊張關係直到他上大學之後才有所緩解，但他依舊覺得無法融入周圍人群。他不同於那些土生土長的ＡＢＣ，也不同於在中國內地讀完高中再出國的留學生，無論他如何努力，如何才智出眾，總有一道看不見的牆將他與整個世界隔開。陳開宗感覺自己像是被困於平行世界縫隙中的異類，找不到應有的位置，於是他最終選擇了歷史科系，選擇了一個在時間上同樣拉開距離的世界，這讓他感覺安全。

當看到惠睿提供的工作機會時，一種壓抑許久的渴望讓他毫不猶豫地點下「申請」鍵。他渴望回到家鄉，回到那個他原本屬於的世界，說家鄉話，吃家鄉菜，看那些形狀熟悉的山山水水。他相信他能夠用自己的聰明才智，引進惠睿的先進技術和管理經驗，為改變家鄉做出貢獻，他相信這種努力能夠讓自己重新歸位，找回在這世間的存在感，甚至，弭平他與父母間日漸疏遠的關係。

如今，陳開宗明白，他懷念的並非故鄉，而是童年。

這天是農曆七月十五，既是民間的鬼節，又是道家的中元節，佛教的盂蘭盆節。相傳閻王在這天下令大開地獄之門，讓那些終年禁錮在地獄受苦受難的冤魂厲鬼走出地獄，獲得短期的遊蕩，享受人間血食，而陽間的人需要準備百味五果、紙錢香火獻祭，一來普度眾生，二來「施孤」，賑濟孤魂野鬼，最終目的還是祭奠先人，積攢福報。

「類似於你們美國的萬聖節。」陳賢運對目瞪口呆的陳開宗說。

鎮民們在陳氏宗廟前的廣場搭起十幾公尺高的普度壇，壇上奉著兩公尺高的「大士爺」，是施孤的主持神，起威懾作用。壇前設施孤臺，安放各家供上的三牲五果，葷素雜陳，紙錢、紙金銀錠、紙塔堆積如山，兩公尺高的巨香煙霧繚繞。臺前設假山三峰，上插麵製佛手，上書「盂蘭盛會」「佛光普照」「開甘露門」等字樣。

所有的臨時建築都描龍畫鳳，裝飾著繁複的雲雷紋、波浪紋、卷草紋，一片熱鬧的金紅碧綠，絲毫不像陳開宗想像中的莊嚴肅穆。熙熙攘攘的人群遠遠看到風中飄揚的龍旗，攜兒帶女，托著各種供品穿過大街小巷，穿過紫色煙霧，齊聚而來。一旁還有戲臺班子咿咿呀呀唱著佛經中「目蓮救母」的故事，街頭藝人耍著戲法雜技，匠人校正著人體貼膜，琳琅滿目的各色小吃攤前，圍滿了饞嘴的孩童。

不，不是萬聖節。更像嘉年華。陳開宗心想著，失敬的話卻沒有說出口。眼前這景象竟與他童年記憶驚人地重合，不，與其說是景象，不如說是那股濃烈的香火味兒，一下子把陳開宗帶回那遙遠的二十一世紀初。他彷彿看到去世的奶奶帶著自己，高舉香火紙錢，擠過重重人群，跪下，三叩首，把供品獻上施孤臺，再闔目低頭，念念有詞，為陰間的親人祈福。

他的眼眶竟然有些溼潤，儘管他從未相信過另一個世界的存在。

「以前在晚上辦，燈光花花綠綠的，還更好看。」被稱為「陳董」的陳賢運一邊不停地與熟人點頭致意，一邊向侄子介紹，「後來有一年電線過熱著火了，從此就改在了白天。」

「想來陰間肯定也通貨膨脹得厲害，這些年的冥幣越印越大了。」陳賢運笑著撿起地上一張紙片遞給陳開宗，上面的「1」後面跟著數不清的「0」。

陳開宗這才注意到施孤臺上滿溢的紙錢和金銀錠不斷地被人抱下，堆到平板車上拉走。「那些是拉去燒掉嗎？」

「那是舊風俗了。以前各家在門前焚化紙供品的小爐，現在成了破壞環境的違禁品，直接化漿回收利用了，環保嘛，你們最在行的。」

那冥鈔上印著像模像樣的編號和出廠年份，甚至還附有一個網址。

「這網址是做什麼用的？」

「冥通銀行。你可以為過世的親人開通帳戶，冥幣、金銀錠和冥通信用卡都在裡面流通，可以購買陰間的各種物品、房屋和服務，當然也會有各種契稅。」

虛擬人生冥界版。陳開宗暗自好笑，表面上一成不變的傳統，歷經千百年，終究還是在科技面前漸漸敗退。可這不是很容易造假嗎？他質疑道。陳賢運凝視著香火氤氳、人頭攢動的施孤現場，彷彿思緒飄浮到遙遠的彼岸，他緩慢而篤定地說：

「如果你真的相信有另一個世界的存在，相信你死去的親人生活在那裡，並能通過某種方式感受到你的心意和思念，那它就是真的。」

父親說，賢運叔叔的妻子前年因為血癌去世，臨走前非常痛苦，懇求丈夫拔掉輸氧管，讓她走得痛快些，但直到最後，陳賢運都不忍心下手。臨別前，已不成人形的妻子握著他的手，對他說，不怪你，別怕，我在那邊等你。聽聞此言，陳賢運泣不成聲，他後悔自己沒有遵從妻子的意願，死亡並不可怕，可怕的是在死亡面前失去尊嚴。

他在陳家範圍內推行了定期體檢制度，不僅為矽嶼鎮民，也為外來的垃圾分揀工。

資料顯示，矽嶼地區居民的呼吸道疾病、腎結石、血液病的發病率為周邊區域的五至八倍，同時也是癌症高發人群。曾經出現一村人每戶都有癌症病患的極端案例，甚至從被汙染魚塘中，能撈出體內長滿癌變腫瘤的怪魚。死胎率居高不下，傳言一名外地產婦生下全身墨綠散發金屬惡臭的死嬰。矽嶼已經變成邪穢之島，老人們說。

陳開宗看著叔叔凝重的神色，看著那些年輕人拍下照片，錄製影片，然後發送到死去親人的遺產信箱，看著稚嫩或蒼老的面孔在香火中緘默，似乎有什麼東西觸動了他內心深處。或許終有一天，眼前這一切都將被虛擬技術所取代，但無法替代的是，人們對所愛之人的追思。他們需要一場儀式、一個平臺、一條通道，穿越生與死的界限，連接過去與現在，將無形的思念和記憶，凝固成物體、動作或複雜的流程，來喚醒自己被時光漸漸磨鈍的情感，那曾經刻骨銘心的失去之痛，以及隨之而來無盡的回憶。

歷史是一個對事件去情緒化的過程。陳開宗突然領悟到，為何自己會選擇這個科系。也許是不斷遷徙的童年經歷，把他變成一個不容易代入自我情緒的人，無論是對家庭、學校、組織或者任何人際關係，他早已習慣於採取一種置身事外的姿態，而對於史學研究，這恰恰是一種零度視角。

但在這一刻，陳開宗開始明白所謂「自己人」的含義了。

一張面孔吸引住他的視線。那是一張驚恐的臉，在平靜憂傷的人群中格格不入，五官稚嫩而清秀，髮型與穿著卻無法分辨性別。那個人努力想讓自己融入祈禱的氛圍，但不斷回望的眼神卻像一顆石子投入湖面，從模糊的背景中蕩起漣漪，把自己的影像強調出來。那不是一個本地人，無論是面部特徵還是裝扮細節，儘管他或她努力偽裝成本地人的模樣。

不知為何，陳開宗心中觸動，有種似曾相識感。他無法解釋這種異常的情緒波動，彷彿那張臉的拓撲輪廓啟動了右側梭狀回的某種識別模式，腦中開始分泌誘發心悸的化學傳導物質。

他順著那個人的目光尋去，看見幾個當地的幫派青年正在四處張望。他們的風格十分醒目，上半身是緊繃的白色萊卡背心，下面是寬大的亮色運動褲和跑鞋，頭髮統一長不足寸，只是用專門工具刻出複雜的紋路，五官和四肢掛滿了各種金屬電子配飾，走夜路時背心上的螢光花紋亮起，活像棵迷你聖誕樹。當然，必不可少的還有各種貼膜，閃爍著幫派的徽章和名號。

陳開宗不止一次地被告誡要遠離這些人，他們背後都有著錯綜複雜的利益關係。

其中一個人突然轉過臉來，像是發現了什麼，咧嘴悚然一笑，唇釘與鼻環碰撞的剎那，肩上的貼膜亮起一團深紅的火焰。他喊了一聲，其餘兩人聚過來，緩緩朝人群走去，那表情像是打量著陷入圈套的受傷獵物，準備大肆凌虐。

陳開宗心裡暗叫不妙，他調轉視線，那獵物竟望向自己，柔弱眼神中充滿戰慄、絕望和哀求。他心頭一震，忽然明白了熟悉感從何而來，眼前這張臉，正是母校學生攝影畫冊中那張黑白抓拍的主角。

那個人用力撥開人群，朝宗祠後一條小巷逃去。幫派青年以不可思議的速度猛追。

如果是在美國，陳開宗會躲到一旁，避免不必要的麻煩，因為他知道肯定會有人報警。可這是在矽嶼，他不確定這是否已經成為日常生活的一部分，以至於旁人都變得熟視無睹。陳開宗木然站著，望著那群人消失的方向，雙手攥成拳頭，鬆開，又再次攥緊。

「陳叔叔，等我一下，馬上回來。」

狹長巷子裡擺滿了販賣紙供香燭的攤販，各種刺鼻的氣味撲面而來，頭頂是被切割得只剩一線的灰暗天空，遊人很多，可卻不見那幾個人的蹤影。陳開宗問了幾個人，都推說沒有看見，後來是一位賣炸春捲的大媽，經過漫長的思考，怯怯地指向一家小店。

原來在兩家店中間藏有一條一人寬的暗巷，不仔細看完全無法察覺。

陳開宗走進這條足以與下水道媲美的暗巷，餿臭氣息令人反胃，他第一反應竟是《終極戰士2》裡的洛杉磯，只是還要骯髒上十倍。他想起報警，但又馬上自我否定。前面傳來一聲令人心顫的尖叫，他加快了腳步，心裡邊盤算著該如何應對這幾個對手。對於一個歷史系畢業生來說，肉搏似乎完全沒有勝算。

現在他確定那是一個女孩。她被掀倒在一灘汙水中，幾隻受驚的老鼠從牆邊竄走，她喘息著，卻沒有哭泣，也沒有說話。

肩上亮著火焰的人朝她說了句什麼，狠狠一腳踩在她頭上，另一名男子拉下拉鍊，開始朝她身上撒尿。

「住手！」沒有時間讓陳開宗多想了。

那幾個人詫異地看著這個穿著講究的年輕人突然出現在他們身後，不知是何來頭。

「這卵蛋是從哪裡冒出來的？」火焰男並不搭理陳開宗，向左右問道。

「……不是本地人……也不是他媽外地人。」其中一個人答。陳開宗疑心他使用了增強現實，卻看不見任何裝置，也不像負擔得起視網膜投影手術的樣子。

「我是誰不重要，知道林逸裕是誰就行了。」他們聽到這個名字後都頓了一拍，可陳開宗只高興了三秒鐘。

「普！我知道這屌是誰了，他就是那個假鬼佬，要建廠的那個。」拉鍊還沒拉上的哥們兒脫口而出。

陳開宗心裡一驚，他知道本地新聞確實有大篇幅報導，可沒想到連街頭混混都能認出自己，**名人負效應**。

「噢？難怪本地話說得半鹹不淡的，還拿林主任唬人，這下好了，我們知道你是誰了，你又知道我們是誰嗎？醒目仔？」火焰男陰陽怪調說著，三個人緩緩圍住陳開宗。

陳開宗繃緊身體，努力回憶上學時選修過的跆拳道課程，可惜他蹺課太多，只記得零碎的三腳貓招數。他攥起雙拳，怒視對方，試圖營造出死士的氣勢。

他們突然停止了逼近，其中一個甚至還回退了幾步。

起作用了？陳開宗還沒來得及反應，一隻大手重重搭上他的肩膀。

「刀仔，尿都撒到陳家門口了？」是陳賢運，還帶著幾個同樣面露凶相的幫手。

「哈，原來是陳董，失禮了。這可是羅老闆要的人，我也是奉命行事。」火焰男低了低頭，語氣稍緩，他的手下慌忙把褲鏈扯上，中途卡住，發出一聲痛苦的呻吟。

「不管是誰要的人，不在今天，不在這裡。」陳賢運話裡透著一股中氣。

「行，行！陳董怎麼說怎麼好。」刀仔肩上的火焰熄滅了，他朝地上狠狠唾了一口，三人悻悻地擦過陳開宗僵硬的身體，從背後陰陽怪氣地傳來一句，「原來陳家宗祠都是用來收藏垃圾人的，難怪隔八鋪路就能聞見臭。」

「普！」一條漢子肩頭燃起藍色「陳」字，正欲動手，被陳賢運制止住。

「陳家果然是三十的月娘，殘咯，哈哈……」尖厲的笑聲漸漸消失在暗巷盡頭。

「陳叔，你怎麼知道我在這裡？」陳開宗鬆了一口氣，整個人癱軟下來。

「開宗，我在這裡活了大半輩子，你看得見的，又怎麼逃得過我眼睛。」

陳開宗這才想起被踩倒的女孩，扶起她，輕輕喚醒。她睜開眼，驚恐萬分地推開手，蜷縮到牆角，瑟瑟發抖，全身潮溼而骯髒，像一袋被遺棄的廚餘垃圾。

「沒事了，沒事了。」陳開宗改成普通話，以消滅女孩的恐懼，「妳叫什麼，住在哪裡，我們送妳回去。」

女孩許久才從惶惑中回過神來，直到確認自己沒有危險，才怯怯開口：「……我叫小米，住在南沙村……」

「羅家地盤。」陳賢運低低地說了一句，又質問道，「他們為什麼要抓妳，妳偷東西了？」

「沒有！」小米突然憤怒地爆發，「我什麼都沒幹！只是想著今天過節，出來……看看熱鬧，他們就一直跟著我，我就一直跑，跑到這裡……」

「羅家那群瘋狗，這也不是一回兩回了。」陳賢運見她不像說謊，無奈地吩咐手下，「把她送回去，盡量別讓羅家人看到。」

「不行！」陳開宗站了起來，他驚訝於自己的反應，「送她回去不就是送羊入虎口？」

「她是羅家的垃圾人……」陳賢運躲開侄子炙熱的目光。

「羅家的垃圾人就不是人嗎？叔叔，今天這個日子可不能造孽啊，他們都看著呢。」陳開宗指了指上面，他知道，陳賢運這一輩的人都篤信鬼神業報之說，與其講什麼仁義道德禮法，倒不如來生的報應更有效力。

陳賢運陷入沉思，許久，終於開口，他讓手下跟小米回去取隨身行李，安排她在陳家的作坊先安頓下來。「但願刀仔只是借羅錦城之名，逞自己的淫威。」

開宗看著叔叔不安的臉色，知道事情遠遠沒有結束。他開始理解先前談話中提到的「安全感」。宗族就像是一個個自己劃分地盤、制定規則的小王國，對於羅家來說，垃圾人不是人，更像是一頭羊、一件農具、一袋種子，如果羅家的垃圾人被陳家人帶到陳家地盤住下，就是赤裸裸的背叛和侮辱。而陳開宗，在他們眼裡，就是一個公然發起挑釁的賊。

小米被方言與普通話混雜的對白弄糊塗了，陳開宗解釋了半天，她才明白過來，艱難地擠出一句「謝謝」。

日色漸晚，陳氏宗廟前的廣場一片狼藉。拆了一半的普度壇像骨骸般立在夕陽裡，硬塑外殼的大士爺倒在地上，臉上掛著神祕莫測的微笑，施孤臺已經撤走，香火殘燭仍在，留下一地冥幣和被踩爛的瓜果，龍旗在紫紅色的風裡飄動，孤魂野鬼在飽餐後都已退散，攤販們數著鈔票，把剩餘的食物餵給晶片狗，後者忘情啃食著，機械而勻速地搖動尾巴。明年同樣時間再見。

「您真的相信垃圾人比本地人命賤一等？」陳開宗問道，眼前閃過小米的面孔，像是視覺暫留效應，那張面孔中的某種東西透過視網膜，深深地刻入了他的記憶，揮之不去。

陳賢運的身影拖得長長的，穿過被鍍成黃銅色的廣場和閃著金光的垃圾，他沒有回答。

陳開宗想起了他的校友，一位一九五五年畢業的系統神學博士，他有一個世人皆知的夢想。

馬丁・路德・金恩博士的夢想至今沒有實現。

3

在矽嶼，垃圾並不像人們想像中那麼一目了然。開箱時看上去狀態良好的，早早被當地人收去修理翻新，流入二手市場，但總會有那麼些漏網之魚，被眼尖的工人挑出，當寶貝一樣私藏起來。小米就親眼看見文哥從一具日產模擬人體上切下矽膠部件，鬼鬼祟祟地藏在衣服下面，那廢品兩腿間殘缺的方形豁口露出電線和精細的導流管，像是手術失敗後沒有縫合的遺體，躺在枯灰的草地上。

小米沒有問文哥為什麼要這麼做，她今年十八歲了，該懂的都懂。因此她十分聽話地把頭髮維持在一個安全的長度，並盡量穿著中性寬大的衣服，把身體的曲線掩蓋起來，她不希望有一天躺在草地上的是自己。

文哥和她是老鄉，比她早來一年，他不幹活，拿得卻比別人多，似乎連本地人都敬他三分。他不像那些本地的流氓混子耍狠鬥勇，人如其名，看著文文弱弱，可只要他一發話，就能聚起幾百個來自五湖四海的垃圾人。之前為了工作環境和福利待遇的事情，鬧過幾次事，照老一輩人的做法，把這些人直接炒掉另雇新人，也不是什麼大不了的事情，妙就妙在文哥總能挑在上級領導視察前夕起事，工頭怕橫生事端，就服了軟，讓了步。

文哥的聲望更高了，但本地老闆買凶做掉他的傳言也是甚囂塵上。正當大家都替他捏一把汗時，他卻主動送上門，不知用什麼手段說服林逸裕主任，牽線搭橋跟三家老闆坐下來喝了個早茶。從此以後，再也沒有人聽到買凶殺人的風聲，文哥儼然成了垃圾人的工會代表，有什麼不滿和請求都由他出面去協商解決，多半能獲得雙方滿意的結果。而他依舊住在自己的破舊工棚裡，每天撿些稀奇古怪的零件堆在門前鼓搗個沒完，活像垃圾堆上的一名民間科學家。

對於小米來說，文哥就是個謎。儘管他倆是老鄉，可小米總覺得他話裡藏三分。

「妳讓我想起阿慧，我的妹妹。」文哥總這麼說，用手輕拍著小米的頭。可當小米細問起來，他卻又目光閃爍地岔開話題，顯得更加神祕。小米從小就習慣了獨自玩耍，她尤其羨慕那些有哥哥或姊姊照顧的孩子，文哥似乎讓這種幻想部分變成了現實，可她內心的另一個聲音又在告誡自己，這個男人身上有某種說不清道不明的危險氣息，需要時刻警惕。

一個多月前，他帶來一件奇怪的玩意兒。

當時小米正在和幾個姊妹拿著義肢互相追打，看到文哥過來，紛紛收起笑臉，站著不動了。文哥招呼幾個過來，用手裡的東西朝她們腦袋上比劃著，又搖搖頭。

「文哥，那是什麼玩意兒啊？」蘭蘭，同個工棚的湘妹子問道。

文哥搖搖頭：「我也不曉得。」

「那你就往我們腦袋上安。」姊妹們嬉笑著互相推搡。

「還嫌妳們頭大安不上咧。」文哥咧咧嘴，把頭盔丟給女孩們。她們圍看起來，像是在讚嘆某件精緻的王冠。

「文哥，這不是給人腦袋用的吧。」小米指了指那玩意，雖然形狀大致像是能包住後半個腦勺，可頂部中間有一條非常明顯的稜狀突起。誰的腦袋都不可能嚴絲合縫，裡面像是被暴力拆解過，殘留著一些黃色不明液漬。

文哥拍了拍自己腦袋：「小米妳果然是我親妹，腦子就是好使。」

「小米腦子不止好使，還是我們這裡最秀氣的呢，她肯定戴得上這頂高帽。」女孩們在打鬧中突然達成了某種默契，那頂頭盔不知怎麼地便落到了小米頭上。

她的腦袋還是大了些，那半個頭盔的曲度與她頭顱之間仍存有相當大的縫隙，在文哥出手制止之前，某個女孩使起狠力往下按，小米只聽得咔嗒一聲響，有什麼東西刺入了她枕骨下的皮膚，冰冰涼涼的。

她尖叫一聲，把那玩意兒摘下摔到地上。

「妳們胡鬧什麼！」在文哥的訓斥中，女孩們四散逃開。

「文哥，我流血了。」小米摸到後腦勺黏糊糊的一片，顫抖著說。

「沒事的沒事的。」文哥從兜裡掏出消毒紙巾，幫她捂上，血不一會兒止住了。

小米坐在垃圾堆上，把玩著一隻義肢殘肢。文哥鑽研著那半拉頭盔彈出的針頭，不時朝小米投來憂慮重重的目光。她突然閃過一個念頭，或許這個人所做的一切，僅僅是表面上為大家著想，而真正的動機，卻是為了滿足自己一些隱祕的癖好。她驚訝於自己竟會有這種想法，似乎以前看人只是浮光掠影，卻從未想過那一張張面孔底下，埋藏著怎樣的靈魂。

靈魂，小米琢磨著這個詞，她只在歌詞裡聽到過某種陳腔濫調，卻從沒有切身體會過，這無形無影又似乎確鑿存在的東西。如果它是可見的，會是什麼模樣？像沙灘上的貝殼？還是天上的雲彩？人們的靈魂一定擁有截然不同的色彩、形狀和質地。

思緒飄散的小米完全沒有意識到，她的形象已經被不遠處的一個三・五公分萊卡鏡頭捕捉進畫框。

「小鬼，幹麼呢？」文哥突然喊了一聲。

那是一個穿著校服的本地男孩，垃圾人的子女要麼負擔不起學費，要麼只能上由志願者組織的流動課堂，課本都是共用的，更不用說校服。那個不屬於這裡的小孩手裡端著跟他身材不成比例的相機，似乎受了驚嚇，呆呆站在那兒，一語不發。

「這裡是你想拍就能隨便拍的嗎？要交錢的！」

「我……我沒錢，我爸……」

「我知道你爹有錢，你爹知道你來這裡非打死你不可。」文哥拎著那頭盔走了過去，擠出善意笑容，「這樣吧，你幫我戴一下這個頭盔，我就不收你錢，怎麼樣？」

「文哥！」小米表示反對。

文哥扭過頭，朝小米做了一個「噓」的動作。

小孩看了看那個頭盔，思考片刻，點點頭。

小米扭過頭去，直到聽見那熟悉的咔嗒聲，以及隨之到來的尖叫和放聲大哭。她閉上眼，深深地吸了一口氣，數了三下，然後睜開眼，徑直走到小孩跟前，把頭盔摘下，幫他清洗傷口，枕骨下緣皮膚上出現了一個針眼大的小孔，正往外流血。

「沒事的，沒事的。」她努力不去看文哥，怕怒火會迸出眼眶，「乖，趕緊回家吧。」

小米在男孩腦袋上親了一口，小時候每當她磕到碰到，母親總會這麼做，似乎這樣一個小小的動作就能讓疼痛減輕幾分，事實上也是如此。她又親了一口，小孩抬起頭，臉上掛著泥色淚痕，充滿感激地看了她一眼，逃命似地跑掉了，小小的身影消失在黃塵滾滾的馬路邊緣。

「怎麼？不就一個本地崽子嘛。」文哥提高了聲調，「妳忘了他們是怎麼對我們的？又是怎麼對我們娃兒的？我這麼做，也是為了妳，萬一……」

「那又不是他的錯。」小米低低說了一句，往工棚方向走去。

「早晚的事，記住，早晚！」文哥的聲音在她背後響起，漸行漸遠。

中元節前一天，就在男孩戴上頭盔的一個月後，羅家大宅裡正上演一齣古怪的戲碼。

落神婆的臉在額心綠色貼膜映照下顯得格外猙獰，眉骨投下的黑影像兩口深不可測的枯井，看不見一丁點瞳仁反射出來的亮光。她像一頭盲獸般呢喃著不可辨認的符咒，帶著某種古老而冗長的韻律，伴著電子誦經機的吟唱，用石榴枝向房間各個角落噴灑著由茅根、仙草、桃葉、杉莿等十二種花草浸泡而成的紅花水。

驅邪的聖水同樣濺落到房間正中那具無知覺的身體上，男孩蒼白的臉頰凝滯著晶瑩液滴，如同尚未擦拭的淚珠。

羅錦城神色不安地望著眼前這一幕，他已經沒有更好的選擇。專家診斷他的小兒子羅子鑫患上一種罕見的病毒性腦膜炎，腦脊液分離出的病毒無法確診，顱內壓暫時穩定，但始終處於深度昏迷狀態，腦電圖顯示為瀰漫性慢波。醫生說，他就像一臺進入休眠狀態的電腦，一切機能指標均無異常，但皮層活動受到抑制，似乎在等待一個指令來喚醒機器。

現實無法解決的問題，老人們會說，交給神明去判決。

落神婆說，子鑫是碰上了不乾淨的東西。如果小孩出門「沖逢」了鬼魂，那麼，這個小孩的魂就會因恐懼而走散，若要好轉，就必須舉行「收魂」儀式。

羅錦城聽著那催眠的符咒，恍惚間如同回到幼年時目睹的驅邪儀式現場。如今他回想起來，那更像是一場跨越人鬼兩界的經濟糾紛調解。跟人類社會一樣，大部分問題都可以用錢來解決，當通靈的神婆或神棍說出鬼魂所要求的紙錢數後，患者親屬備齊數目，由家中長輩拿著紙錢到患者面前低頭跪獻，患者多大歲數就跪獻多少次，獻完將紙錢撒到巷頭村口，這叫「標送」。那時候還沒有禁伐令，紙張價格還很便宜，鬼魂的胃口也不大。

如果病情嚴重，則必須「祭路頭」，即將豐盛飯菜擺在十字路口宴請鬼魂。烹飪時為表示虔誠，手要洗淨，且不能試生熟嘗鹹淡。路人如果撞見切忌驚慌失措，可目不斜視地走過，千萬不能回頭，否則病人的症狀會轉移到他身上。這些祭品一般本地人是不會去碰的，可如今有了不憚鬼神的垃圾人，人鬼爭食也不是什麼新鮮事，所以為避免祭品受褻瀆，這項儀式漸漸就消亡了。

羅錦城沒想到有一天自己會成為儀式的主角。他是個虔誠的佛教徒，家裡設有佛龕，逢年過節都會捐獻大量香火供奉，以求消災滅業，儘管有人打趣道，羅老闆的生意遍及世界各地，佛祖恐怕照顧不過來哦。他明白自己與大多數中國人一樣，與其說信奉佛祖，不如說信奉實用主義，而求個心安，便是這門信仰的最大實際價值。

果報嗎？想到這裡，羅錦城不由打了個寒噤，彷彿冥冥中有一雙冰冷的眼睛在注視著自己，度量著他的靈魂。他們說那艘來自紐澤西的「長富」號在香港過境時死過人，其他幾家老闆嫌晦氣不肯接貨，他就用低價盤了下來。膽大向來是他羅某人行走江湖的撒手鐧，在這點上，兒子像足了他。

想到兒子，他的心一下又抽緊了，像是胸腔連上了一臺強力真空泵。

落神婆彷彿嗅到什麼不尋常的氣息，猛地轉向他兒子的寫字臺，額頭上的「敕」字閃爍著綠光，像從虛空中高速讀取著資料。那是一個裝裱精緻的相框，米色邊框卡紙下沿用燙金楷體印著「矽嶼鎮第一小學『綠島盃』學生攝影大賽一等獎」和羅子鑫的名字。

「就是這個垃圾人。」落神婆十分肯定地指著那張黑白照片。

「她？」羅錦城拿起相框，背景似曾相識，但所有的工棚看起來都一個模樣，「要怎樣鑫兒才能好起來？」

「把這個姿娘仔（註7）找來，下月初八，過油火。」

羅錦城聞言一震，這種儀式他也只是聽老人們說過，並沒有親見。據說只有當富貴人家有人垂死時，才會放手一搏，做此巫術。巫者須用彩色桐油繪成鬼臉，赤膊，繫五色裙，持念過咒的瓷碗，盛滿油，點燃，在子夜的街巷間呼嘯穿行，陰森有如鬼火遊弋，若有人因恐懼而失聲驚叫，巫者立即將手中「油火」摔摜於牆，同時大叱一聲。失聲驚叫之

註7　矽嶼方言中的「女孩子」。

人便會代病人死去，亦稱「叫代」。

日落西山是冥昏，家家處處人關門。雞鵝烏鴉上了條，請阮童身回家門。

落神婆唱起退神曲，調寄《鎖南枝》，沉悶中帶著淒清，聽得羅錦城寒意頓生。那詭異的綠光終於熄滅，羅錦城迫不及待地亮起白熾燈，一切頓時又回到了現實主義的色調。

小米奔跑著，可雙腿彷彿深陷沙地，越是使勁，越是難以邁開步伐。

她不知道自己跑了多久，也不知自己身在何方，緊迫感緩慢地拉扯她的神經，讓她無法遏制逃跑的欲望。可是並沒有人在追她。沒有任何有形的威脅，更像是一種無形的未知，從遙遠海平面般的邊界襲來。她的眼角似乎瞥見，那是無法形容的光芒，帶著金屬鍍膜或晶體折射般的繁複虹彩，又彷彿流雲或者海浪般變幻莫測，吞噬著她背後原本黯淡黑白的空間。

小米感到那光觸及自己的身體，突然間，整個世界發生了難以理解的翻轉，原本在水平面上奔跑的她，竟像是攀爬於近乎垂直的峭壁，重力方向由腳下移向身後，迅速滑入無盡天際線上的某一個點。她拚命想抓住任何東西，可周圍的一切都如同鏡面般光滑無縫，她大喊，卻沒有聲音，只有墜落，無休止地墜落。

救我。自由落體感被堅硬觸覺所代替，她忽然意識到自己仍然躺在那張充滿霉味的木板床上，模糊的光亮透過眼皮提醒她，新的一天又開始了。這已經是她被救到陳家地盤後的第八天。

自從一年多前被老鄉騙到矽嶼之後，小米現在開始覺得，這樣的生活其實也還不錯。

每天七點，左右不超過五分鐘，屋裡的八個人都會陸續醒來，無須鬧鐘、雞鳴或是其他工具，就像是一縷特定的光線喚醒了埋在體內的生物時鐘，僅僅是習慣而已。她們會排成一行，在布滿紫綠色苔蘚的石槽前快速刷牙洗臉，白色的泡沫隨著凹槽的斜度緩緩流進方形水池，又匯入那汪鍍著油膜虹彩的廢水潭，迂迴曲折地與這座島嶼上的其他工業生活廢水一起，義無反顧奔向大海。

就像當時老鄉跟她媽說的，那是南方，南方，所有打工仔都往那邊跑，想都不用想。但真正刺激到小米的是下面一句。

你看別家娃娃都往家裡寄了好多錢咯，你們還在指望她爹發財了能回來？

小米努力控制住自己的怒氣，也不知道是因為老鄉的直白，還是因為母親一直為自己精心編織的幻覺就這麼輕易被打碎了，像一個廉價的陶罐。

她沒有像其他女孩十六歲就出門打工，就是因為父親說過，要掙錢供她上大學。可如今，父親的音訊越來越稀疏，更不用說錢了。其他人都勸母親，打工的男人都會在那邊再成一個家，早點想開早解脫，只是這娃娃不能再耽擱下去了，她都十八了。

母親什麼話都沒說，只是默默地幫小米收拾行李，裝上一大罐家裡自製的辣椒醬，又把她的一頭長髮鉸得比她弟的都短。

記住，頭髮只許留這麼長，長了就得鉸。媽媽叮囑道。記住，想家了就舀一勺辣醬擱嘴裡。

小米只是抱著她使勁兒流淚，母親的袖管都溼透了。

火車坐了整整兩天兩夜，又輾轉了幾趟賣豬仔的長途黑車，她和其他六個人終於近乎虛脫地踏上這片南方的土地。一切確實新鮮而又陌生如未來世界，空氣像飽蘸水分的海綿，稍微一動彈就擠得渾身溼潤，夜晚被七彩燈光渲染得如白晝般耀眼，無數發光螢幕鬼火般布滿街道，夜總會招聘和性病廣告並排齊列，行人裝束有種超現實的滑稽感，而他們的目光，像是直接穿透了這幾名外來者的軀殼，沒入虛空。

可這一切並不屬於他們，他們屬於離此地三公里遠的南沙村，那裡又是另一番景象。他們無法想像的景象。

老鄉說，你們要幹的是塑膠回收，矽嶼的主要產業，在羅老闆這裡，規模最大，待遇最好，好好幹，前途無量。從此以後，這個人再也沒有露面，小米想像著，他可能出現在任何一個偏遠窮困的小山村，對著另一個母親說，那是南方，南方。

這就是窮人們賴以過活的方式。

一堆顏色質地各異的塑膠殘片堆在小米面前，像是剛從某種生物體內剔下的骨頭，那她是什麼呢，一條狗嗎？女工們熟練地將塑膠進行分類，ABS、PVC、PC、PPO、MMA……如果遇見不確定的情況，用打火機點燃塑膠，通過聞它燒焦的味道來辨別。

鼻翼翕張，只輕輕一口，不敢多吸，嗆鼻的臭甜味兒，像是喉嚨裡鑽進了蛆般難受，小米迅速把那閃著焰光的塑膠片往水裡一蘸，青煙飄起，她滿臉厭惡地把它丟進了標著PPO的桶裡。在南沙村，這樣的原料她每天要處理幾十桶，多的時候能到上百桶，一天下來，吃的還不如吐的多。

她聽說有一種儀器叫電子鼻，可以自動辨別這些塑膠的氣味和種類，可買一臺機器的錢足以雇上一百個像她這樣的女工，幹起活來還不一定有這麼俐落，壞了還得修，不像她們，病了就給幾個錢打發回家，連醫療保險都不用上。

人命確實比機器賤多了啊。小米心想。話說回來，如果都用上機器，她們又該去哪兒找活兒幹呢。至少在這裡，兩個月工資比父母在老家幹一年掙的都多，省吃儉用還能攢下來不少。再幹些時候，就可以回去開個小店，過上安穩日子了。她眼前總會出現這樣一個場景，父親重新出現在家門口，她接過沉甸甸的行囊。一家人圍坐一桌，她、母親和父親，吃起一頓平靜祥和的晚飯，就像永遠不會結束。

何況在這裡能認識這麼多的人，見識各種新奇的玩意兒，這比在那個連狗都懶得出窩的偏遠山村強多了。見識，決定了一個人能走多遠，文哥總是這麼對她們說。她就會眨眨眼，點點頭，像真的明白了似的。

想到這兒，似乎那些氣味也沒有那麼難聞了。

歇會兒吧，一個姊妹招呼她，小米這才醒悟過來，自己已經不在羅家的地盤上。由於陳董的安排，這裡的人對她分外照顧，活兒也不讓她多幹。

垃圾人都說，本地人都一樣，他們見了你就像見了垃圾，恨不得捏起鼻子繞著走。可小米覺得，本地人和本地人還是不一樣的，比如羅家人和陳家人就很不一樣。但她不知道，這是因為上面的人打了招呼，還是因為確實陳家人要更和善些。一個本地老人會咧嘴笑著向她兜售瓶裝水，這在羅家地盤上是不可能發生的。

她不好意思地看著其他人清洗分好類的塑膠廢品，用金屬刷去除各種貼紙、標籤，再運到附近工棚用切片機和碾碎機進行粉碎，小米最不願意接近那種機器，聲響大得能把五臟六腑從喉嚨裡震出來，那種白色粉末沾到皮膚上又紅又癢，洗也洗不掉，抓也抓不到，像是直接鑽進毛孔深處，扎下根來，開足馬力讓人不痛快。

據說這些碎塑膠會被回爐融化、冷卻、切粒後賣給沿海工廠，他們會將原料加工成各種價格低廉的塑膠製品，大部分出口，銷往全球，讓世界各地的人們都能用上價廉物美的「中國製造」商品，報廢或過時之後，又變成垃圾，運回中國，循環往復。

世界就是這麼運轉的，小米覺得很奇妙。所以機器永遠隆隆作響，工人永遠忙碌不停。

被救下之後第三天，陳開宗出現在她寄居的棚屋外，舉止拘謹，言語生硬，似乎刻意跟小米保持某種距離。他簡單地自我介紹後，希望小米能夠配合進行一些簡單的訪談，以瞭解在羅氏家族管理下，外來垃圾處理工的生活及勞作。

可陳開宗的第一個問題就讓小米不知該如何作答。他問：「妳覺得矽嶼怎麼樣？」

「我不知道……」小米琢磨著這個問題背後的含義，反問他：「你覺得怎麼樣？」

陳開宗左右看了一眼，補充道：「我的意思是，妳想改變這樣的生活嗎？」

小米頓時被他話語中的優越感激怒了，瞪了他一眼，回了一句：「我賺錢養活自己，這樣的生活礙著你什麼事兒！」

陳開宗面露窘迫，連忙擺手：「我也不是這個意思……」

小米咄咄逼人：「那你到底是什麼意思？」

陳開宗很認真地想了半天該如何表達，最終還是放棄：「……我也不知道我是什麼意思。」

「白痴。」小米脫口而出，旋即後悔。這是她所習慣的對話方式。

陳開宗愣住了，在他有限的社交經驗中，從來沒有遇見過如此直接甚至可以說粗話的女孩，但不知為何，他竟然不覺得討厭。

小米側一側臉，瞄見在棚屋裡偷看偷聽的小姊妹們，靈機一動：「我是說她們。」棚屋裡爆發出一陣清脆的笑聲。這突發的插曲打破了尷尬局面，包裹在陳開宗身上的硬殼像是被剝開了，露出了柔軟的內核。他看著小米，半開玩笑半認真地說：「妳比我的同學善良多了，他們一般叫我『怪胎』。」

小米噗哧一笑，看著這個年輕人清秀的眉眼，心頭一動：「你是挺怪的，他們沒說錯。」

在她來到矽嶼之前，接觸的男性加起來不超過一副撲克牌，對於戀愛的全部認識來自於電視節目裡的偶像劇。母親強迫症似的反覆念叨，男人都一個德行，追妳的時候把妳捧上天，到手後就把妳踩進泥裡。父親就會在一邊默不作聲地抽著菸。

小米會故意問，怎麼個到手法兒？

母親就支支吾吾地說不出來，最後總是拿出自己做為失敗案例，教育小米不要太早談戀愛，不要太早結婚，一定要看對人。

小米又會反駁，不談戀愛，怎麼看對人？

母親就會開始大呼小叫起來，父親忍不住大笑，那是家裡少有的快樂時光。每當想起這些，小米的鼻子就開始發酸，就想趕緊回家。

小米的怪夢就是從那次受傷之後開始的，她總疑心跟那個怪頭盔有關。夢裡追她的彩光一開始只是在天際線閃現，後來逐漸蔓延到海面，像是某種季節性的赤潮，帶著數以萬億計的微小生命，瘋狂生長，直到追上她的身影、腳步，侵蝕她的軀體，哪怕只是夢中虛幻的影像，卻仍讓她心神糾結不安。

她不知該不該把這件事告訴陳開宗。如果要說，她必須和盤托出，包括小男孩的事情，開宗會認為她也和文哥一樣，對本地人心懷敵意嗎？因為自己沒有第一時間阻止對男孩的傷害，小米一直心生愧疚，但不知為何，她不希望陳開宗知道此事。至少現在不想。

妳就這麼在意他怎麼看妳嗎？小米搖搖頭，努力驅散紛亂的思緒。**妳不過是他專案調查中微不足道的一部分，一個訪談對象，一個垃圾人樣本。妳什麼也不是。**

她自以為瞭解這種愚蠢的感覺從何而來，就像那些俗套的好萊塢電影和肥皂劇，英雄救美，美人芳心暗許。可她不是美人，他也不是英雄，充其量是個自以為是的富家子弟。可陳開宗隔三差五地來找她，看她是否安全，問她一些很難懂的問題，又耐心解答她反問過來的更多問題。

他告訴小米許多太平洋彼岸的事情，那些她原本一輩子都不可能知道的事情，做為回報，小米帶他去矽嶼上一些連本地人都未必曉得的祕密角落，去看潮水漲退，看粉紅色的日落，看黑色汙水如何匯入海洋，看晶片狗屍體在訊號刺激下的機械抽搐。

「你就不怕他們說你嗎？」

「說我什麼？」

「說你整天和垃圾人在一起，壞了陳家名聲。」說最後幾個字時，小米垂下眼簾，若有所思。潮水溫柔地撲咬著沙灘，漫過她的腳踝，捲起白色泡沫，沒有貝類或者螃蟹，只有垃圾，人們丟入海中，又被海潮帶回岸邊的垃圾，散發著濃烈腥臭。

「那妳就不怕他們說妳嗎？」

「說我什麼？」

「說妳整天和假鬼佬在一起，壞了垃圾人名聲啊。」陳開宗故作認真地說，小米咧嘴笑了，臉龐波光粼粼。

自從小米被轉移到陳氏工坊後，陳開宗見天就去找她，希望瞭解更多外來垃圾工人的細節。像其他人一樣，開始她總是心存戒備，帶著一副接受街頭問卷調查式的冷淡口吻，甚至還有幾分不耐煩。直到開宗每天跟她們一起吃飯，一起幹活，聞塑膠燃燒的臭味，雙手浸入兌有化學藥劑的水盆裡清洗廢料，她才慢慢地認同這樣的事實：眼前這個年輕人，並不完全像他的外表，他不是那些好逸惡勞、緊戴有色眼鏡的本地人，甚至連表情和舉止都有微妙的差異，就像那身黃色皮膚僅僅是偽裝，而在下面，是她所陌生、無法辨別定義的另一個種族。

他們的話題開始多了起來，小米總有問不完的為什麼，關於陳開宗，關於大洋彼岸的一切，對於陳開宗略顯枯燥的講解，她會似懂非懂地點點頭，哦一聲，又蹦出毫不相關的另一個問題。

有一些問題已經困擾了她很長時間。

比如，一條死狗。

那條狗死在焚燒過的廢棄電路板堆旁，渾身布滿被撕咬的傷口，牠的腹部由於天氣炎熱而腫脹不堪，如同暴怒的河豚，再過不久便會爆裂開，露出腐敗而布滿蛆蟲的臟器，牠的氣味和垃圾混雜在一起，令人難忘。

陳開宗疑惑為何沒人去收拾屍體，很快他便知道了原因。

「我以前經常餵牠，牠很可憐，主人不要牠，其他狗又不喜歡牠。」小米遠遠地蹲著，似乎在通過心電感應傳遞哀思。

「牠叫什麼名字？」陳開宗問。

「好狗。我叫牠好狗。」小米似乎想起什麼，露出笑容，「牠不管見著誰都會搖尾巴，所以不受人待見。」

陳開宗向狗的屍體邁進兩步，小米正想制止他，太遲了。死狗的尾巴像是通了電般猛烈搖晃，拍起地面的塵土，場面看上去既滑稽又驚悚。開宗被嚇了一跳，退回兩步，狗尾恢復了死寂的狀態。他再向前，狗尾又動作起來。

「很嚇人對吧。就像牠的靈魂還被困在身體裡，如果狗也有靈魂的話。」小米怯怯地說，「可牠是一條好狗啊，不像其他壞狗，見人狂吠，又撲又咬，為什麼會遭這樣的報應。」

陳開宗觀察到在垃圾人中存在著一種樸素的萬物有靈思想，他們會向風、海水、土地或者爐具祈禱，希望遠道而來的貨櫃垃圾附加價值高、易於拆解且沒有毒害，甚至在拆解模擬人體時都會懺悔，只因為那些日本貨造得過於逼真，給人一種屠戮生靈的錯覺。

他很快明白了這條好狗到底是怎麼回事。

一件失敗的生物晶片實驗品。本來牠應該像其他晶片狗一樣，如果接收不到指定頻段的訊號便對踏入範圍的訪客發動襲擊，不知道植入過程出了什麼差錯，襲擊變成了搖尾示好。在一個處處警覺、如臨大敵的敏感環境裡，一條好狗正如一個好人，註定得不到什麼公平的待遇。

「傻瓜，沒有什麼靈魂。牠死了，可晶片的伺服電路還在工作著。」

陳開宗費了半天口舌向小米解釋個中緣由。她半信半疑地看著開宗掏出手機，林主任給他和斯科特授予了臨時許可權，以備不時之需。開宗向那具屍體發送了通用頻段訊號，用手勢示意小米走近。小米躡著腳，一步三回頭地挪過去。

好狗的尾巴紋絲不動。

小米鬆了口氣，看著陳開宗，眼神裡有種說不清的東西，些許的欽佩，一點點領悟，像是迷霧被撥開，露出世界某個真實的角落，又似乎有些漂亮的光芒消失了。陳開宗有些後悔，或許有些事情不應該解釋得過於唯物機械，好讓人保留一份純真樸素的美感。

讓孩子留存童真的幻想，還是讓他們盡早踏入殘酷的真實世界，這永遠是個兩難選擇。

在夜晚的鮀光海岸邊，陳開宗做出了另一種選擇。

那天，他們租了一艘電動舢板，在暮色中出發，接近那邊緣齊整的人工海岸線時，海天之間已是一色靛藍。空氣中有種低低的轟鳴，伴著潮水拍岸，以及間中飄過的海鳥鳴叫，有種奇妙的和諧感。

「那是……發電廠？」陳開宗指著不遠處幾座巨大的半圓形建築，還有一根刷著紅白相間條紋的大煙囪立在邊上，像是某種原始部落的生殖崇拜。

還沒等小米回話，艄公倒先開腔了。

「可不是！你看看這片海的顏色，都變黑了，每天往海裡倒汙水，魚都死光了。我本來是漁民，可現在只能靠拉遊客補貼點家用……」他突然住口，黑黝黝的面孔在夜色中看不出表情，「聽，這就是抽水馬達的聲音，每天從海裡抽水冷卻設備，順便抽上兩卡車的魚蝦，再把這些有毒的魚蝦賣到市場，作孽啊！」

「大叔……」小米怯怯地打斷他，「我們只是想看看鮀光。」

艄公識趣地停止控訴，扳著舵把舢板繞到了海岸線的另一端，這邊的海水明顯氣味刺鼻，溫度也更高，看來是冷卻設備後的汙水排放口。

「快看！」小米突然揪住開宗的手臂，指向漆黑的海面。

陳開宗定神細看，雙眼適應了昏暗後，對光線的敏感度隨之提高。那墨綠瑪瑙般的海水深處，隱隱有藍綠色的螢光浮現，開始只是零星的點狀，逐漸擴大，連成線、成片，似乎隨著水流的起伏緩緩升起，輪廓清晰，那是成千上萬半透明的雨傘狀物體，有規律地舒張收縮著，姿態輕盈柔美，宛如舞蹈，又像是海裡亮起了無數盞粉藍粉綠的ＬＥＤ燈，像梵谷筆下的星空顫動旋轉。小舢板如同漂浮在星雲上，乘客恍如夢中，心旌隨著波浪蕩漾，眩暈不已。

「真美。」小米的臉龐被籠罩在螢光中，神情陶醉。

「從沒見過這麼亮的水母。」開宗回憶起他去過的舊金山灣水族館，「牠們為什麼聚集在這裡？這裡的水不是有毒嗎？」

「聽電視裡說，正是這汙水裡的什麼高濃度鈣離子，和海蜇體內的一種蛋白質產生反應，所以才會這麼亮。你們現在看到的，其實已經是兒子輩了。」

「怎麼講？」小米問。

「發電廠使周圍水溫升高，人工海岸線又減緩了潮水的沖刷，所以每年冬天，海蜇會在這裡產下水螅狀的幼體，以提高存活率，等到來年夏季條件合適的時候，每個幼體分裂成許多個碟狀幼體，再發育海蜇成體。喏，就是牠們了。」

「我還是不明白，」陳開宗指著稍遠處一股螢光藍色湍流，疑惑道，「牠們又被吸進去了。」

那似乎是一處抽水管道，只看見密集的半透明傘狀生靈緩慢旋轉，用身體匯聚成發光的漩渦，在接近管口的瞬間陡然加速，軀體被撕扯變形，消失不見。牠們的生命之旅剛剛展開，旋即終止。

「每年都要花大錢處理管道堵塞的問題，海蜇生得太多太快了。」艄公說道。

小米愣愣地看了好一會兒，才明白這景象中的含義，她憤憤地脫口而出：「這當爹媽的也太狠心了，把娃生在這種有毒又危險的地方，真是一點都不心疼喲。」

陳開宗暗自好笑，這姑娘倒是單純得可愛。

「姑娘，如果不是生在這兒，只怕活下來的更少哩。」艄公說了句大實話。

「我只是覺得，為什麼人不能發發善心，等這些生靈離開之後再抽水，就因為要賺錢，就能隨便殺生嗎？」

「人命都顧不上，哪顧得上魚啊。」

如果照陳開宗以往的性格，他多半會發表一番關於弱肉強食適者生存的理論，最後得出結論，發電廠的存在推動了海蜇族群的整體進化，讓牠們的後代環境適應性更強、反應更敏捷、繁殖力更旺盛。可他突然沉默了。眼前的這個小女孩莫非不是這種理論的受害者？她們離鄉背井來到這裡，美其名曰為了發展經濟，忍受著汙染毒害、本地人的歧視和壓榨，甚至客死他鄉。他無論如何都說不出「這都是為了造福你們子孫後代」這種話來，就算事實如此。

「你說得對，」他驚訝於自己接下來要說的話，「人早晚要遭報應的。」

「早晚的事。」艄公接腔道。

藍綠色的波紋漸漸從小米臉上隱去，沒入黑暗，只剩下折射著微弱光亮的兩枚瞳仁，像是辨不清歸屬的二等星，在夜航的海面上溫柔起伏。陳開宗竟無法移開視線，儘管他只能看見小米隱約的輪廓，如同引力畸變的區域，所有的星光都退縮成不起眼的襯托。

小米舉起手，指向黑暗中的一點：「看。」

陳開宗瞇縫起雙眼，卻仍然難以辨清她所指何物。

「我以為你們洋人都是戴隱形增強的。」小米扭頭看他，「假鬼佬，你很怪欸。」

「也不是所有人啦，」開宗不自然地理了理被海風吹亂的短髮，「我爸媽後來皈依了基督教，他們那個原教旨主義教會堅持，人只該用自己的眼睛來看世界，同樣的，任何增強化義肢都被認為是違背上帝意志。世界只能以上帝原本創造的樣子被感知和認識。」

「哦……」小米似乎在努力理解他話裡的意思,「那,你也信上帝?」

「我是無神論者,不過中國人嘛,孝為先。」

小米沉默了,似乎回憶起什麼,她回頭望著暗沉的海面,開始浮現出獸脊般模糊的黑影。「那是觀潮亭。

「大叔,帶我們去觀潮灘。」

「姑娘,大晚上的,妳去那種鬼地方幹啥。」陳開宗聽出艄公話裡的不安。

「去看看。」小米輕聲回答,沒有絲毫動搖。

觀潮灘和觀潮亭並不在同一個地方。矽嶼本島向大海伸出腕足般的長弧形礁島,半圍合成一片幾平方公里的圓形水域,亭子便被握在腕足的末端,而那片月牙狀的海灘便是觀潮灘。海水由外海進入圍合水域時會遇上突然升高的海床,形成一道以礁島延長線為界的初潮,如同一線銀色的蛾眉月,而後到觀潮灘時形成第二道弧向相反的潮水,在當地被稱為「二潮映月」,儘管景色宜人,卻觀者寥寥。

船身微微一震,便過了第一道潮,雲層飄移,銀色月光不均勻地灑在海面,雲影與舢板競速前行,乘客有錯覺恍如靜止,直到白色沙灘越來越清晰。

艄公停下了船,說:「就到這兒。」

「就到這兒?」開宗話音未落,只聽得一陣水聲,小米已經站在齊腰的海水裡。陳開宗手忙腳亂地脫著鞋襪,卻被小米縱身一撈,揪著手臂拽進水裡,激起破碎的浪花。

「妳！」開宗鑽出水面時已是全身溼透，惱怒地瞪著小米。

「你們倆小心點吧，上了岸，順著大路走，就能回到村裡了。」艄公搖搖頭提醒著，邊發動馬達沿原路返回。

嘩。趁小米不注意，陳開宗以手當槳，將水向她劈頭蓋臉地潑去。

「現在扯平了。」他得意地看著自己的傑作。

月光下，小米的頭髮像綴滿了銀色珍珠，順著溼漉漉的髮梢滑落，在臉頰上畫出閃亮的水痕。黑色T恤皺皺地裹緊她的身體，反射出魚鱗般的光澤。微風拂動陰影，她那潮溼的眸子忽然亮起來，晶瑩的睫毛下藏著兩片銀色的海。水面的光環在她周圍，如同月暈，陳開宗不自覺地屏住呼吸，看著這尊月光女神在海中劃破水面，向自己走來。

女神盯著他，輕輕吐出兩個字，扭頭朝岸邊涉去。

「白痴。」她說。

他們疲憊地躺倒在沙灘上，任憑身上沾滿細碎的砂粒。這裡人跡罕至，倒是比矽嶼其他海灘來得乾淨。海浪有節奏地拍打岸邊，星空被撕碎了黏貼在雲層縫隙裡，緩緩移動。陳開宗聽到小米的呼吸，輕柔而舒展，像是來自極遙遠的宇宙深處，又在耳畔輕輕響起。

她很不一樣。陳開宗想起他認識的那些女生，那些家境優渥、裝扮入時、擅長社交的東岸女生，不，不光是那些人口統計學的標籤，而是更深層的東西，一些他無法清晰描繪、卻又確確實實存在的區別。**靈魂**。他想起小米經常掛在嘴邊的詞，或許勉強可以概括。

「妳將來想幹什麼？」開宗平視著星空，像是提問，又像是自言自語。

「賺錢，回家開個小賣店，讓我爸媽不用再那麼辛苦。」

「我的意思是，妳自己最想做的事情。」

長時間的沉默。

「我不知道……我從來沒想過。」她停頓了片刻，「我想去很遠很遠的地方，知道很多不一樣的東西，像你一樣。」

「也許下輩子吧。」她突然笑了起來，故作輕鬆地說。

陳開宗一時竟不知該如何接話。

在人類歷史的長河中有一種思想始終長盛不衰，一種對宇宙秩序的膜拜，一種對自然平衡的信仰，上帝對祂每個子女都是公平的，天之道損有餘而補不足，冥冥之中自有定數。人們看到現實中存在的不公平時，總會尋找一切證據來安慰自己，上天給了他們地位、財富、美貌、才華、健康……必定會奪走某樣東西做為交換。當找不到證據時，便發明出前世來生的理論，將等價交易的戰線在時間維度上拉至無限長。陳開宗曾對這種命運守恆理論嗤之以鼻，但或許，人們需要它並不因為它的正確性，而是因為它能在有限的生命中撫慰人心。

他的沉思被一張笑臉打斷了，小米將他從沙灘上一把拉起，奔向黑暗的盡頭。

可他是個本地人。姊妹們總是這麼說。他是個不像本地人的本地人，儘管偶爾犯傻，可從來不稱呼他們為「垃圾人」，目光友善而充滿探詢，並不懼怕直視對方，不隨地吐痰，不口帶髒字，更奇怪的是，沒有義肢也不依賴增強現實。陳開宗就像是從數光年外太空返回地球的太空人，剛踏出無菌艙，就陷入一個汙穢不堪的活地獄。

每天對陳開宗的等待幾乎變成一種依賴，這自然成為姊妹們取笑的對象，小米感到恐慌，如果有一天他真的不再出現了怎麼辦。

她知道自己在害怕什麼。

她害怕自己並不是被陳開宗這個人所吸引，而是他講究的穿著，過分標準而顯得古怪的口音，他的學問，他背後所代表的某種遙遠而神祕的東西。這一切都被完美地偽裝成一場花季少女的情竇初開，甚至必然地導致某種不切實際的幻想，幻想自己在對方心目中也是同樣的特別，同樣的獨一無二。

她記起自己曾有過的暗戀經歷。那還是在鎮上讀書的時候，隔壁班有個好看的男孩，高高瘦瘦就像漫畫裡的人兒。

每次小米路過他窗前，都要故意放慢腳步，多看幾眼，倘若男孩正好抬頭望向窗外，她心裡就會揣著活兔子般忐忑不安。他在看我嗎？我看起來怎麼樣？我會是他喜歡的類型嗎？我們兩個性格合適嗎……

幻想最後演變成折磨。直到她託人去捅破這層窗紙時，男孩茫然的眼神表明他對小米的存在一無所知，這粉碎了她之前精心準備的所有方案。

她不會再陷入這樣的幻覺之中，她不允許自己這樣。

當陳開宗開玩笑地提及小米的男式髮型時，那一瞬間，她竟然衝動地想要掙脫母親的叮囑，為他留一頭齊肩甚至齊腰的長髮，儘管這會帶來無窮無盡的麻煩，就像當年在村子裡一樣。可下一秒，小米卻冷冷回答：「這是我自己的頭髮，你們男人喜歡什麼樣的，與我無關。」

陳開宗仍然沒有出現在那個熟悉而骯髒的路口。

小米心頭頓生一種略帶荒謬的被遺棄感，她深吸了一口氣，緩緩吐出，試圖擺脫這些蚊蠅般嗡嗡作響的焦慮，她知道自己需要什麼。**金色昔日**。她要去找文哥。

4

羅錦城站在天臺上，面朝大海，海風穿過貼滿花磚的防跌牆紋樣孔隙，帶來改變的氣息。不像其他的本地居民，窗戶都裝著嚴實的金屬防盜網，只能看見被割裂成規則碎片的天空，羅家建在靠海的山石上，地勢陡峭，加上晶片狗和閉路電視，守衛森嚴，因此他獨享無礙的寬闊視野，能一直望到繁忙的鮀城港口。天氣晴好時，還能看見海平面上如蛛絲般銀光遊走的跨海大橋。

倘若陳家真和惠睿上了同一條船，事情就複雜了。自從三年前國際鋼材及銅價持續走低後，陳氏宗族的勢力大受打擊，羅家和林家趁火打劫，搶走了不少高利潤貨源，甚至串通買家惡意壓低回收價格，試圖拖垮陳家，但他們還是靠著內外族人的齊心協力，挺過了危機。現在，他們似乎有意通過勾結外商打一場翻身仗。

刀仔回報，說那個叫小米的垃圾人被陳家截下了，其中還有惠睿公司的人。

可為什麼是那個垃圾女孩？羅錦城百思不得其解，他確信子鑫的病情沒有外洩，落神婆是羅家人，不會幹這種蠢事，況且這也不是陳賢運的行事風格，除非女孩身上另有玄機。他讓刀仔不要在陳家地盤輕舉妄動，但只要一有機會，絕不能第二次失手。

他和陳家並無深仇大恨，對他來說，這只是正常的商業競爭而已，但摻和進外國人就是另一回事了，無論那些老外是白皮還是黃皮。他不相信他們，從骨子裡不信。

羅錦城曾去過許多國家，甚至嘗試在墨爾本居住過一段時間，但最終還是回到家鄉。在那些自律禮貌到近乎病態的西方人面前，他感到十二分的不自在，不習慣過空馬路等燈，不習慣隨時隨地說抱歉，不習慣友善到近乎虛假的陌生笑容，當他們得知你來自中國時，臉上會顯出誇張的驚嘆，稱讚貴國高速發展的經濟、旺盛的購買力以及必不可少的，中式美食。

開始羅錦城視之為客套，可當他看到墨爾本街頭出現的示威抗議時，他終於明白這些稱讚背後隱藏的恐懼。當時的他看不懂英文，卻明白焚燒國旗的含義。本地人認為中國人抬高了資產價格，擠占了工作機會，而廉價的出口商品更是重重打擊了本地製造業，甚至，把中國人比喻成蝗蟲，瘋狂掠奪資源，積攢驚人財富，卻對公益事業和弱勢群體一毛不拔。

「自私的中國人」，他們在大字報上寫著，打上血紅色的死叉。

就像那些半夜受到油火驚嚇的路人，羅錦城隔天就訂了回國機票。他打消了移居海外的念頭，卻開始學起英語，高價請來家教老師，每天閱讀英文報紙，甚至能操起鄉音濃重的英文，和生意上往來的外國夥伴談判砍價。

羅錦城自知這種老夫聊發少年狂源於缺乏安全感，他希望能在商場上知己知彼，完全掌控局面，而不是讓什麼同聲翻譯充當傳話筒。但真正讓他提起警惕的卻是一位遠親的意外來訪。

本地人多半有一些海外僑親，戰亂或運動時期由香港偷渡到南洋，扎下根來，但鄉音不改，鄉情未變，有些發了達的還會回鄉省親，投資建廠，俗稱「番客」。羅錦城父親的堂兄便是在二戰爆發前拖家帶口漂洋過海，下到東南亞，在菲律賓安家落戶。國內改革開放後也曾攜兒帶女省過幾次親，跟羅錦城也算是有幾分交情，但也僅是在飯桌上而已。

因此當他看見堂兄孤身一人候在八仙凳裡時，羅錦城知道，對方必定是有求於他。

寒暄幾句之後，羅錦城微微一笑，說，都是自己人，有什麼困難不妨直說。

堂兄尷尬地摩挲著褐紅色的花梨木扶手，片刻後，咬咬牙說，八十個。

羅錦城一愣，他知道堂叔在那邊有廠，生意一直不錯，這個數額本不該成問題。**賭？還是毒？**他的腦子裡飛快地考量著，本地人落魄大致逃不脫這兩大業障，如果是後者，那可就是個無底洞了。但堂叔在困難時期給他家提供了不少接濟，這個恩情是必須報答的。

我給你一百個。他並不打算細究其中緣由，這不關他的事，更怕知道後會牽扯出更多的人情義務。

堂兄嘴角抖動了兩下，最後也只是說出一句謝謝。對於矽嶼人來說，開口借錢並不是什麼光彩的事情。

堂兄走前留下一封長信，把他無法親口說出的事全訴諸筆墨。不說的理由，一是怕情緒失控，二是怕給羅錦城帶來額外的負擔。羅錦城讀到此句，心頭愧疚蔓生。

一切都源於一家美國公司的入駐，他們買通了馬尼拉的官員，計畫在當地投資建立環保型橡膠回收加工基地。而對於原先的工廠，則不擇手段迫使其停產。羅氏父子橡膠加工廠被關停，資產被凍結，機器被扣押，工人被遣散，做為法人代表的堂叔鋃鐺入獄，還欠下一筆巨額罰款，罪名是「長期汙染環境」。

不僅如此，本地排華勢力還趁機鬧事，燒砸搶劫華人商鋪，暴力威脅華人家庭，他們對華人勤勞經營積攢下的財富覬覦已久。而這一切都在「法律」和「環保」的旗號下肆無忌憚地進行。

堂兄需要這筆錢，贖出父親，然後帶著家人逃離那個隨時可能變成地獄的地方。但是普天之下，哪裡能找到一方淨土？信以一個悲涼的問號收尾。

自此以後，羅錦城再也沒有收到堂兄一家的任何消息，所有的聯絡都如泥牛入海，杳無音訊。他曾經夢見那片從未涉足的遙遠土地，穿過溼熱茂盛的熱帶植物，他看見熊熊燃燒的火焰和沖天的黑色煙柱，煙與火在天空中幻化成親人的模樣。醒來後他萬般揪心，只能向佛祖不斷默禱平安，他後悔為何自己當時沒有多給他一些錢，甚至，僅僅是多問一句。**可我又能改變什麼呢？**羅錦城搖搖頭，這種事不是第一次發生，也必然不會是最後一次。

都是命數。最後他只能以此了結雜念。

而現在，美國人就站在矽嶼的土地上，幹著跟在馬尼拉類似的勾當。羅錦城查過，那不是同一家公司，但是在他看來必然是一丘之貉。陳家目前跟美國人走得最近，林家由於跟政府的特殊關係暫時沒有表明態度，但林逸裕卻遊走其間，積極得讓人起疑。矽嶼的未來就像颱風一般，路徑搖擺不定，看不清方向。

離最近一次三家人坐在一起喝早茶，也快有半年了，羅錦城突然想念起那家「榮記」的蝦餃皇。但在給人倒茶之前，首先手裡得握緊茶壺，這是教訓。

就像上一回，被那個叫李文的外地仔擺了一道。

小米還記得一年前那個遙遠的夏天下午，空氣混濁溼熱，像是一堆黏稠不堪的觸手把人緊緊纏繞。文哥問她想把貼膜貼在哪裡，她想了想，背過身，摸著頸後隆椎下方的皮膚，說這兒吧。文哥不解，別人都想貼在最顯眼的地方，妳為什麼要貼在連自己都看不到的部位。

小米說，別人要的是刺激，而我要的是平靜。

文哥按照她的意願調校感應薄膜，與其他人相反，只有當小米的肌肉徹底放鬆時，貼膜才會亮起一個金色的「米」字，而大部分時間，那塊倒三角形如未顯影的底片般灰暗。

她也不明白為啥自己要這麼做，為了顯得與眾不同嗎？不完全是。矽嶼上的生活讓她無法自控地處於一種緊張狀態，甚至睡眠中，她都能感覺到自己僵硬的背部隱隱作痛。小米需要不斷地提醒自己，調整呼吸來放鬆身體，她甚至不明白這種緊張感從何而來。也許是初來乍到陌生的環境，也許是身邊人渲染的對立情緒，也許是那些本地混混不懷好意的目光。

文哥說，也許妳更需要這個。

他掏出的東西小米並不陌生，一副增強現實眼鏡，這裡的人大多都有。他們說，城裡人早就淘汰了這種麻煩的舊款，改用更加輕巧柔性的隱形眼鏡或者乾脆做一個視網膜投射手術。可在這裡，垃圾人只能負擔得起二手貨，而增強現實對於他們的意義，也並不像那些通道開放區域的現代人，花上幾百塊錢月費，可以查看任何規定許可權範圍內的資訊，天氣、交通、即時搜索、購物比價、虛擬遊戲、沉浸式電影、社交通訊……甚至，共用妳出差老公的視域，如果他不反對的話。

所有這些時髦玩意兒，對垃圾人來說毫無意義。他們沒有那閒錢，也不需要那麼多垃圾資訊，他們自己每天要處理的垃圾就已經夠頭疼的了。

銀色穹狀耳罩緊貼小米的左右顳骨，內置觸點式感測器，可讀取腦電波訊號並通過微型晶片轉化為簡單的模式指令，一片輕薄的錐形碳奈米結構鏡片連接兩側耳罩，如拱橋般跨過她那小巧的鼻梁，氬離子鍍膜折射出淡淡的紫藍色。

調校完畢後，眼鏡已經能夠識別小米腦電波的基本模式，文哥咧嘴一笑，說，也只有我妹才能把這玩意兒戴得這麼好看。他掏出一個黑匣子，牽出導線插在眼鏡上，大約過了半分鐘，他拔斷線說，下載好了，新手還是從「金色昔日」入門比較穩妥。

文哥猶豫了一下，又追了一句，答應我，如果妳要買貨，只能從我這裡買。我沒辦法把妳完全隔絕在這些東西之外，但至少，我能保證妳不會受到不可逆的傷害。

小米點點頭，對於接下來要發生的事情絲毫沒有概念。耳機中飄出若隱若現的靜噪，似乎帶著某種特定的節奏感，沒有任何前兆地，她突然感覺一陣強烈的眩暈，彷彿八級地震般晃動著重心位置。文哥一把扶住她，坐到地上，她不解地看著文哥，那眩暈仍未停止，但與剛才又有不同，鏡片裡的世界蒙上了一層茶金色調，如同沐浴在夕照霞光中，但更微妙，所有事物的邊緣模糊著，閃著光點，一種強烈的情感無來由地從心底湧出，如同鑿開了一眼壓抑已久的甘泉。她突然明白了，那是回憶的味道。

儘管她的理智完全確信自己仍身處矽嶼，但所有的一切都變了，變得充滿舊日氣息，如同時空中的兩個點被折疊到一起，天空、樹木、土地和垃圾像是被賦予了生命，散發著溫暖而美好的情感。小米甚至覺得，母親就在自己的身邊，抱著縮回童年時幼小的自己，撫摸著自己，她能聞到母親身上那股淡淡的竹葉香氣，沒有緊張，不再慌張，她願意在這種幻覺中永遠地沉湎下去。

同樣沒有任何前兆地，那層帶著記憶靈韻的金色濾片瞬間被抽離了視野。一切又無情地跌回那個灰暗、平庸、醜陋而刺鼻的現實，小米抬起頭，看到文哥正抱著自己，撫摸著自己，一股噁心無法遏制地泛起，直沖嗓門。

會過去的，第一次都是這樣的。文哥笑笑，試著安撫她，似乎十分理解她的感受，他說，這只是試用裝。

天下沒有免費的午餐，每次下載基礎劑量僅可維持五分鐘，據說如果時間過長會對前庭系統造成不可逆的損害。當然，有些瘋子才管不了這麼多。這些電子毒品從世界各個角落源源不斷地被創造出來，流入追求刺激或者急於逃離現實的人們手裡，大部分是第三世界國家的窮苦百姓。二級市場裡，代碼神童們苦心鑽研破解祕方以求免費門票，或是製造出更加邪門的變種，與傳統的合成毒品配合使用，這讓這門生意充滿了危險的不確定性。

為了躲避法律風險，電子毒販大多把資料來源寄存於空間站伺服器群，再通過地面基站進行分拆轉發，癮君子們習慣於將這些太空毒窩叫做「露西的鑽石」。

小米只敢從文哥手裡買這種俗稱「數位蘑菇」的套裝程式。她試過許多不同的品種，有些能帶來瘋狂的視幻效果；有些可由意識進行引導，如同展開一場心靈探索的旅行；有些閃爍著某位西洋女郎的神祕微笑，卻沒有任何實際效用，文哥說這款程式叫「HEMK Ekstase」，聽起來像是東歐貨，至於她是誰他也不清楚；有些她永遠不想再碰，但無法忘懷的，始終是那款能把她帶回童年，帶回家鄉，帶回母親身邊的金色昔日。

文哥說，只有那個時候，妳的「米」字才是亮著的。

那一回，羅錦城原以為是林家召集的早茶局，沒想到頭盤點心剛上桌，自稱李文的垃圾仔便不知從哪兒冒了出來。他先恭敬地向三家老大行了禮，問是否可以坐下。其他兩家都沒吭氣，只有林家老大微微點頭，做為陪同的林逸裕在邊上顯得格外不自然。

林逸裕出現在餐桌旁，既是做為林氏宗族的代表，又是矽嶼鎮政府主管招商引資的辦公室主任，這雙重身分令人尷尬。看得出來，他在努力調適自己的表情。

李文坐下，笑笑，說茶就不喝了，主要是小弟最近睡眠不太好，有點神經衰弱，跟各位老大討個藥方。

林逸裕乾咳一聲，暗示他別耍嘴皮子，趕緊入正題。

李文盯著桌上那屜熱氣騰騰的蝦餃皇，說，聽說有人出錢要買我賤命，我現在就是那籠裡的蝦餃。

羅錦城明白了，今天的矛頭對準的是自己，他讓刀仔放話嚇唬李文，讓他少惹是生非，看來刀仔很好地貫徹了他的意圖。這也是羅錦城為何器重刀仔的原因，凡事只用說三分溫柔，而他總能執行到十二分凶狠。儘管有點自欺欺人，可似乎這樣就能把業障轉嫁到刀仔身上，免除自己的果報。

可他還是不明白，區區一個垃圾人，林家和陳家怕什麼。

李文見無人接腔，便繼續自說自話起來。我來矽嶼一年半了，真心喜歡這裡，把它當成自己家一樣，我跑了好多村子，算了筆帳，可是怎麼算都平不了數，還請幾位頭家幫我解答一下。

他掏出一個油膩膩的本子，擺上轉盤，恭敬地推到羅錦城面前。

羅錦城斜睨了他一眼，翻看起來。他臉上的不屑很快被驚訝所取代。本子上匯總了大量的資料，包括每個村每天不同種類垃圾的卸貨量、回收比例、處理週期、各類金屬及塑膠市場波動價格、人工成本、水電成本、租金及機器折舊費，等等，龐雜有如巨大數位矩陣。羅錦城知道這些資料都可以從公開管道獲得，但從來沒有人花這份心思去逐一梳理匯總。

最後一頁只有簡單的幾個紅色數字，分別是他們應繳納的稅金，以及實際繳納的稅金，特別註明從稅務局網頁上「表彰地方年度納稅大戶」的新聞報導中獲得。

現在羅錦城終於明白了，眼前這個瘦弱的年輕人並不像看起來那麼不起眼。他看了看陳林兩家代表的臉色，顯然他們早已確認過數字的準確性。

後生仔，你很醒目，想要什麼就說，沒什麼不能談的。羅錦城把本子轉了回去，他清楚，聰明到這種程度的人不會只保留紙本。

李文輕輕一笑，我只希望你們能把我們當人，而不是垃圾。

桌上陷入了尷尬的沉默。過了半晌，林逸裕用他一貫的官腔答道，小文，很多事情大家可以坐下來一起商量，這些年我們一直在努力改善外來勞工權益，當然，還有許多方面有待提高。

有這個共識就好。李文舉起了茶杯。比起我的命，這本子上的東西要值錢多了。

茶杯在半空中孤零零地候著，微微發顫，林家的杯子舉了起來，接著是陳家。羅錦城知道這是逼他表態，現在他們就是拴在一根線上的三條魚，竿子一扯嘴都得豁。儘管傳統名義上的三大家族早已變成羅家一家獨大，但他卻無法不顧及行業的整體利益，魚死網破對誰都沒好處。

羅錦城緩緩地舉起茶杯，與其他三個杯子碰出一聲脆響。

回想起來，那個外地仔的眼神狡黠中透著狠勁，如同一枚滴答作響的定時炸彈。可一時半會兒羅錦城也奈何不了他，如果那些資料洩漏出去，不僅三大家族和稅務機關會陷入麻煩，一旦被美國人抓住把柄乘虛而入，才是他最擔心的。

現在又加上鑫兒的病況，真是個多事之夏。羅錦城只有每日早晚跪拜於佛龕前，對著那尊開過光的佛像虔誠祈禱，為兒子，為羅家，也為矽嶼。他望著佛祖臉上掛著的金色神祕微笑，默許如心願達成，必將廣施善緣，修繕寺廟，每年佛誕組織大型慶典，邀全體鎮民共沐佛光普照。

就像一筆交易。他心裡掠過這個念頭，又飛快地把它掐滅。這時電話響起。

是刀仔，他花了一個多禮拜，已經找到那個垃圾女孩，正好趕在林家前面一步。

「抓住她，帶去功德堂。」羅錦城掛上電話。

林家人也捲進來了嗎？羅錦城面向佛像跪下，雙掌攤開朝上，深深地磕了三個頭，他的嘴角露出了同樣神祕莫測的微笑，彷彿冥冥中得到了來自另一個維度的旨意。

成交。他聽見心裡有把聲音說。

酒店房門邊上的「請清理」LED燈暗著，斯科特打開門，亮起燈，清潔工已經來過，一切整潔有條理，帶著淡淡的橘子味清香。他打開壁掛電視，隨便挑了個頻道，把音量調高，然後如同平日般拿著手機在房間各個角落走一遍。全頻段快速掃描沒有發現任何電磁異常。

乾淨。這是當地最好的酒店，同時意味著它是羅家的產業。

斯科特掏出寸步不離身的筆記型電腦，運行一個加密對話程式，他知道在這裡沒有絕對安全的通道。電視購物頻道上幾名盎格魯－撒克遜風格男女操著一口流利的普通話，反覆兜售一款去年聖誕在北美上市的「升級版」寵物義肢產品。

更好地感知主人情緒變化，更好的人寵關係，SBT榮譽出品，全為明日派對。

他想起了晶片狗，或許用不了幾個月，華強北電子市場便會出現各種山寨化產品，甚至比正版功能更強大，更適應本地需求。然後再出口到美國，供應那些負擔不起SBT的大老粗勞工，裝到他們沒有閹割乾淨的雜種狗身上。

可怕的中國人，他們山寨一切。

事情變得有點荒謬，美國勞動人民一邊抨擊中國廉價勞工剝奪工作機會，一邊感激他們生產的廉價商品維持了自己體面的生活水準，美元變成大筆堅挺的人民幣湧入新貴階層手中，那些工廠主、管道商、技術菁英及基層官僚，他們不屑於使用國產仿造品，一心追逐曼哈頓上東區或者舊金山灣區的生活風格和品質，當然，還有更新換代的速度。
於是，人民幣又變成了美元。

狀態：連接中 加密：啟動
乙川弘文：乾淨？
長風沙：乾淨。
乙川弘文：進展順利？
長風沙：有幾個候選人，跟進中。
乙川弘文：很好。注意時間窗口。
長風沙：那究竟是什麼？對候選人有何影響？
乙川弘文：你知道規矩的。
長風沙：問問而已。
乙川弘文：一個小意外，循例回收。你的專案才是正經事。
長風沙：比想像中棘手。
乙川弘文：聽說了，中國人。
長風沙：我會根據指南……等等。

一絲微弱的風拂過斯科特的面頰，由於空氣汙染，房間窗戶始終處於緊閉狀態，由中央空調完成空氣過濾及交換。**哪裡來的風？**他告別化名「乙川弘文」的接頭人，關閉了對話程式，合上電腦。躡步走到窗前，有一道幾乎無法察覺的縫隙，讓窗戶打開極小的角度，溫熱潮溼的夏季晚風便是從這裡鑽入。

酒店呈馬蹄鐵形，開口朝向大海，據說風水上是招財進寶的格局。斯科特的房間就在其中一極的最外側，視野開闊，三面海景，價格也是最高的。被打開的這扇窗朝向U形內弧立面，可以看到另外一側的所有房間。

他眯起雙眼，夜色中，酒店玻璃外牆飄浮著馬賽克般的燈光，海浪拍岸聲在遠處若隱若現。他的感官系統久經嚴苛訓練，視野中必定有某些細微的異常，只是尚未被意識所捕捉到。忽然，同一層遠端的某扇暗窗閃過一片紅色光斑，稍縱即逝。

雷射竊聽。斯科特突然醒悟過來，打開窗戶是為了獲取更佳的入射角，同時增加玻璃聲壓震動的敏感度。

他衝出房間，跑過長長的通道，心裡默算著那扇暗窗所在的位置。一名男子從前面走來，看到斯科特，突然掉頭，推開緊急通道門，樓梯間傳來急促的腳步聲。**就是他！**斯科特撞開門，往樓下追去。

二十二層高的下旋階梯似乎無窮無盡。那個男人沒有絲毫停歇的意思，密集的腳步聲在空曠樓道裡來回撞擊，產生巨大的混響。斯科特的心臟劇烈跳動著，彷彿隨時可能脫離胸腔，他呼吸急促，眼前一個紅色警告標誌不停閃爍，那來自他的心律調節器，一次意外的副產品。

下方的腳步聲突然改變了方向，斯科特隨之撞開緊急出口活動門，尖厲的警報延後數秒響起。他們已經到了地下一層車庫，男人的背影朝著出口的亮光蹣跚而去，似乎也已筋疲力竭。斯科特放緩腳步，調整呼吸，等待心律調節器重新生效，他目測對方身高大約一百七十公分，步距按比例縮短，追上應該只是時間問題。

一陣引擎轟鳴傳來，地面微微震顫，如同黑暗中巨獸甦醒，打了個響鼻。斯科特心中閃過一絲不妙，不顧一切地邁開大步朝那名男子追去。輪胎尖厲的摩擦聲從另一個方向逼近，竟絲毫沒有減速的意思。

男子聞聲望向來車的方向，沒有喜悅，前燈照亮他迷惘而蒼白的臉龐，然後表情迅速扭曲為恐懼。

就在他即將被撞飛的瞬間，斯科特一個箭步躍起，將他撲倒到一旁，自己隨著慣性翻滾著重重撞到牆上，那車並沒有煞車，而是徑直衝上斜坡，消失在那片光亮之中。

斯科特仰面躺著，大口喘息，他甚至顧不上疼痛，滾燙的心臟就像快要超負荷燒毀，狂烈地震顫著，他錯誤判斷了一切，現在，必須為此付出慘重代價。那個男人爬了起來，似乎仍驚魂未定，他看了看斯科特，猶豫不決。

斯科特抽搐著擠出一絲難看的笑容。

「我……我不知道……」男人竟然開口了，說的是中文。「他們只是付錢讓我跑，使勁跑，我什麼都不知道……」

斯科特聽懂了，他突然笑起來，調虎離山之計，這些狡猾的中國人。看來他們的目標是電腦裡的文檔，他突然放鬆下來，憑著他的從業經驗，想在如此短時間內破解動態加密可能性幾乎為零，如果暴力拆解硬碟，則會觸發自動銷毀程式，直接帶走電腦更是給斯科特一個順藤摸瓜的機會。

「你能幫幫我嗎？」斯科特發出請求，男子勉力將他架起，隨即又被那具龐大的身軀壓翻在地，振起一團塵土。

房間是用假身分登記的，監視錄影顯示那個人偽裝成清潔工進入斯科特的房間，對於這個神祕出現又消失的編外人員，酒店方面竟然無法做出任何解釋，林逸裕主任幾乎要超出憤怒了。那個人趁斯科特追逐誘餌之機，在房內待了三分四十秒後，突然匆匆離開，顯然收到了其他內應的警告。

斯科特的電腦依然合著，處於休眠狀態，除了風扇位置微微發燙。

那個人乘坐貨梯下到大廳，在洗手間內換下制服，大搖大擺地走出酒店正門，叫了一輛計程車。

「我們已經追蹤到那輛車的方位。」VIP包廂裡，林主任一邊與藍牙耳機保持通話，一邊通過臨時翻譯向斯科特解釋著，「放心吧，斯科特先生，他逃不掉的。」

斯科特點點頭，心裡暗自好笑，賊喊捉賊，也就你們能演得這麼生動投入。他倒是不擔心資料遭竊，只是好奇這一齣鬧劇最後將如何收場。緊急抽調的醫生檢查著他各項指標，心律調節器已經恢復正常工作狀態，除了些許疲憊，他並沒有感覺到任何不適。

「心律不整？」年輕的女醫生問道，邊抽著血。

「老毛病了，陣發性心搏過速。」

「據說沒有病毒電池之前，每隔幾年就得換電池，有一個安了電子心臟的英國人，每隔四小時就得充一次電，車載點菸器就成了他的命根子。」

斯科特禮貌地笑了一聲，手臂上一刺痛，針頭已經拔離了血管。醫生的笑話大多別有用心，即便她說的是事實。

植入心臟輔助裝置後很長一段時間裡，斯科特總會無端恐慌，尤其是對於其中的病毒增強型電池。科學家們說，利用病毒系統的活性肽可以最佳化蓄電池的奈米結構，大大提升續航能力及供電穩定性，可一想到自己的胸腔裡封存著活生生的病毒，難免讓人心生疑慮。

「問題不大，注意休息。」醫生將血液樣本注入攜帶式血液分析儀，觀察數據變化，「你的心臟，是遺傳性的？」

「一次意外。」斯科特笑笑，不打算再深入解釋，可塵封的回憶卻無法遏制地衝破牢籠，無情地撕開他的傷口，他哆嗦了一下，似乎胸腔裡那顆有缺陷的心臟跳動著撞上冰冷的鋼針。

那張老照片依然在他錢包裡躺著。一片熱帶陽光下的雨林和溪澗，兩個笑容透亮的小美女，皮膚彷彿用日光繪著洛可可式的植物紋路。

十年前，崔西三歲，南西七歲。

那是一趟巴布亞紐幾內亞之旅。斯科特受雇於常青集團（Rimbunan Hijau Group）下屬的調查機構，展開一項關於非法採伐對當地環境及原住民文化影響的調查，目的在於迫使當地政府打擊非法採伐，讓常青集團全面接管巴布亞紐幾內亞的原木資源。所謂的「可持續性開發」，在斯科特看來，只不過是合法掠奪的另一種說法。

無論如何，報酬豐厚，風光旖旎，調查結論也是水到渠成，斯科特趁著專案收尾之際，把妻子女兒都接過來，盡情享受一番天倫之樂。

離開首都摩斯比港，斯科特發覺尋找一片淨土比他原先想像中要困難得多。鏈鋸的巨響遍布天堂雨林，將飛鳥走獸驅逐到更為偏遠的深處，石油探勘公司（Oil Search Ltd.）的輸油管彷彿裸露的毛細血管，穿過森林、河流、村落，從肥沃土壤裡吮吸著遠古的黑色精華，供應給欲壑難填的發達國家。甚至就連那些原住民也不再純樸，他們賴以為生的雨林被破壞殆盡，生活逼迫下，只好出賣勞力，加入伐木公司，舉起電鋸，砍削曾經鐫刻著家族之名的母親樹。

他們躲閃的目光裡藏著憎恨和厭惡，但又不失時機地向白人遊客攤開手掌，推銷所有能夠換成貨幣的本土風物。

斯科特最後找到一處名為**Kemaru**的地方，在當地語中是「弓箭」之意。此處有飛瀑及衝擊而成的弧形水潭，河岸上的紅樹林根鬚繁茂，垂入水面，不遠處則是開闊的河流入海口，可以望見沙灘、俾斯麥海及群島。弓箭之名或許便來自這片水域形狀。

他拒絕了當地嚮導不厭其煩的推銷，最後實在忍無可忍，喝斥對方離開自己的視線。那個黝黑矮小的男子看了他一眼，消失了。

陽光，鳥鳴，清澈澄碧的潭水，充滿異域風情的植被，斯科特和蘇珊就像典型的美國遊客，伏在岸邊的巨石上，享受著日光拂背，聽女兒們互相擊水，發出天使般的嬉笑。

的確稱得上天堂雨林。斯科特心想。

爸，我們去那邊看看。南西說。

別跑太遠，照看好崔西。斯科特事前勘查過地形，水並不是很深，看起來也沒有什麼危險生物。

我能照顧好自己。崔西奶聲奶氣地說。

當然了寶貝，別去太久，一會兒咱們還要去海灘呢，那邊更棒。斯科特頭都沒抬。

十分鐘過去了。蘇珊開始擔心起來，她高喊著女兒的名字。

沒有回答。

南西！崔西！斯科特摘下墨鏡，朝水潭一側的弧形邊緣游去，水面上空空如也，他又朝另一側游去，依然不見蹤影。他開始緊張起來，蘇珊的叫喊帶著嘶啞的哭腔。

他潛到水下，睜開雙眼，試圖捕捉任何蛛絲馬跡，終於，他似乎看到有一團藍色被紅樹林的根鬚重重困住，如同即將熄滅的硫火，那是崔西的泳裝。他深吸一口氣，瘋了似的撲過去，看來是崔西游泳時被根鬚纏住腳踝，由於慌張掙扎，越纏越緊，還好她身形纖小，斯科特不費多少力氣便將她解救出來，拖出水面。

崔西面色蒼白，渾身軟塌塌的沒有一絲生氣，斯科特把她交給蘇珊。

按急救課程上教的，把水從肺裡擠出來，做心肺復甦，快！斯科特沒有猶豫，又一個猛烈扎進水裡。

南西一定就在附近，他瞪大雙眼，不停遊弋。在發現崔西的另一側，繞過一大團褐色觸鬚般的樹根，南西那玩偶般的面孔突然出現在他眼前，她眼睛半睜著，嘴巴張著，顯然肺部已經充滿了水。斯科特努力遏制住自己的恐懼，奮力拖拽著那僵硬的身體，看起來她是為了營救妹妹才把自己捲進去的。

照看好崔西。是因為這句話，南西才不敢告知自己，進而以身試險嗎？斯科特的心臟狂亂地捶打著胸腔，他肺部的空氣已消耗殆盡，可那些根鬚卻難纏得緊，單憑一己之力根本無法解開。他感覺自己就快要爆炸了。

斯科特衝出水面，大口喘息，那名黝黑矮小的嚮導就站在岸邊。

快他媽下來救人！他狂怒喊道。

嚮導淡漠地搖了搖頭，像是聽不懂他的話。十萬基那（註8）。他說。

我給你，快幫我！

現在就要。嚮導依舊搖搖頭。

你這狗娘養的！斯科特絕望地咒罵著，他摘下自己的勞力士潛水錶扔給他。這錶絕對不止十萬。他撒了謊。

嚮導端詳了一會兒，躍入水中。

可一切都太遲了。

斯科特把嚮導的臉揍了個稀巴爛，南西的屍體靜靜躺在一旁，蒼白美麗有如米萊筆下的奧菲利婭。蘇珊抱著驚魂未定的崔西不停抽泣。聞訊趕來的本地救援人員見狀，按照當地風俗向死者亡靈祈禱告慰，繼而額頭抵在那棵殺人樹上，念念有詞。原住民篤信萬物有靈，只是斯科特怎麼也想不出，他們會對那棵樹說些什麼，他只是覺得心臟一陣陣地抽搐作痛，彷彿生命的一部分被生生剜了出來。

註8　基那（Kina），巴布亞紐幾內亞貨幣單位，一基那約等於〇·三七美元。

過度換氣導致的陣發性室性心搏過速，醫生診斷，並建議他植入心律調節器。可斯科特知道，不僅僅是心臟跳動的節奏，他的整個生命都被改變了。

十年後，崔西十三歲，南西七歲。

小米不由得加快了步伐，甚至顧不上看一眼身後。

她飛快地奔向那間熟悉的羅家工棚，幾乎在她踏進院門的同時，門口鑽出幾名本地人，手裡拿著照片。**該死！**小米本能地一閃，躲到一座垃圾堆後，探出腦袋。那不是羅家的打手，幾個人都是生面孔，穿著也跟那些街頭青年不同，但毫無疑問，他們是在尋找小米。

小米正快速思索著是該貓著等到這群人離開，還是現在就原路撤退，卻不想背上被重重一拍，她像受驚的貓般跳將起來。

「小米，妳可是回來了，擔心死我了！」是同一個工棚的姊妹蘭蘭，自從小米去陳家地盤後有一個多禮拜沒見了，還像往常般綻著沒心沒肺的笑臉。

那幾個人聞聲同時扭頭看來，小米絕望地推開蘭蘭，沒命地跑起來，就像在夢裡一樣。沙礫路面、工棚和垃圾堆在她面前猛烈晃動著向後退去，她聽見背後的叫喊聲越來越近，夾雜在流動的空氣裡，像毒蛇的信子般嘶嘶作響。石子蹦進鞋裡，磨破腳跟，火辣辣地疼，可她卻愈加用力地邁開雙腿，像是要藉助這股疼痛的力量，激發求生的潛能。

那些男人的聲音已經近在耳邊。

就在小米行將放棄的瞬間，一輛拉滿純淨水的電動三輪車忽然闖入她的視野，騎車的是何伯，算是她半個老鄉，平日裡經常互相照顧。她沒有遲疑，加速兩步躍上三輪車，車身猛地一震，水桶互相撞擊發出悶響。何伯嚇了一跳，回頭看是小米，還沒來得及開口，就被她一聲怒吼嚇了回去。

「快開！」

電動馬達加大了轟鳴嗓門，三輪車顛簸著沿土路朝鎮區方向開去。小米抹開額頭被汗水沾溼的瀏海，猛烈地喘著粗氣，卻從後視鏡中瞥見幾個緊追不捨的人影。

車上的幾十桶水限制了車速，那幾名男子的身體素質更是驚人，竟能在如此速度中與車身始終保持一段不遠不近的距離，就像緊咬獵物血跡的狼群，穿越滾滾塵土，只等目標犯下哪怕微不足道的錯誤。

小米咬咬嘴唇，使勁把水桶放倒，蹬下車板，水桶在路面上彈跳了幾下，如同保齡球般滾向那幾個男人，前面兩人身形靈活地跳閃開，第三個人視線受阻躲避不及，被水桶狠狠擊個正著，頓時發出一聲慘叫，倒地不起。

「我的水啊！」何伯大呼小叫起來。

「我賠你！」小米幾乎是吼了回去。

更多的水桶被推下車，前仆後繼地撞向奔跑著，他們狼狽不堪地躲閃著，速度不由得放慢下來，距離越拉越遠。車裡只剩沒幾桶水，速度明顯加快，小米感覺車身飄了起來，顛簸也隨之變得猛烈。

「抓緊了！」何伯發出警告。

前方是一道橫跨在水溝上的石橋，去往鎮區的必經之路，減速已經來不及，何伯將車頭猛力擰到極限，三輪車尖嘯著畫出一道近乎九十度的弧線，疾速往石橋奔去。如果是在車身滿負荷的情況下，這種急轉彎毫無難度，可小米早已將載重悉數卸掉，單薄的三輪車頓時失去平衡，外側車輪騰空而起，車子如同滑翔機般傾斜著掠過橋上驚慌的攤販。

何伯努力控制著車子避開人群，但重力加速度終於超出他的操控範圍，小米只覺得劇烈一震，便發現自己的身體已到了半空中，三輪車就著巨大的慣性翻滾著撞上橋墩，發出一聲脆響，何伯也被甩了出去，軟趴趴地掛在橋頭上，像一坨待沽的死肉。

小米重重地摔在路面上，渾身碎裂般疼痛，嘴裡充滿鹹腥味，模糊中她似乎聽見那幾個男人奔跑呼喊的聲音逼近，她近乎絕望地向前爬去，試圖抓住任何一根救命稻草。她抓住了一隻在她面前停下的腳，小腿上緊繃的肌肉像石頭一般堅硬。

「救我……」

小米的腦海中閃過陳開宗的臉龐，混沌中，她希冀這個男人能夠再次拯救自己。她抬起頭，那個男人的臉在背光中一片模糊，但面部輪廓的變化說明，他正在笑。小米聽到了清脆有如玉石相擊的聲音，然後看著一團紅色火焰從男人的肩頭燃起。

她知道，這回運氣不在自己這邊。

5

微弱日光穿過長而陰暗的過道，打在壁櫥裡的瓶瓶罐罐上，折射出混濁的黃綠色光澤。陳開宗不無心驚地看著這些另類的藏品——浸泡在陳年藥酒裡的動植物屍體，各種蛇類、蛇蛻及其生殖器、雄性梅花鹿的角、早已滅絕的華南虎腿骨、黑熊膽、長白山人參、巨型蜈蚣、不知名的昆蟲及植物根莖。他看到那些半融解狀的甲殼素外骨骼，像一艘艘微型飛船，漂浮在一片迷離的異星風光中。

矽嶼人尤其是老一輩人，堅信這些動植物的生命精華，會通過酒精仲介，作用於人體，起到延年益壽、增強性功能的效果。

陳開宗生怕下一個玻璃罐裡會漂浮著一具殘缺的嬰兒標本，這並非不可能，新生兒胎盤曾經是奇貨可居的補品，許多醫護人員以此牟取私利。陳開宗的母親便品嘗過這種學名「紫河車」的寶貝，來自她分娩後的副產品。

一個不錯的WWF廣告創意。陳開宗暗想。**人如其食**（You are what you eat.）。

過道的盡頭是一扇窄門，透著蒼白的光，穿過窄門，豁然開朗，一片開闊的圓形晒穀場，被粗礪堅實的砂漿磚房所包圍。一位身形瘦小的老人安坐在竹製躺椅中，微微晃動。地上鋪滿了晒乾的紫菜和鱿魚，濃重的鹹腥味如海風撲面而來。

當陳賢運告訴他，陳氏族長，陳家真正意義上的頭把交椅要見他時，陳開宗著實在心裡構想了一番。可他的視覺思維遭好萊塢體系毒害太深，眼前浮現的大多是黑幫片裡的經典形象，像《教父》裡的馬龍．白蘭度，或者是《四海兄弟》裡的勞勃．狄尼洛。

可絕對不會是眼前這個乾癟瘦弱、背心褲衩的鄰家老頭。

老頭的面孔如蠟紙般褶皺密布，眼瞼微閉，輕輕顫動，露出些許眼白。他已經九十二歲了。像是嗅到了風向的改變，他緩慢睜開雙眼，看見站在面前的陳開宗，笑了，臉上的皺紋呈放射線狀收縮到眼角及法令線周圍。

「陳老伯好。」

「好，好，你就是那個……」

「開宗。」

「對，對，開宗，開宗，好名字，開宗明義。」

老頭掙扎著起身，開宗忙幫他把搖椅固定好。據說老先生祖上曾出過進士及第榜眼，也算是書香門第。

「陪我上厝頂走走吧，夕陽無限好，看一眼少一眼咯。」

開宗攙扶著族長走上半敞開式的石梯，環形的無簷天臺就在他們眼前，如同一枚臥在山海間未事雕琢的石鐲。晾晒的衣被、待風乾的海產及單晶矽電池板錯落有致地排放著，帶來層次分明的紋理。太陽朝海平面加速沉墜著，日色由白轉金，再暗下，濃烈似火，點燃天邊棉絮狀的浮雲。海風拂面，夾雜著潮溼而清新的鹹味，開宗聞之精神一振，靜待老人開口。

老人的皺紋在夕照中如太湖石般閃亮，他望著海的方向，深陷的眼窩中藏著奇異的光。

「我昨天求了一支籤。」老人遞給開宗一張紅紙。

地藏庵六十甲子媽祖靈籤

第五十八籤、癸未、○○●　○●●、屬木利春宜東方。

蛇身意欲變成龍、只恐命內運未通、久病且作寬心坐、言語雖多不可從。

陳開宗知道沿海漁民都有祭拜媽祖，祈求出海平安的習俗，卻不曉得這籤詩與自己有何關係。

「不知道這籤為誰而求？」

「問得好，」老人並沒有轉身。「此籤為矽嶼而求。」

這個回答大大出乎開宗的意料，他立即明白了族長這籤詩裡隱含的擔憂。無論是否真的從媽祖處求得，這四句話已經將陳氏宗族對於惠睿專案的態度表露無遺。而且，這種假借天意的巧妙表達，竟讓陳開宗無從反駁。

「我活了快一個世紀，從來沒離開過矽嶼。我看著稻田枯萎、土壤變成有毒的荒地；礁島被炸沉、海灣被填埋，港口和大橋比莊稼生長得更快；我看見軍艦在海上露出銀灰色背脊，而魚群越來越少、越來越遠；我聽見大喇叭裡、電臺裡、電視裡唱著喜慶的讚歌，從未停歇，反映民間疾苦的戲曲卻乏人問津，漸漸衰亡。

「矽嶼有病，病得很深很重，可這不是一劑猛藥就能治好的，相反，用土話說，可能會激起更大的毒火攻心。」

自私。聽罷老人自述，陳開宗的第一反應竟然是厭惡。

他清楚人們是如何被剝削壓榨的，這發生於歷史上的任何一個朝代，無論是異族還是同族，總會有高人一等的階層，以神靈、國家或者進步的名義，制定法律，修築規範，從意識到肉體上完全實現對其他階層生命價值的占有。

存在即合理。當一切只存在於教科書上時，陳開宗很容易這樣說服自己，可當一切活生生地出現在眼前時，又是另外一回事。

這些天來，他深入接觸了垃圾工人的生活和勞動。他看到那些稚嫩女孩的青白臉色，以及被化學藥劑腐蝕得斑駁粗糙的雙手，他聞見那些令人作嘔的氣味，嘗過難以下嚥的伙食以及低得無法置信的報酬。他想起了小米，想起她那純真笑臉底下，血管壁上吸附的重金屬微粒，那些變性的嗅細胞受體和免疫蛋白。她彷彿一具完美自律、無須定期檢修的工作機械，像這片土地上其他數以億計的優質勞動力，日復一日，不知疲倦，直至壽終正寢。

想到這裡，開宗的心跳漏了一拍。他不知該如何解釋這種感覺，發覺老人已經轉過身，看著出神的自己，微微一笑，像是不經意間隨口提及。

「聽說你和一個垃圾女孩走得很近。」

「她叫小米。」陳開宗明白老人這話裡的隱意，故意糾正他。

「對，對，我總是不太習慣稱呼他們的名字。」

「您慢慢會習慣的。」開宗遏制住自己胸中的怒氣，他不想得罪族長。

「呵呵，年輕人吶，總以為長城能在一夜間就修好。」

「不，它更有可能在一夜間就倒塌。」
「那就等著瞧好了，你今天晚上不是還約了她？」
陳開宗心中一驚，老人並不看他，將目光投向遠方。
與小米共同經歷過的畫面在陳開宗眼前快速重播，一條陰魂不散的死狗、夜晚的舵光、觀潮灘上的神靈……他想知道老人究竟在何處安插了眼線。他突然驚覺，老人深邃的眼神裡折射出的並不是落日的餘暉，那些細碎的藍色光點飛快地溢出，宛如高速頻閃，正在從虛空中讀取著祕密。

出乎斯科特的意料，他們捉到了那個人。
審訊室整潔明亮，與他想像中的情形大不一樣，那個人單手被銬在椅子上，面孔年輕，輪廓分明，他見到斯科特，眼珠稍稍向右上方偏轉，似乎在與腦海中的形象做匹配。他主動開口，說的是帶有粵語口音的英語。
「終於見面了，斯科特·布蘭道先生，久仰。」
「你認識我？」
「超出你的想像。」
「哦？願聞其詳。」
「我想咱們還是不要在你的身分上浪費太多時間。埃克森－美孚、常青、世界銀行、惠睿，當然還有背後那些更嚇人的巨頭，這些不斷變換的中間名，它們共同的姓氏難道不是『格雷迪』（註9）嗎？」那個人微微一笑，表情頗為自得。

「笑話不錯，年輕人，不過我要提醒你，格雷迪家的人手都很長（註10），在我的拳頭砸爛你那張漂亮臉蛋之前，最好進入正題。」

「你不會的，」年輕人頭一偏，朝向天花板的一個角落。「他們正看著我們，說不定也在聽著。如果我是你，我會謹言慎行。」

斯科特不自然地調整了座椅位置，在地板上劃出一聲刺耳的摩擦。

「你是誰？你要什麼？」他刻意壓低嗓門，似乎忘了監聽器寬廣的拾音訊段。

「不是我，是我們。我們知道你們慣用的伎倆，在委內瑞拉、巴布亞紐幾內亞、菲律賓和西非，推動本地經濟發展和人民就業的救世主，哈，幹得漂亮。那些，我們不關心。世界本來就是這樣運轉的。我們關心的是你的副業，可能導致雲霄飛車脫軌的微小裂縫，相信我，你不會想捲入這樁醜聞，那將是難以置信的骯髒。儘管你的手也不乾淨。」

斯科特陷入沉默，顯然他們掌握了某些他尚未得知的情報。

事情本應很簡單。他以斯科特·布蘭道，惠睿公司高級專案經理的身分進駐矽嶼，通過一系列他所擅長的手段，前沿環保技術、經濟增量評估、投入產出比模型、中長期社會效益、新增職位機會、性賄賂……快速出牌，誘使當地政府簽署共同開發興建循環經濟工業園區的合約。惠睿提供技術及部分資金，矽嶼政府劃撥用地，協調當地宗族關係，整合

註9 Greedy的音譯，「貪婪」之意。
註10 Greedy folks have long arms. 英諺，心貪手長。

現有垃圾處理企業資源，並提供後續所需的大量廉價勞動力。

聽起來是筆不錯的交易，似乎天平還略微朝矽嶼傾斜一些，只因惠睿答應提供額外資金用於治理當地飽受汙染的土壤和水源。

做為回報，惠睿將享有以協議價優先回購矽嶼循環再生資源的權利，這簡直解決了當地政府心頭大患，一份穩定、長期的現金流收益，以償還銀行貸款及產生的高額利息，同時帶來亮麗的GDP增長率。

這也是林逸裕主任轉變之前態度，扛住重壓亟欲促成這筆買賣的原因，與那些走馬燈似的輪換的過客領導不同，他生於斯長於斯，林家所有的血脈和親緣都凝結在這片土地上，他想辦出點造福矽嶼後代的實事，他想留個好名聲。但現實太堅硬了，他就像被夾在兩扇門中間，擠破腦袋想要從宗族和政府的勢力縫隙中突圍，卻像條喪家之犬，落得個狼狽不堪。

只有斯科特心裡清楚，事情完美得有點不像話。就像只有街頭搏殺的小流氓才會明刀明槍，真正高段位的殺手，鋒刃總是深藏在鞘中，一旦出鞘，兵不血刃。

「我聽說這裡的審訊經常發生意外死亡的情形，就連醫檢報告也是天衣無縫。」斯科特斜睨著他，冷冷說道。

「從踏上矽嶼那一刻起，我就已經做好準備，而我絕對不會是最後一個。」年輕人絲毫不畏懼地迎上目光。兩人僵持著。

「說吧，你要什麼。」斯科特突然厭倦了這套角色扮演遊戲，他已經演了太久，太多角色變換，以至於他都忘了原本的自己應該是什麼樣的。

「讓我打個電話，我老闆會直接聯繫你，這裡不乾淨。」

乾淨。這個詞像過敏源般讓斯科特放聲大笑起來，年輕人怒視著他，似乎想用目光縫上他的雙脣。**沒有什麼是乾淨的**。

「我們會把它搞乾淨的。」斯科特語帶雙關，起身離開房間。屋角的攝影機裡只剩下一個透鏡狀變形的小小身影，像被拍扁的蟑螂般，順著關節應力緩緩展開僵死的肢體。

落日在海平線上凝成血紅色的亮點。

老人的臉像燃燒的紙，歲月的殘頁在火光中跳躍蜷曲，化為灰燼。他眼簾低垂，卻看透一切，不發一言，更勝洪鐘大呂。

陳開宗明白，眼前的這個老頭並非如其表面般風燭殘年，他眼中射出的光，分明來自新款增強現實隱形眼鏡，只是許可權等級不明。

在這個處處受限的低速通道區域，這樣一位老人卻更讓人心驚膽顫，彷彿撕下偽裝，便能瞬間化身為冷血戰士。

但他只是笑著搖搖頭，柔聲說道：「你們去過觀潮灘，那裡很不好。」

只是平平常常的「不好」二字，卻讓陳開宗心頭一墜。

「我知道，有些謠言說那裡……」

「是真的。」老人甚至不等他把話說完，「那叫潮占。」

他們所處的方位無法看到觀潮灘，觀潮亭也僅是從龜甲般錯落有致的厝頂露出尖頂，若不細看根本難以分辨。海水由近及遠地褪去金紅，如同逐漸冷卻的鉛水，顯露出冷漠的灰。海面上一道道纖細的白線如示波器上跳躍的圖形，移動、消失、復又出現，像永不休止的音符，一曲億萬年的引力之歌。

陳開宗聽著老人不帶感情地講述那段並未記載在任何史書上的歷史，突然覺得脊背一陣發涼，他想，是海風，但願只是海風。

觀潮亭相傳是唐朝刑部侍郎韓愈由於諫迎佛骨，被唐憲宗貶謫到潮州任刺史期間，造訪矽嶼時所興建。

那時的矽嶼還不叫矽嶼，亭外曾立碑石留有韓愈手書，「觀潮者知天下，懷仁德者興造化」，後因熱帶風暴來襲佚落於海中。

曾有人認為此文仍是抒發韓愈對唐憲宗的不滿之情，但只知其一不知其二，這兩句話其實是針對矽嶼本地的一種古老習俗——潮占而發。

潮占是一門無從稽考卻又淵源久遠的占卜技術，據信是矽嶼先民在長期的漁獲生活中總結而成。

如同其他占卜技術的原理一樣，潮占將事物經過海潮席捲沖刷後在海灘上留駐的位置、狀態與痕跡，做為預知吉凶、推測未來的依據。所不同的是，其他占卜用的多是死物，樹枝、龜甲、獸骨、沙堆、錢幣、筮竹，而潮占用的是活物。

矽嶼先民相信，生靈在瀕死狀態中會與神明相通，激發出強大的感應力，接收來自未來時空的資訊，從而讓占卜者做出更準確的預測。

由於觀潮亭礁島與本島所圍合成的特殊地形，便成為潮占的最佳場所。先民們在礁島末端將經過處理的活物投入海中，而後到觀潮灘上等候奄奄一息的軀殼擱淺。據說最早時，觀潮灘被人工分割成十二等份，鎮以刻有卜文的花崗岩，以便潮卜之用，後來除四舊時被悉數拆毀。

「那麼……他們用的活物是……」陳開宗清楚聽見自己艱難吞嚥的聲響。

「初生的牛羊犢、狗……大多數時候是。」老人含混地回答。

他們將活物用特定的繩結捆縛好，既無法充分鳧水逃生，又留存有掙扎的空間，因此經過一段海水中的痛苦旅程後，牠們的死狀顯得扭曲而猙獰，彷彿在與神祇的對話中經受重創，表情驚駭，目光空洞，靈魂潮溼。

倘若一息殘存，則視乎占卜的結果，如為吉兆，則候其壽終正寢，依法度葬之；如為凶兆，則以石卵擊斃之，亂葬於崗，不留任何標記，以免厄運循跡跟隨到占卜者家中。

陳開宗對於韓愈幾乎一無所知，但在老人口中，那是一位寧願得罪當朝皇帝，冒著砍頭風險也要將佛骨「投諸水火，永結根本，斷天下之疑，絕後代之禍」的偏執狂。如此堅定的無神論者卻溫和說出「觀潮者知天下」的話來，甚至還包含著幾分讚許，確實令人匪夷所思。

老人說，那是因為心意蕭瑟的他親眼目睹了一場潮占儀式，而所問之事便是韓愈自身前程。

土狗被捆好，肚皮朝上投入海中，半個時辰後，腹部鼓脹、姿勢不變地被沖上沙灘，接著第二波潮水打來，將死狗掀起，變為狗刨食狀。

觀潮者解卦道，雖然此朝（潮）翻身無望，但韜光養晦，下一朝定能重歸廟堂，錦衣玉食，高位覽勝，乃中吉之卦象。

唐穆宗即位之初，召還韓愈為國子祭酒，再遷兵部侍郎、吏部侍郎等。此亭此碑便是韓愈報答神靈還願的贈禮。

「可後半句做何解釋呢？」陳開宗實在無法將殺鱷英雄韓愈想像成一名先天的動物保護主義者。

「也有一些時候，」老人的眼神開始閃爍不定，「我們用人行占。」

6

「假鬼佬，現在知道艄公為啥不敢靠岸了吧。」在觀潮灘的那個晚上，小米說。

那是一片亂葬崗，深色土地上隨意地插著一些木牌，表示此處葬有死者，但木牌上僅有卒年，沒有生年，更沒有姓名，零星可以看到一些紙錢和燃盡的香燭，在月光掃射下顯得格外嚇人。小米雙手合十，眼簾低垂，口中念念有詞。

「這些是……」陳開宗不自覺地壓低聲線，彷彿怕驚動了地底的孤魂野鬼。

「他們都是被潮水沖來的無名屍，有些是偷渡客，還有些……據說是本地人作法殺死的女人和小孩……」

即便是陳開宗這樣堅定的無神論者，此身此景，聽到這裡也不由得打了個寒噤。但他很快鎮定下來，只不過是外地勞工醜化當地人的都市傳說罷了。

「大半夜的，妳不會就拉我來看這個吧。」

「當然不是，喏，真正厲害的在那兒呢。」小米頭一偏，指向墳地角上一尊高大的黑影。

「哇噢！」真正走到那物體跟前時，陳開宗還是結結實實被它的體型和詭異外觀震住了。

他掏出防塵、防震、防水的三防手機，甩掉上面凝結的水霧，螢幕發出蒼白的光，照亮這具釋道合一的壇場守護神。這是一部高度將近三公尺的外骨骼機械人，特種合金裝甲被貼上各種道教符咒，已看不出原本的塗裝顏色，所有帶稜角的地方都掛滿了硬塑或木質佛珠，在晚風中互相碰撞發出脆響，甚至關節還被纏上象徵祈福的紅布條，在夜色中顯得格外顯眼。

比起 eBay 網站上拍賣的蘇—35戰鬥機，這個真算不上什麼，某個有錢人心血來潮的廢棄玩具罷了。材料技術和製造工藝的縱深發展讓逆向工程變成屠龍之技，例如這具外骨骼機械人中取代傳統液壓傳動裝置的電感人造肌纖維，即便你瞭解所有構造、成分細節，也絕無仿製可能。拆解截獲敵機讓本國飛行器技術大躍進的時代早已一去不復返。

陳開宗好奇的是，它為什麼會出現在這裡，以這樣一副格格不入的造型？

小米默禱完睜開眼，彷彿看穿他的疑問，她猶豫了片刻，說：「是文哥。」

這件稀罕貨品一到埠便被文哥占為己有，在他的私人工棚實驗室裡，文哥幾乎修復了所有可見的壞損，並為病毒電池續上了能源。一切就緒後，他發現有兩套操作模式，一種是遙控，他嘗試破解通訊協定，但不知為何，就是無法啟動系統。無奈之下他只有轉向力感應模式，他需要一個人爬進控制室，通過肢體的力感測器元件啟動機械。

這個人當然不會是他自己，這次，他選擇了孤兒仔阿榮。

瘦小的阿榮一臉無辜地鑽進那具健碩的鋼鐵之軀，顯得極其不協調，他將四肢鎖定在相應位置，指示燈亮起，文哥興奮地大喊，指揮他動作起來。機器和人體之間顯然沒有協調到位，動作笨拙遲緩有如月球漫步。力感應器將每秒數百到數千次的受力資料傳送到中樞電腦，電腦完成運算並下達指令到電感肌纖維，牽引收縮完成動作，如果過程稍有延時，操縱者便會有如置身水中，動作明顯落後於意念的阻滯感。

從小米的敘述中，開宗大概可以想像到那是一種怎樣的情形。

在文哥的不停咒罵中，阿榮－機械人的動作漸漸變得敏捷流暢，阿榮也興奮起來，揮舞著機械臂將垃圾堆擊成碎片，他開始奔跑。所有的圍觀者都跟著跑了起來。

那是一種不可思議的力量與速度的結合，阿榮－機械人帶著他標誌性的外八字步態輕盈躍行，卻在地上砸出巨大而沉悶的聲響。他像無頭蒼蠅般四處轉悠，又像是被刺瞎雙目的大力神赫克勒士，空有一身蠻力卻無從發洩。

文哥氣喘吁吁地緊跟不放，一邊大喊讓他停下。但他很快發現，事情有點不對勁。阿榮－機械人似乎想要擺脫什麼，開始瘋狂地甩動四肢，將經過的房屋、樹木、車輛悉數摧毀，人們驚恐地躲避著這頭失控的鋼鐵猛獸，看它席捲著磚土、樹枝和玻璃碎片跑出羅家地盤，跑向那片閒人止步的三不管地帶——觀潮灘。

跑在前面的垃圾小孩們歡快地大喊，阿榮著火咯，阿榮著火咯。

那具狂奔的外骨骼機械人從控制室裡竄出縷縷黑煙，帶著某種肉體燒焦的味道。這時人們才反應過來，阿榮－機械人的目的只有一個，海水。

但他沒能堅持到終點。

當小米趕到時，穿過重重圍觀的人群，她看到阿榮－機械人定定地站在亂葬崗邊，那具焦黑的身體在冒著白煙的合金裝甲中燃燒，彷彿烤箱中一塊過火的熏肉，顯得愈發乾瘦。文哥徒勞地用沙土去掩滅，電線短路，火花四射，所有人在一驚一乍中面露滿足，彷佛觀賞著一臺死亡大戲。她看到文哥臉上流露出的複雜表情，愧疚、挫敗，也許還有那麼一絲悲傷。

不出三天，這場悲劇便會變成觀潮灘的又一傳奇，而孤兒仔阿榮則會變成前世孽債，今生報還的最佳案例。

沒人會記得文哥做過些什麼。

陳開宗看著控制室內的燒灼痕跡，座位上還殘留著人體脂肪，以及燃盡後剩餘的矽酸鹽晶粒，黏附在洛克希德・馬丁（註11）的商標周圍。電線短路引起過熱。他想起下隴村那一幕，一陣反胃。

「沒人願意碰死過人的垃圾，」小米再次雙手合十，「大家都覺得這兒邪氣重，如果有誤打誤撞闖進來的，就得備香火紙錢，祭拜一下這尊……神靈。他們都說，是它把阿榮帶到這裡來還債的。」

小米的語氣中帶著不確定，似乎有所懷疑，卻又深深畏懼。

當時的陳開宗並不知道她在畏懼什麼，甚至覺得這種迷信十分可笑，只是臨別時回眸匆匆一瞥，那尊熔煉過無辜靈魂的煉獄鎧甲中，似乎有一絲冷冽藍光閃過。他再看，卻只是背景海面上的燈塔掃射，掠過荒涼墳地和蒼白海灘，在水面劃出一道似有若無的光痕，最終凝縮成一個亮點。

註11　洛克希德・馬丁（Lockheed Martin）公司，全世界營業額最大的國防工業承包商，九五％來源於美國國防部、其他美國聯邦機構和外國軍方。

夜晚的海像頭沉睡的黑色巨獸，呼吸聲均勻有力，帶著某種催眠的魔力。這是一般人不會踏足之地，多年前曾是一片亂葬崗，埋葬海上漂來死在偷渡中途的無名浮屍，陰氣極重。羅錦城望著車窗外起伏不定的海岸線，在燈塔與月光的交相輝映下，有如一卷骨白色的無字孝聯緩緩鋪開，那盡頭有一朵橘黃色的燈火，在蕭瑟的冷調中帶來些許暖意。

那便是他的目的地，人們私下裡稱之為「功德堂」。在矽嶼，活人是不用做功德的，只有死人需要。

那個女孩比他想像中還要幼小，尚未發育完全的胸脯劇烈起伏著，身上擦傷的血痕仍未凝結，被堵住的嘴巴裡發出動物般的哀鳴。她的眼神充滿恐懼，卻沒有疑惑，似乎早就料到這一天的到來。

羅錦城示意給她鬆綁，女孩喉嚨裡的汙布隨著幾聲咳嘔，帶著黏液滾落地上，像是貓胃裡糾結的毛球。

「別怕。」他蹲下，友善地笑笑，「回答我幾個問題就放妳回去。」

女孩臉上的恐懼沒有絲毫退減。

「見過這個奴仔（註12）嗎？」羅錦城亮出手機桌面上的背景圖片。

女孩瞳孔瞬間放大，又迅速地暗淡下去。

「告訴我，妳，對他，做了什麼？」羅錦城的語氣依然不慍不火，甚至在旁人聽來還帶著幾絲憐愛。

註12 矽嶼話中的「孩子」。

女孩呆滯了片刻，抽搐似地搖起頭來。

羅錦城抬頭看了看天花板上的燈，溫暖的黃光均勻地灑在屋裡每個人身上，營造出一種情景喜劇般溫馨的家庭氛圍，如果不是那些明晃晃的金屬工具，興許演員會更投入些。他嘆了一口氣。

「美國佬為什麼找妳？」

一種夢幻般的神情從女孩臉上一閃而過，她似乎也在問自己，過了許久，終於吐出了第一句臺詞。

「他說他喜歡和我聊天……」

刀仔和其他兩個嘍囉爆出一陣歇斯底里的狂笑，笑聲如此刺耳，以至於燈光都開始晃動起來。

羅錦城回頭怒視，笑聲戛然而止。他搖了搖頭，看著眼前這個柔弱得隨時可能會折斷的垃圾女孩，純粹是他媽的浪費時間，他停止問話，站起身來。

「照看好她，初八那天帶來。」

羅錦城走到門前，似乎想起了什麼，又折回身，望著這幾個跟隨他多年的愣頭青臉上莫名興奮的表情，彷彿看到了當年的自己，他提高了聲調。

「我的意思是，活的。」

陳開宗慌亂地奔跑著，已經過了和小米約好的時間。他的胃像被一隻無形的手攥著，配合著心跳的節奏胡亂揉搓，一種窒息與噁心的混合物，在腹腔內隨著步伐上下顛簸。那種恐怖的景象在他腦海揮之不去，他難以置信這樣的暴行竟然在家鄉已經盛行了上千年，甚至自己體內就流淌著殘暴的血液。

他呼吸艱難，彷彿自己就是那條被捆縛四肢，拋入滾滾波濤的苦狗，在湧動的氣泡和碧藍色光紋中垂死掙扎，被一股無形卻不可抗拒的偉力席捲著拋擲向海灘。狗變成了嬰孩，私生子們柔嫩的肌膚在海水的浸泡中蒼白發皺，如同一枚枚腫脹不堪的肉蛆，在潮汐攪起的漩渦中旋轉、翻滾，緩慢如飄舞的海藻，舒展成女子的胴體，那柔軟的腰肢被暗湧攥握著向後彎折，軀殼像斷線傀儡般被擺弄成各種不可能的姿態，充滿脆弱而殘酷的美感。

「私通的女子和野種，」老人的話像魔咒般糾纏著他，「就像這些稗史一樣，在矽嶼留不下一點痕跡。」

「可您怎麼知道得這麼清楚？」陳開宗話剛出口便後悔了。

那具想像中的女屍在潮水中緩緩轉身，海藻般的長髮散開，露出一張毫無血色的面孔。

那是小米的臉。

陳開宗終於跑到小米所在的工棚，他扶著雙膝，汗流浹背，大口喘著粗氣，絲毫不顧垃圾女工們投來的怪異眼神。她不在幹活，也不在屋裡。小米離開了，沒人知道她去了哪裡。一種不安感如群聚的烏鴉落在陳開宗身上，他由於過度緊張，全身微微發抖，就像當看到陳氏族長眼中射出藍色碎光時的感覺。

他永遠忘不了老人說出謎底時的神情。

「我也是個觀潮人。」老人淡然自若地說。似乎這番對白的所有目的，僅僅是為這句話做足鋪墊。

又或者，只是為了讓他錯過約定時間。

陳開宗站在陰鬱潮溼的暮色中，迷惘地望著路的盡頭，盡頭一片虛空，彷彿在等待著什麼。他的表情似乎想努力擺脫某個念頭，某個如屍蠅般驅逐不散的念頭，但他愈是用力，那條讖語便愈加凶猛地膨脹、增殖，如同癌細胞般塞滿他每一寸腦海。

陳開宗將再也見不到那個他曾經認識的垃圾女孩。

荒潮

Waste Tide

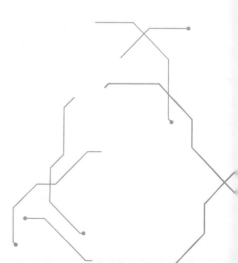

第二部

虹色浪潮

全為明日派對。

——SBT（Silicon-Bio Technology）公司廣告詞

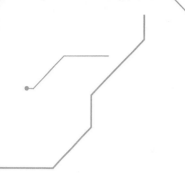

7

每隔十五秒，便會有一束白光刺入房間裡唯一的窗戶，瞬即消逝，屋內昏黃的基調在那一刻被漂白幾分，事物的影子像是被賦予了生命，驚惶失措，躲避著光源做圓周運動，在布滿黴斑與縫隙的牆壁上蔓爬，最後遁入虛無。

那道光第一次出現時，小米以為自己看到了希望，她瘋狂地撞擊著牆壁，用嘶啞充血的聲帶呼救。那道光消失了，除了海浪的嘆息聲，一片死寂。

那道光第七次出現時，小米的嘴已經封上了膠帶，任憑她拚盡全力，髮絲凌亂，眉目猙獰，也只能在平滑表面上製造出一窪銀灰色的凹陷。她的雙手同樣被膠帶牢牢反捆在身後，將兩塊肩胛骨向後撕扯成鈍角，淚和汗混雜在一起，刺痛她的雙眼，浸溼領口。她能感到身上到處火辣辣地疼，卻不知道傷在何處，像是無數螞蟻舔拭著神經末梢，帶著一種凌遲般的快感。

現在，小米只有兩條腿是自由的，她曾用它們猛力踢踹過眼前這幾個男人的襠部，甚至嘗試強行闖出鐵門，結果整個身子被架起，雙膝磨地被拖甩回角落，像隻無主的野貓。

光第十五次掠過。男人的臉亮起，肩上的貼膜在強光中顏色變得黯淡，可以清晰看見大臂上的汗毛，肘窩中的血管，泛紅的針孔。他們的動作在蒸騰的熱氣中遲緩，汗珠滴落，嘴角咧開，露出蠟黃色的琺瑯質，他們說了句什麼，笑聲蓋過了潮水聲和冰箱的壓縮機鳴響，小米看見自己蒼白的大腿，那條柔韌骯髒的工裝褲已經不知去向，一股垃圾腥臭氣味，她的膝蓋與腳踝分別被光頭男和疤臉男牢牢固定住，拉扯向不同的方向，露出她最柔軟的角落。

那個叫做刀仔的男人蹲下，在她雙膝形成的山谷間，血紅的火焰貼膜在肩頭燃起，點亮了他的瞳仁，輪廓鮮明的面孔透著邪氣，脣釘與鼻環輕輕相觸。他仔細端詳著小米的兩腿之間，像在研究什麼神祕現象。

這粒肉蚌還沒開過光咧。他竟是一臉驚訝。垃圾雛。其他兩人痙攣怪笑起來。

光第二十二次路過。現在小米知道，那只是燈塔，與希望無關。

刀仔纖長的手指一路向上，停留在小米的胸部，像是節肢動物般抓撓了兩下，然後開始隔著衣物揉搓左側乳頭，他看著那個小小的突起變大、變硬，臉上彷彿嗑了藥般綻放出奇異的色彩。他揉搓起右側乳頭。

小米憤怒地瞪著他，瘋狂地扭動身體，想要躲開他的凌辱。她想把眼前這幾根手指硬生生地咬下來，連肉帶骨一起嚼成碎渣，再吐到他臉上。

溼了溼了。光頭用普通話大喊，腦殼油光閃亮，似乎讓小米聽懂可以令他愈加興奮。他賣力地箝制住猛烈掙脫的大腿。

小米絕望地看著刀仔，他的喉結上下跳動，呼吸急促，瞳孔擴張，神志渙散。然而，她最為恐懼的事情卻並沒有發生。刀仔並沒有鬆開皮帶扣，脫掉寬大的叢林色運動褲。相反地，他戴上一個形狀怪異的頭盔，挺立在小米面前。

而頭盔的另一端，連著一件六爪章魚般的增強器官，從注滿保護液的魚缸裡被拎起，溼答答地淌著水。光頭和疤臉男一起將那些灰白色半透明觸手纏在小米的軀體和四肢上，冰冷黏稠，她起了一身不適的雞皮疙瘩。

刀仔揮手示意兩人退開，他閉上雙眼，似乎所有精力匯聚在那件人造的器官中，沒有什麼能夠阻擋它暴虐的獵殺。一聲沉重的喘息聲，頭盔紅燈亮起。連接成功。

小米渾身一顫，那些觸鬚像是活了過來，突然膨脹收緊，顏色轉為赤紅，人造表皮下埋藏的奈米電極向她的痛感神經發起最凌厲的攻擊，無法言表的感覺蔓爬全身。動物瀕死的嗚咽聲從小米喉部傳出，淚水淌落，她將哀求的眼神投向那名男子，全身顫抖如同癲癇發作。

那男子卻無動於衷，似乎這個世界已與他全然無關。從小米身上採集到的生物回饋信號正源源不斷地經由高速線纜傳入他的頭盔，轉化為快樂的祕方。

第四十九道光，刺穿了小米的身體，從未體驗過的撕裂感如潮水般吞噬著她僅存的意識，大腿內側的肌肉不受控制地抖動著，她感覺有溫熱的液體沿著雙腿流淌、滴落，整個背脊向後弓起，面孔後仰到極限，彷彿頸椎就要折斷，巨大的痛楚讓她眼瞼震顫，無數細小的光點從視野邊緣向中心迸射。整個世界變形了。

然後萬物開始進入一種均勻有力的節奏，如同刀仔身體的顫動，還有他肩上躍動的紅色火焰。

白光變得緩慢，間隔被拉長，小米知道這只是錯覺，這個世界從不為她改變絲毫，她徒勞地數著，那道光重複出現了上百次，或許上千次，每一次等待都比前一次更加漫長，彷彿永無休止。每次觸手在她身上潮溼的遊走都讓她眼前的世界震顫、收縮、光點浮現，她已感覺不到疼痛，只是麻木，和深深的厭倦。

那些光點像休眠數萬年的單細胞生命，隨著每一次神經末梢的刺激而甦醒，綻放出各種螢光色，然後互相吞噬、融合、擴散成光暈，像心跳般放射出有節律的波紋，逐漸消逝在現實背景中。

像是某款增強型的數位蘑菇效果。

小米不知道自己該是怎樣的情緒，憤怒、屈辱、絕望、悲傷、仇恨……似乎都是，又都不夠確切。她無法清晰地界定那種感覺，那不是言辭所能描繪的無形之物，隨著那道亮光、溫熱的體液、觸手的每個動作、毛孔的每絲刺激而流淌變化。熟悉的物事閃現，家鄉的樹、母親的淚、辣椒醬、沙灘上的潮水漲落、垃圾、晶片狗鼓脹的屍體、塑膠燃燒的臭味、夕陽、夜色中起伏的海平線、粉藍色鮀光、文哥的怪異義肢、月光、月光下的陳開宗、鬼節上挺身而出的陳開宗、並肩躺在星空下的陳開宗……

這些遙遠的、不真實的記憶碎片隨著運動模式的變化，愈加混亂地拼疊在一起，小米感到體內開始燃燒，灼熱的皮膚上汗液滋滋翻滾，高溫蒸發成水氣，朦朧她的視野，房間內的一切都帶上了些微詭異的不規則形變，如同荒漠中的海市蜃樓，永難醒覺的噩夢。

兩名幫凶興奮議論著莞城紅燈區新玩意，東歐貨色，高度改造的腰椎懸掛系統，可滿足極端變態者的需求，可調級強化括約肌義肢，帶電動馬達的大洋馬，疤臉男浪笑著，面目扭曲如膠狀體，左臉傷疤充血透亮。他們就像兩個心不在焉的觀眾，而眼前這場暴力秀不過是一場拙劣的肥皂劇。

小米突然猛地一震，嘴上的灰色膠帶被硬生生撕開，熱辣如被灼燒金屬燙掉表皮，她的視線尚未來得及聚焦，便感覺有物體鎖緊自己喉管，強迫她張開雙唇呼吸。一條滾燙的物體趁機塞滿她的口腔，在硬顎與舌苔間不由分說地摩擦進出。那條觸鬚竟然想進入她的體內。

那個名叫刀仔的男子站立著，發出非人的呻吟。

小米已然意識到嘴裡運動著的東西與刀仔之間的聯繫，只消一個閃念，她咬緊了牙關，像被觸發了機關的捕獸夾。

一聲超出閾值的痛苦咆哮。小米瞪大雙眼怒視著刀仔抽搐的面容，他青筋暴起，艱難走上前，揪住小米的頭髮，可卻不敢發力。小米咬得更緊，那根觸鬚猛烈扭動收縮，在口中分泌出帶有金屬味道的黏液。兩個跟班手足無措，徒勞地尋找能夠撬開牙床的工具。白光再次亮起，掠過各人僵硬的姿勢和表情，宛如一場靜止的默劇。

臭屄！刀仔破口大罵打碎完美構圖。

小米眼角撇見一抹亮藍弧光，光頭男手中的電擊器吐著信子，如黑色蝰蛇朝她太陽穴噬來，她本能地鬆口躲閃，太遲了，一股強勁的高壓能量在她腦門炸開，視野中綻開千萬朵藍紫色的雛菊，高速旋轉，飄舞著橘黃色紋路，糾纏收縮，所有的幻象交疊，穿越失速的隧道，回歸原點。

一片冰冷稀薄的無盡黑暗。

海。蒼白如死屍皮膚的海，薄薄地與鉛灰色天空拼接，乍看之下，彷彿凝固的聚酯塑膠，沒有絲毫起伏，沒有浪花，沒有鳥。只有死一般平靜的天際線。

小米發現自己的半身便陷在這死海裡，海水環在她腰間，不冷，也不熱，像是一層隔絕了所有感官刺激的物質，下半身一片麻木。她想著轉身，腿上肌肉還沒有發力，臉便已掉轉了一百八十度。那是岸，同樣蒼白無色，泛著粗糙的磨砂啞光，砂紙般沒有深度，只是平順地沿著海的邊緣貼上半圈。

岸上有一個人影，單調不動，像是躺在海灘上，可小米卻能看見他比例勻直的全身，如同從正上方俯瞰般沒有形變，透視關係完全不對。

她正想著那是誰，一張面孔便迅速放大，撲向她眼前，幾乎可以看清毛孔和眼瞼下的細紋。陳開宗正出神地盯著天空，他的視線穿透小米的身體，聚焦在無限遠的宇宙深處。小米身體中似乎有鑰匙把發條狠命擰了一下，整個人都往裡縮緊了，像是所有的力量都被壓縮蜷曲在無比狹小的心房裡，等待著某一刻無法控制地釋放。

熟悉的緊張感掠過小米的神經，陳開宗又縮回遙遠的尺寸。她回頭，一幕曾無數次撕扯她神經的夢魘就在那裡，在海與天的邊緣，如風暴來臨，閃爍著貝殼光澤與油膜虹彩，迅疾地吞噬著灰白的世界邊緣，翻滾著向她襲來。

她不知道那是什麼，所有的感官只有一個本能的反應，逃！可無論她多麼賣力地調動肌肉群，邁開雙腿，與海岸之間的距離卻絲毫沒有縮短。

小米張開嘴，她想呼救，想讓那個曾經救過自己的男人將視線挪開星空，降落到自己身上。陳開宗的影像晃動著，忽近忽遠，像是風中之燭照出的皮影，虛幻而不真實。她口中傳出的不是清晰可辨的人聲，卻變成帶著金屬質地的尖厲嘯叫，伴隨著她的恐慌變幻出顆粒狀的震顫節奏。

她沒有回頭，卻看見了背後的景象。閃爍著虹彩的波浪如同某種變異的嗜氧微生物，在海面上瘋狂繁殖、蔓延，彷彿摩西出紅海般放射出無數道繁複的光路，大海像一塊黯淡的矽基板材被蝕刻成她所無法理解的模樣，毫無意義的紋理和不知來自遠古或是未來的符碼，而所有線條、停頓和凹凸，無論是什麼，最終的目的地竟是她的肉身。

小米狂呼著陳開宗的名字，電子嘯叫在空氣中以過快的速度衰減，無法動搖那個男人凝固的姿態，他的面孔如巨大的復活節島石像高高聳立在天空中，隨著小米情緒的波動，時而高清，時而分崩離析，她絕望地伸出雙手，卻發現自己的皮膚上折射出異樣的虹光。

波浪在她身後升起，凝固成複雜的榫接拱門，帶著分形圖案的紋飾，組合成一件電子巴洛克風格的藝術品，而所有元件的凹陷及滑動軌跡分明在暗示小米，她那飽受折磨的脆弱肉體，便是完成這件絕世珍品不可或缺的關鍵元素。

她看到了一張臉，從那波浪光滑的金屬鍍膜表面，微微顫動的，流淌著彩虹般細膩色彩的臉，她自己的臉，但又有點不同，那表情並不屬於她自己，不屬於任何她所認識的人類，帶著一種超乎想像的寧靜，如同鏡子照見了鏡子本身，無法讀取其中任何微妙的情緒含義，彷彿那張臉所代表的，只是存在本身。

小米恐懼到面部痙攣，那張臉閃爍微笑，逐漸幻化成某位西洋女郎的面孔。儘管似曾相識，但她卻想不起在何處見過，某款黑市數位蘑菇。

背後遙遠的陳開宗最後一次閃現在小米視野中，隨即消失。她張開雙臂，像是接受了命運般，任由那生長成九頭蛇狀的浪潮將自己擁入，吞沒，她聽見自己骨頭裡發出的高頻嘯叫，所有的神經末梢共鳴、破碎、綻放出曼陀羅般無窮無盡的自旋圖案，視網膜頻閃，億萬種顏色熔斷自我意識的最後防線，小米聞見一股熟悉的氣味，母親身上的乳香，她努力想記住它，就像她每次徒勞地想擺脫這個夢境一樣。

這次她終於成功了。

第一滴雨穿透無盡的黑暗，打溼小米的臉龐。

接著，包裹她身體的藍色塑膠布上，響起了踢踏舞般密集的鼓點，冰冷的雨水流進她嘴裡、鼻子裡、眼睛裡，她的呼吸道本能地防禦性抽搐，咳出一口血塊，同時深深吸入久違的空氣，她的胸膛劇烈地起伏著，如同鼓風機般快速運作。混沌占據著她的意識，四肢癱軟，她還沒來得及發現，自己正躺在一個半公尺深的土坑中，而周圍是一片亂葬崗，墓碑如凌亂的斷齒森然樹立，在燈塔的掃射下閃爍磷光。

「刀哥，她，她還活著。」一把困惑的聲音抖動著。

刀仔在坑邊蹲下，牽扯的陣痛引發低聲呻吟，他端詳起那張裸露的面孔，片刻，咧嘴一笑。

「看來老天要這賤屄慢慢死。」他手一揮，一鏟黑土飛入坑中，落在那具藍色溼滑的軀體上，更多的土落下，逐寸吞沒那些歡快的塑膠脆響。

泥巴濺落到蒼白臉上，像雪地裡棲息的烏鴉，小米的眼瞼快速顫動了兩下，似乎在無聲抵抗，黑色腥臭的汙泥覆過她漂亮的額頭，順著臉頰的曲度包圍精巧鼻梁，緩緩匯入唇齒之間，她似乎咳嗽了兩下，但也只是輕輕兩下，在這無邊滂沱的黑雨中，如同折斷一根葦草般微不足道。

土地上的凹陷漸漸隆起，平復了痕跡，像一切都沒有發生過。

我死了嗎？

小米清晰地知道這不是夢境，她的意識溢出了殘缺的肉體，從泥土與水的微小縫隙中滲透，上升，上升，像掙脫了吹管的肥皂泡，輕盈而不留痕跡地離開地表，停留在半空中，她曾經熟悉的高度，只是再也看不見自己的軀幹和雙腳。她俯視那方埋葬著自己的土地，並不是用眼睛，也沒有一絲痛苦和沉重，她不明白這一切是如何發生的，就像她無法理解夢境一般。昨天的小米還在努力嗅聞燒焦的塑膠片，賺取每天二十五元的生活費，希冀著有朝一日報還父母，而此時此刻，她遭凌虐的肉身躺在地下三尺，靈魂飄蕩在夜雨中，任憑雨點穿透自己無形的意識邊緣。她感到一絲寒意，卻並非來自皮膚，而是雨滴形狀及快速墜落軌跡傳遞的幻覺。

小米下意識地想伸手去刨開泥土，拯救自己，可她沒有手。

那三個男人在不遠處抽著菸，紅色光點忽明忽暗，白色煙霧在細密雨絲中顯得虛弱，他們低聲談論著什麼，不時停下，把被淋滅的菸重新點上，神情自若彷彿釣魚歸來。遠處一道光柱刺破海面的濃黑，由短變長，橫掃之處晶亮雨線在夜空細密交織，如同一匹上好的混紡銀線的喀什米爾黑山羊絨。男人的邊緣亮起，側影暗下，熟悉輪廓勾勒出一絲笑意。

剎那間，所有的記憶如風暴般席捲回小米的意識中央，光線運動的節奏與間隔感，疼痛與快感的複合物，黏稠溼滑的體液，恥辱，濃郁的腥甜，憤怒像漩渦般緩慢擴張，演變成狂暴。她不顧一切地朝那幾個男人衝去，意識像是被拉開的橡膠皮，充滿彈性，同時攤得稀薄，幾乎就能觸碰到那個凌辱自己的罪魁禍首。她要把他的眼珠掏出，腦殼砸開，吸食漿髓，她要把他的生殖器咬斷，塞進他自己嘴裡，她要用盡一切辦法折磨他，儘管她並不知道太多。

小米絕望地穿透刀仔、光頭和疤臉男的身體，像是一陣風吹進雨裡，沒有碰撞，沒有摩擦，沒有體溫，什麼也沒有，除了增長的虛弱。

這就是靈魂嗎？

她突然「看到」了熟悉的觀潮灘，那片極慢速閃爍的海面斜斜插入沙灘，道道潮汐如銀色疤痕增生蔓延，又癒合平復。小米猛然醒覺自己身在何處，那片禁忌之地，嬰孩與女人的亂葬崗，洛克希德·馬丁的黑色守護神矗立在風雨裡，她突然疑懼是否自己得罪了神靈，才落得如此下場。

只是一閃念，她便凝躍到那尊殺戮之神面前，卻不是之前跪拜祈禱的姿態，而是從半空中傾斜插入，如果她此刻有肉體的話，必是像敦煌石窟中的飛天，下肢高翹，前胸沉落，頭顱昂起與機械人對視，裙裾飄帶在身後如浪花翻滾。

空蕩蕩的控制室如同深淵，小米與黑暗相互凝視，她嗅聞到一股熟悉的氣味，那並不是鼻子所能聞見的空氣分子團，而是某種攜帶著資訊的痕跡，文哥留下的痕跡。她感覺到某堵牆，無形的屏障，橫亙在她的意識與機械人之間，向所有方向綿延出無限遠，如同一扇被強行破解卻又半途而廢的保險櫃門，只差最後輕輕一撥一轉，全新的世界將向她敞開。

小米無法拒絕那種誘惑，來自深淵的邀約，像是遠古本能的呼喚，她已一無所有，甚至生命。

意識的觸手如同柔韌海草，蠕動著滲入那堵牆，尋找著縫隙及複雜咬合的機關。小米驚異地發現一切進行得如此自然，甚至不用命令驅使。事實上，她對這些舉動一無所知，只記得文哥有如薩滿附體，手指翻飛地破解防壁，改寫指令時的神祕儀式。在她眼裡，文哥就是另一個世界的神。

而如今，她做到了神所無法做到的事情。

牆並沒有打開或者崩塌，它只是憑空消失。一堵無形的牆消失了，和一個掙扎求生的死人，不知道哪個更加荒謬可笑些。小米閃念間被吸入深淵。

空間感的反轉引起猛烈眩暈。深淵化為高峰。小米努力適應著新的感官信號，彷彿靈魂被嵌入一具完全陌生的軀體，她需要時間，靜靜等待在體內流淌積聚的能量，微弱然而穩定。胸腔中開始細微震顫，不同於人類心跳，波幅平緩，頻率極高，像是狂暴的猛獸在睡夢中被驚擾，輕輕打了個響鼻，卻足以讓人心驚膽顫。

她抽搐了一下，緊接著又一下，不是來自肉體，而是源於意識深處，帶著電流的無形觸鬚溫柔拂過數以億計的神經元，擾動晶藍色的波紋，沿著三維拓撲蕩漾開去。再次劇烈抽搐，彷彿接通了某個開關，她看見了，一個不同於以往的世界刷然亮起。

雨滴近乎靜止，如同恆河沙數般晶瑩的星體凝固在夜空中，小米迷惑地試圖眨眼，可她並沒有眼皮。外骨骼機械人顫動時，星體隨之細微變換方位，以顯示它們的實在感。天空是蒼綠色的，而海是靛青的，視線所及之處中央變亮變淡，勾勒出清晰的輪廓細節，然後向四周放射狀暈開暗下，帶著某種透鏡狀畸變。一片死寂，似乎這副特種合金外殼吸收過濾了所有頻段的聲波。

雨滴開始緩慢位移，彷彿列車啟動。一股重力無端出現，拖墜著小米幾乎癱倒，她本能地發力支撐，這才反應過來自己所操控的已不是人類肉體，而是一副鋼鐵之軀。

小米－機械人站穩了，這是一種奇異的感覺，她清醒地知道，自己真正的肉體還躺臥在三尺泥土之下，可此時此刻，她抖落肩甲凹陷處積聚的雨水，傾聽電感人造肌纖維張弛有力的擠壓嗡鳴，沒有呼吸，沒有緊張，也沒有任何阻礙她行動的敏感情緒。她突然知道自己該做什麼。

不遠處三具微微抖動的濁綠色人形。

小米－機械人邁出步伐，在鬆軟多汁的泥地裡壓出深坑，綠色夜空開始不規律閃爍，雨水明顯加速，儘管比起現實物理世界依舊遲緩，她開始理解這或許只是一種視覺錯覺，就像數位蘑菇帶來的增益效應。

黑色裝甲破開雨滴矩陣，夜風穿過精確計算的切面，嘯叫如狐如梟。小米－機械人驚異於這龐大軀體的運動速度，那三個人形由貝殼大小急速膨脹成實際尺寸，三張臉在視野中心亮起，閃爍著迷惑混合驚恐的青白色表情，他們的面部肌肉還沒來得及抽動。

小米－機械人揮出右臂，從半空斜斜劈落，蹲坐在右側的疤臉男脣間香菸折斷，一道齊整的紅線沿著他左臉舊疤爬過整副面孔，腦袋上半部斜斜滑落，延長線穿過右肩胛骨，帶走半條大臂。小米看到那完美切口噴湧出耀眼淺色液體，現在她知道，顏色代表溫度。

溫熱的近乎乳白的薄荷綠。

幾乎是同時，她的另一條鐵臂鉗住左側光頭男頭顱，將他雙腳提離地面。光頭男如同上鉤的鯰魚猛力掙扎，他的踢打在合金裝甲上擊出無調的悶響，褲襠間的潮溼陰影迅速擴大。小米刻意緩慢而持續地增強力度，看著光頭在自己指間凹陷、破裂、噴濺出更多翠白液體，她近乎迷戀地凝視這一漫長過程，直到男人殘缺的屍體摔落地面，小米－機械人的掌中只剩下一團頭骨、血與腦漿的混合物，發出劣等玉石般的瑩光。

她在這場遊戲上花了太多時間，以至於忘了自己真正的目標。刀仔已經沿著海灘跑出數百公尺，他肩上的火焰貼膜在夜色中劇烈閃爍、抖動，彷彿隨時可能熄滅。

小米－機械人狂暴地躍出兩步，隨即重重跪倒在沙地裡，她的意識變得模糊、稀薄，無法集聚足夠的能量操控外骨骼。小米這才醒悟，自己並不是真正自由的靈魂，仍然牽連受制於那具埋於地下，即將死去的脆弱肉體，而肉體一旦死去，意識也將魂飛魄散。

她艱難站起，轉身，邁開沉重步伐，回到亂葬崗，試圖搜尋自己的墳墓。

視野變了，地面被劃分成齊整的發光網格，小米的視線穿過網格，看到了原本應在泥土深處的骸骨、棺木、陪葬的辟邪器物。她掃視那些姿態各異的屍骸，有貓，更多的是狗，還有幾具相互糾纏難以辨清的群葬，如同三頭六臂的神怪，令人毛骨悚然。她看見一團小小的遺體，碩大的頭部與尚未發育完全的肢體，一個嬰孩，如同蟬的幼蟲，蜷曲在幽暗地底，機械人全身肌纖維猛地一縮，像是打了個寒噤。

小米看見了自己，纖細的逐漸黯淡的灰影，僵直如一條死狗，靜臥於某個方格之中，並不比其他遺骸明亮幾分。

她揮動機械臂，深深插入潮溼泥土，掀起，再次插入。小米挖得如此堅決，絲毫不顧忌傷及肉體，她看到一切，掌握一切，精確到毫釐之間。藍色的塑膠布從泥土縫隙中露出，如同溫室效應下升高的海平面，逐漸吞沒陸地，直至剩下零星的黑色孤島。

小米－機械人伸出雙臂，溫柔有力地將軀體捧起，平放到地面，塑膠布散開，露出蚌肉般白中略帶青紫的肌膚，在雨水浸泡下顯得浮腫。小米看著那張熟悉又陌生的面孔，有種說不出的怪異感，這並不像平常鏡中看到的自己，人照鏡子時會下意識地調整面部表情肌以期獲得最佳效果，而眼下，是完全鬆弛自然的一張臉，沒有絲毫生命的痕跡。

冰冷的合金手指撥弄著女孩的身體，小米竟不知該如何拯救自己，她看著胸腹位置象徵體溫的淺綠緩慢加深，漸漸融入周圍冰冷的靛青色，生命力正在溢出她意識可控範圍。小米伸出粗大兩指，置於小小雙乳之間，有節奏地按壓胸骨正中央，就像電視劇裡教的那樣。柔弱人類肉身在機械的力道下間歇抖動，但網格裡心臟的部位依然黯淡死寂，沒有一絲生氣。

起來！起來啊！

小米在絕望中無聲吶喊，力量瞬間失控，胸廓突然下陷，軀體在泥沼中壓出淺窪，她看著自己從口鼻中噴出血水與泥混合的穢物，像是看到了希望本身。

心臟依舊沒有復甦痕跡。

要有電！

這個念頭如同閃電般燃亮小米－機械人的神經叢，僅在三十個微秒間，左右臂的電感人造肌纖維造出可控短路，形成正負電極，並由肌纖維收縮程度調節電量大小，她不知道這一切是如何辦到的，就像一名久經沙場的士兵無法辨別聽到槍聲時，自己的第一反應到底來自大腦指令，還是肌肉中存儲的複雜記憶。

劈啪。藍色火花閃爍。電流由左胸骨穿透心臟經右肩胛骨流出。

黑暗中那綠色蓓蕾般的心臟似乎收縮了一下。

加大電量。劈啪。整具身體彈起落下，濺出泥漿。

綠色蓓蕾猛烈收縮舒張。小米突然感覺一股力量將她的意識往外一拽，試圖掙脫外骨骼機械人的軀殼，那力量的源頭竟是地上的赤裸少女。

劈啪。又是猛地一拽。強烈的不適感襲來，在那一瞬間，小米似乎鑽回那具冰冷潮溼傷痕累累的人類軀體，但只是數十微秒，她又重返堅固安全的鋼鐵城堡。

劈啪。劈啪。劈啪。

小米的意識在機械人與人類兩具軀殼間快速切換，她的視野閃爍不定，那顆心臟正在恢復正常的跳動節奏，生命力緩慢滋長，但同時，她正在喪失對合金裝甲的控制力，癱軟的關節已無法承載整體重量，她能感覺到機械軀體在重力拉扯下傾斜倒塌。

而巨大鐵殼的下方，便是昏迷中的少女。

疼痛。溼冷。顫抖。噁心。極度疲憊。這些人類專屬的感受越來越頻繁地占據小米的意識中心，她做為小米－機械人所看到的最後一眼，卻是自己搖晃著向地面那具脆弱的人類肉體撲去，她幾乎能看到那片潔白的胸脯，裡面剛剛恢復跳動的心臟，即將被數千磅的戰爭玩具砸成肉泥。

不！

小米驚異地聽見自己的聲音微弱飄蕩在風雨中。她艱難睜開雙眼，眼前是巨大猙獰的黑色機械頭顱，雨水順著簡潔精妙的裝甲紋樣滾落，滴入她的脣間，機械人在即將倒地砸爛小米的剎那，展開雙臂，硬生生刺入泥地，支撐住整具軀殼的重量。

她與死神之間，只有一個吻的距離。

小米勉力挪動裂痛的肢體，一寸寸地從機械人的陰翳下爬出，瓢潑雨水穿越無盡黑夜，澆灌她全身，迷離雙眼視線。她冷，顫抖，無助迷惘，本該熟稔的身體如今變得沉重而難以使喚。那道白光再次出現，漫不經心地掠過夜空、海面、沙灘、墳地，冷冷擊中小米，又旋即無聲離去，沒有留下一絲溫暖和同情。

她回憶起夢魘般的一切，在雨中無法遏止地嘔吐起來。

8

羅錦城望著那個蜷縮在角落裡瑟瑟發抖的男人，肩頭火焰一片喑啞，身上尿味刺鼻，嘴角流涎，雙眼圓睜充血卻又無法聚焦視線，幾乎認不出本來面目。在他記憶中，還從沒見過刀仔如此驚惶失態，那個逃離家門的九歲男孩帶著仇恨目光加入街頭幫派，在一場械鬥中被羅錦城相中，從此成為羅家一條忠耿走狗。

豆芽菜般瘦弱的男孩揮舞單車鏈，如銀蛇飛噬，人群中血花四濺，落在他因憤怒而扭曲的稚嫩面孔上。羅錦城始終無法忘記那股眼神，像是要把整個世界都摧毀殆盡。

這奴仔是個野種，別人告訴羅錦城。他媽和一個打工的外地人好上了，生下刀仔後，那個男人便消失了。親戚們都勸刀仔他媽扔掉算了，可她執意要養大兒子，在眾人的指點和鄙夷目光下，這奴仔長出一雙帶著刀光的修長眉眼，像那個外地仔，所有見過他爸的人都這麼說。

後來他媽改嫁給本地人，後爹趁女人不在時，把刀仔丟進雞窩狗圈裡，讓他跟雞犬爭食，爬得滿身糞臭，然後告訴他媽，果然是野種，天生就愛和畜生廝混。母親抱著刀仔哭了一宿，跟他說，你走吧，別跟著我受苦了。刀仔那雙漂亮的眉眼竟然沒有掉一滴眼淚。

刀仔從家裡跑掉之後，母親再也沒有找過他，儘管只隔了幾條街，撒泡尿都能聞得見騷。他曾經好幾次與母親、後爹以及他那同母異父的弟弟在街頭擦肩而過，可從來沒有被認出來過，他長得太快，肌肉骨架在頻繁械鬥中變得粗壯堅實，髮型怪異，顏色乖張，青色細軟的鬍髭，他總是低垂眼簾，快速走過，生怕目光出賣了自己。

他媽的第二個兒子在四歲那年神祕失蹤，遍尋無果，都說是被外地人拐賣到西北了，後爹哭天搶地了大半個月，形容頓時老了一輪，刀仔竟然心生同情。

他想，應該給他們留個念想的。可惜太遲了。

復仇像是一種生物本能，牢牢扎根在他體內，下手時，看著那張與自己有幾分相似卻年幼許多的臉，刀仔沒有絲毫遲疑。

他厭惡自己，就像深深厭惡這個世界一樣。羅錦城清楚這一點，這是刀仔無往不利的關鍵。而如今他像條被閹割的狗，銳氣全無，夾緊雙腿，口齒不清地重複著不成句的囈語。

鬼。他說。有鬼。

這是一樁過於離奇的謀殺案，現場除了殘缺的屍塊，還有一個深坑，一部耗盡備用能源支撐倒地的廢棄外骨骼機械人，數行腳印，沙灘上的，泥地裡的，赤裸的，沉重的，不成人形的腳印。

羅錦城封鎖了消息，儘管他在江湖上行走多年，想像力和經驗同樣豐富，可他無論如何都拼湊不出事情的真實經過。這個血迷宮缺少了關鍵的一環，一把揭開謎底的鑰匙，那個看似弱不禁風的垃圾女孩。

他從不同管道聽聞了刀仔的病態癖好，儘管在戰場上耍勇鬥狠，可這個精壯後生仔卻無法像普通人那樣行床笫之歡，哪怕藉助強效春藥。因此刀仔對於暴力有著異乎尋常的愛好，對方反抗得愈激烈，他便愈興奮。羅錦城揣測這種缺陷與刀仔的童年經歷有關，卻從未好意思開口過問，彷彿是某種父子間的微妙尷尬。

小米是受害人，也是證人，或許，還是畏罪潛逃的嫌疑人。

離神婆約定過油火的日子又少了一天，他的兒子還僵在病床上，如久晾的蘋果日漸乾枯萎縮。所有的事情都偏離了既定軌道。羅錦城感到一絲不安，他需要神靈再次的庇佑和肯定。

我們的交易還有效嗎？

他將兩個新月形木質杯合攏，高高捧過頭頂，閉目，念念有詞，往地上一摔。一分為二，均是弧面朝下，平面朝上。笑杯，表示神靈對此事不置可否，一笑而過。羅錦城不甘心，直到接連摔出三次笑杯。

李文端坐在他那間充滿異味的簡易工棚裡，聽著淅淅瀝瀝的雨點敲打波紋鐵皮屋頂的節奏。各式各樣的殘缺義肢凌亂堆放在四周，粗細不一的強化人造肌肉與金屬工具掛滿牆壁，整間屋子活像一間不見血的屠房，而他便是那個手起刀落的冷靜屠夫。

他的身前蹲著幾個年輕的垃圾人，身上灰暗的合成布料反射出潮溼雨痕，他們的頭上各自戴著一副增強現實眼鏡，幾根電線垂落，連結到李文手裡的精巧黑匣。他們似乎都迫不及待地想要發問，卻一再被李文的遲緩節奏打斷。

「文哥，是你找到小米的？在哪裡找到的？」

李文點點頭，又搖搖頭，目光閃爍：「……村口，她是自己走到村口的。」

「她現在咋樣了？這群畜生，我要把他們全閹了，讓他們斷子絕孫！」

「她在醫院裡，還昏迷著，有員警守著，咱們進不去，羅家應該不敢亂來。」

「肏他媽的，我們替他賺錢賣命，回頭女娃兒還得被他糟蹋，這是什麼世道！」

「文哥，咱們把羅家燒了，把他家裡人都宰了餵狗吧！」這粗野的提議竟得到了齊聲附和。

「能用用腦子嗎！」李文額角跳動著，表情顯得十分痛苦，在那瞬間他眼前閃過一張熟悉的面孔，他的妹妹，這面孔與小米飽受蹂躪的蒼白臉龐交疊，不知是五官還是絕望感，竟有某種高度的相似性。他沒能保護好自己的妹妹，當同樣的事情再度發生在自己所關心的人身上時，這種痛苦竟是如此難以忍受。

「你們憑什麼說是羅家人幹的，誰看到了？誰拍到了？像野狗一樣亂咬，和他們又有什麼分別？」

李文冷冷反問。他強壓住胸中的怒火，那憤怒試圖將他變成一頭野獸，將理性燃成灰燼，做出一些無法挽救的事情。可他不能，他需要時間分析、思考，為了小米，他必須讓每一步棋都下在正確的路徑上。

小夥子們不吭聲了，過了一會兒，才怯生生地問文哥該怎麼辦。

「照以往慣例，他們肯定會監控咱們的通訊線路，甚至在街頭巷尾啟動全方位的智慧監控攝影，盯緊每個垃圾人的一舉一動，包括分析對話嘴型。哼，別看矽嶼是低速區，這條數據專線還是有保證的。

「我編了個套裝程式，它就像受控的病毒，當啟動時，兩副眼鏡只要間隔距離小於半公尺，它便能破解對方的共用設置，同時發送一段指定的視域資訊，把自己複製過去。今後這幾天，我們就用眼睛來代替嘴巴和耳朵。你可以對著鏡子說一段話，傳出去，也可以把你看到的任何不尋常的情況散播開，懂我意思了嗎？」

幾個年輕人稍加思索，轉而用充滿敬畏的目光迎向李文，彷彿他是某尊高高在上的神像，而李文卻躲避著他們的崇拜，甚至笨拙地澄清自己：「這鎮上幾乎所有的眼鏡都是我配置的，用自家鑰匙開自家鎖，沒什麼了不起的。」

「那我們現在該做什麼？」

「看著我，」李文將其中一個垃圾人的腦袋轉向自己，「我們得測試一下。」

「這是一場戰爭。我們和他們的戰爭。小米是我們的家人、姊妹和孩子，她就是我們要守護的尊嚴，就像守護我們的土地、空氣和水。」李文嚴肅的臉上突然泛起不自然的苦笑，帶著一絲無法掩飾的愧疚，好像他才是真正施虐的凶手，「羅家的人想要小米，他們有智慧監控網，我們有人肉盯梢，只要他們膽敢強行帶走小米，你們就把那一幕散布給每一個人。我們要光明正大地向矽嶼人討回公道，我們每一個人的公道。」

那名盯著李文的年輕人摘下眼鏡上的電線，略作沉思，等著鏡片上右上方的一個綠點亮起，他朝身旁的同伴微微側過頭去，兩人充滿默契地行了個含義豐富的點頭禮，當他們的腦袋互相靠攏時，另一個綠點如同一隻急於交配的螢火蟲般迅速燃亮。

現在只能靠自己了。

羅錦城思忖著，望向車窗外朦朧的雨景。眼線回報，小米現在矽嶼中心醫院的加護病房，由陳開宗陪護，陷於昏迷狀態，美國人和林逸裕剛走，門外只有幾名林主任安排的警衛。正是下手的好時機，電話那頭急促說道。

車窗外細密凝結的雨滴，隨著氣流快速滾動，互相吸引、匯聚，形成微小閃光的溪流，在模糊失焦的背景上繪出複雜紋路，而後又斷裂、破碎，恢復成晶瑩的液滴。

就像人的命一樣。羅錦城自言自語道。

你以為命在自己手裡，其實，命不在任何人手裡，命有它自己的走法。

他所做的一切，或許只是順應命數，如同水滴在那些無形的風湧、車體震動、玻璃表面附著的細小塵埃以及其他無法知曉的力量裹挾下，走出的一條窄路。年輕時，羅錦城會把這些歸結為人的天賦秉性、眼界、勤奮程度或者運氣，現在他清楚，這些都是，也都不是。人置身於廣闊莫測的巨大世界圖景中，只能盲人摸象般偷窺其一二，更何況這幅圖景還在日復一日地高速擴張中。

車子在醫院門口停下，幾名嘍囉打頭陣開路，羅錦城隨後步入。他們刻意穿著低調，希望被看成病人或者家屬，可機械的步伐節奏及警覺的姿勢暴露了他們，人們紛紛讓出通路，面色憂懼。

加護病房門口的幾名警衛見來者不善，正想呼叫後援，卻在同一瞬間被反制住關節，逼到牆角跪倒，一把長刃閃著寒光橫在他們眼前，沉默不語卻帶著強大壓迫感。

羅錦城點點頭，推門走進病房。陳開宗抬起頭，滿臉疲憊，浮現疑惑和警惕。

「你是？」

「羅錦城。」

年輕人停頓了片刻，似乎在腦子裡搜索這個名字的來歷，突然眉眼間迸射出一道怒氣。

「對不起，這裡不歡迎你！」

羅錦城不置可否地搖搖頭，想走到病床前看個仔細，陳開宗用身體攔住他。

「離開這裡！馬上！」他像頭野獸般低聲嘶吼。

「年輕人，注意禮貌。」羅錦城掏出一包孔雀藍特級「中南海」，抽出一根敲了敲，夾在脣間，「別聽信那些謠言，我沒動過你女朋友一根手指，我沒說錯吧，是你女朋友吧？」他指了指病床上那個插滿各種導管電線的女子。

沒等羅錦城找到火，陳開宗一把拽下他脣上的香菸，撇在地上，碾成碎末。

「你會付出代價的！」陳開宗眼睛裡冒著火，攥緊顫抖的拳頭，似乎他體內有兩股力量在搏鬥。他終究沒有揮出手臂，而是朝地上吐了一口唾沫，半個月前的陳開宗還對這種行為深惡痛絕。

「是的，我會的。不過在那之前，我希望小米能幫我個忙。」

陳開宗瞄了一眼床側的緊急呼叫按鈕，手機也在那裡。

羅錦城搖搖手指，示意他不要輕舉妄動，「外面還有幾個兄弟等著，我自己進來了，這，就是我的誠意。」

陳開宗深吸了一口氣，似乎在衡量整個局勢：「你到底想從小米身上得到什麼？」

「你終於問問題了，這是一個好的開始。」羅錦城掏出手機，在螢幕上滑了幾下，遞給陳開宗，「眼熟嗎？」

正是那張小米握著義肢坐在垃圾堆前發呆的黑白照，那是陳開宗對小米的第一印象，他強忍住不回頭去看那張傷痕累累、雙目緊閉，被輔助呼吸面罩覆蓋大半的臉。

「這是我兒子羅子鑫拍的，」羅錦城的語氣變得和緩，滿懷憂傷，「之後他便得了怪病，陷入重度昏迷，醫生也幫不了他。」

「莫非小米可以？」陳開宗語帶譏誚。

「我們需要一個儀式，」羅錦城似乎有點窘迫，字斟句酌地吐出那個荒謬的解決方案，「過油火，神婆會通過小米，將厄運從我兒子身上驅趕走。」

陳開宗愣住了，似乎花費了額外的腦子來理解話裡的含義，然後，無法遏制地大笑起來。病房裡一觸即發的氣氛似乎變得歡樂，窗邊探出幾張臉窺測屋內不尋常的動靜。

「你很幽默，羅老闆，真的。」開宗突然收住笑，打破輕鬆的假象，「為了用愚昧的順勢巫術來救你兒子，就可以不顧別家孩子死活嗎？」

「我在你這麼大時，也鄙視迷信。」羅錦城表示理解地點點頭，又恢復了底氣，「人老了，見得多了，很多東西由不得你不信。往下看。」

陳開宗疑惑地滑動手機相簿裡的陳列，掠過一些家居花草和海面風景後，他倒吸一口冷氣，瞳孔下意識地收縮，手機在他掌中微微顫抖。

「我的手下。他們違抗命令，私下對小米做了一些不好的事情，這就是代價。」羅錦城停頓了片刻，盯著陳開宗，「但不是我幹的。」

手機螢幕上可怖的殘屍圖片緩緩滑過，變成一具在朝霞中閃爍黑金光澤的機械人，面朝大地，雙臂深深插入泥土，它胸前的地表，隱約可見一方人形凹陷，輪廓熟悉。

「我不明白……」陳開宗眉頭緊鎖，眼前的資訊編織成一張複雜的網，但是中間缺了一塊，露出森森黑洞。

「林逸裕那條狗，肉不肥他是不會伸爪子的。」羅錦城觀察著陳開宗的反應，「哦？看來你老闆並沒有把所有實情都告訴你，他也在找小米，通過政府的人，林家肯定撈到了什麼好處。」

「可為什麼？」

「這就是我到這裡來的原因，所有的謎底，都在她身上。」羅錦城望向病床上的小米，低聲補充，「也許，還有我兒子的命。」

陳開宗走到床前，眼中流露出柔軟悲傷的光，落在小米蒼白皮膚上的瘀青、擦傷和泛紅疤痕，沿著各色導線，凝固在波幅平穩的深綠色監測平板上。他咬了咬嘴唇，面露痛苦，喉嚨中似乎有股氣流在湧動，又被強行壓下。他低垂著頭，有那麼一瞬間給人錯覺，似乎是王子要去吻醒沉睡中的公主，但他只是木然定格在那裡。

「現在帶走她，對你沒有任何意義。」陳開宗緩慢地說，「你還不明白嗎？戰爭已經開始了。」

羅錦城站在柔光燈下，面部陰沉，下頜緊縮，交臂聳肩，像是對某個詞產生了防禦性的壓力反應。

林逸裕和斯科特並排坐在轎車後座，各自望向雨水朦朧的窗外風景，默不作聲。靛灰色的矽嶼街市如一幅筆觸粗獷的後印象派畫卷，從車廂兩側緩緩滑過。

斯科特的手機響了，他瞄了一眼，按掉。手機再次響起。

林主任看看他，做出一個請的手勢，斯科特再次把手機按掉，回給林逸裕一個過分得體的微笑。林主任用矽嶼方言很快地說了句什麼。

「不用這麼客氣，林主任。我知道你懂英語。」

「……只是一點點，臨時翻譯，馬上到，陳開宗，忙……」

「太謙虛了林主任，你根本不需要翻譯。我看過你的履歷，當年也是矽嶼的高材生。」

斯科特依然微笑。

「可你需要翻譯，布蘭道先生。」林主任突然收起那副唯唯諾諾的嘴臉，冰冷流暢地說。

「終於不叫我斯科特先生了嗎？恕我直言，你演得有些過火了。」

「在矽嶼，演戲有時候是一種生存之道。如果你想在這裡做生意，就得學會尊重這種規則。」

「完全理解。我不明白的是，你到底站在哪一邊，要知道，你不可能討好所有人……」

「尤其是美國人。」林主任眼中露出狡黠的光，接過話頭，「你覺得我兩面三刀，只替政府和大家族說話，不為矽嶼人著想。可你想過沒有，他們是我們的衣食父母，沒有父母，我們什麼都不是。」

斯科特眉毛一挑，像是想起來一件什麼有趣的事情。

「你知道嗎？當我小時候，有一次不小心撞見父母裸露著身體，躺在床上。那兩具身體在我看來沒有絲毫美感，那是一種充滿震驚的羞恥。我最後選擇了假裝什麼都沒有看見，悄悄離開。如果是現在的我，或許會選擇給他們蓋上被子，因為我愛我的父母，就像你一樣。」

「我不認為這是一個恰當的比喻。凡事都有兩面性，而你卻只看見其中一面。」

「比如？陰陽太極？」斯科特嗤笑了一聲。

「比如，」林逸裕主任深吸一口氣，似乎在極力壓制焦躁情緒，「惠睿總把三大家族看成攔路虎，卻不懂得合縱連橫，用利益分而化之的道理；惠睿總指望政府發布強制性的行政指令，卻不知早有前車之鑒，顧慮重重；惠睿總想用環保和生產效率來打動矽嶼人，可你們不曉得，機器人效率更高，更環保。本地人擔心的是，剩餘的垃圾處理勞動力何去何從，會不會變成一股流動的不穩定因素。還有，你老搬出來的生態環境廳廳長郭啟道……」

「嗯？」斯科特豎起了耳朵。

「看來資料庫也有不靈的時候。那個試圖竊取你電腦資料的年輕人，來自一個激進環保組織『款冬』，它的發起人郭啟德，正是郭廳長的孿生兄弟……所以，凡事都別太著急下結論。用中國話說，叫謀定而後動。」

斯科特不說話了，一臉若有所思。

林主任突然口氣又軟下，他在不同的人格面具間轉換得如此嫻熟，以至於聽眾有時都很難趕上他的變化。

「至於我，你只要相信一點，我是整座矽嶼上站得離你最近的一個……」

一陣急促的手機鈴聲打斷了他的告白，他瞄了一眼斯科特，接通電話，臉色陡時大變。他忙招呼司機掉頭，同時撥通另一個號碼。

「有人闖進加護病房了……」他的話音懸在半空中，像是電線上兜滿雨水的黑色垃圾袋。

他們把我們叫做「垃圾人」。垃圾骯髒、卑微、低賤、無用，卻又無處不在。他們每天製造垃圾，他們離不開垃圾人。

他們以為垃圾人只是被局限在工棚、汙水池、焚化爐、廢棄田間，他們錯了，我們在他們的酒店保安室、餐館後廚、醫護用品消毒房裡，他們喝的純淨水、開的車、夜總會裡叫的小姐，甚至看護小孩，所有他們不願弄髒自己身體的地方，就是垃圾人艱難維生之處。他們以為自己能躲得過？

他們抓走小米時，我們看見了，但並沒有吭聲。我們已經習慣了淫威，習慣了被當成垃圾，肆意凌辱、踐踏、用完即棄，消失得無聲無息。我們甚至都能想像這個女孩所能遭受的所有折磨，毒打、煙灼、嗆水、刀割、電擊、活埋、肢解。想像時還帶著卑賤的快意。

我們只是祈禱自己不要成為倒楣的下一個。

然而，她活著回來了。在一個雨夜，赤身裸體、傷痕累累，流著暗紅的血，她麻木地走過垃圾人聚集的村落和街道，像一具還魂屍，卻是在提醒每一個目擊者，自己只不過是另一具將來的屍體而已。她像一道神諭，帶來神的啟示，人活著，不單單只是為了活著本身。

戰爭已經開始。

「文筆不錯，」病房裡，羅錦城由衷讚賞陳開宗，「你寫的？」

「地下傳單。」

「我猜也不是你。」羅錦城一笑，眼前掠過李文的精明嘴臉。「美國人沒必要蹚這趟渾水。」

「他們是故意讓本地人看見的。」

「玩不出什麼花樣的，相信我，我比你更瞭解中國人。」

「我也是中國人。壓力和矛盾一直在那裡醞釀，只是需要一個引爆點。如果這時候帶走小米，就是在他們的臨界點火上澆油。」

羅錦城不得不承認這個年輕人說得有理。

「你覺得應該怎麼做？」他的初衷竟完全改變，原來的計畫不過是闖入病房，強行帶走垃圾女孩，可現在，某種腸胃裡的直覺告訴他，這樣不行。

「公開真相，嚴懲凶手，制定規則。」陳開宗像是早有預謀。

「哼，你果然還是個美國人。」羅錦城咧嘴冷笑，這意味著推翻遊戲重新洗牌，惠睿公司將乘虛而入，掌握主動權。「真相正在床上昏迷，凶手已死。規則？從來只有一個，弱肉強食，適者生存。」

還沒等陳開宗回話，一聲警報劃破醫院的靜謐，無休無止地嘯叫起來。

「老大！」窗外傳來緊張的喊聲。羅錦城快速步出房間，發現加護病房十公尺開外已經布滿手持自動武器的警員。他抬高雙手，放慢步伐，走進火力線最為密集的地帶。

「都是一場誤會！」他友好地笑笑，扭頭示意手下把刀丟掉，在地板上撞出清脆聲響。

帶隊警官似乎認出了羅錦城，一聲令下，槍口齊刷刷落下。他竟也滿臉堆笑上前，與前一秒還是嫌犯頭目的羅錦城熱情握手，情勢變化之快令陳開宗這個局外人瞠目。

「羅老闆，這是怎麼回事？我們接獲情報說有暴徒闖入醫院劫持人質，林主任親自過問，他馬上到。」

羅錦城臉上不自在地抽動了一下，他還不想和林家發生正面衝突。「年輕人氣盛，一點小矛盾，我們這就走。」

「這……恐怕我們不好交代啊。」警官做出為難的樣子。「得把這幾個人帶回去做個筆錄，您看？」

「配合配合，一定配合。」羅錦城點點頭，幾個嘍囉順從地上前，手腕間被箍上高強度塑膠手銬，隨著警員撤離。羅錦城朝屋裡的陳開宗側了側頭，似乎是告別，又像是在說，我還會回來的。

他只邁出了三步，像是突然聽見有人在呼喚自己的名字，停下，扭頭看著病床旁愕然的陳開宗。

那不是聲音，至少不是人類耳朵所能感知的頻率，從腳下的地板低低傳來，一種令人不安的震顫，猶如阿爾卑斯山脈間的焚風，由病房內湧出。他的胸腔被一股巨大力量壓迫，呼吸艱難，心臟狂亂跳動，如同有一隻手在他體內攪拌臟器，胡亂撥弄它們的位置，太陽穴上青筋暴起，如同無數無形的鋼針釘入頭顱。他噁心、惶恐、暈眩，雙膝一軟跪倒在地，猛烈乾嘔。

眼前的世界似乎在微微抖動，事物邊緣模糊，收放七彩光暈，他發現是自己的眼球在無法自控地顫動，但與迎面那扇凸窗玻璃反光震顫的頻率並不同步。窗中反射的天空和雲朵在極小角度的偏振中獲得某種透視深度，頻率越來越快，一隻黑鳥從鏡中飛過，玻璃由病房裡往外爆裂，像是被鳥兒擊穿，碎片如珍珠般噴向半空，撒落一地。

羅錦城發現地面有血跡，不斷擴大，由他的口鼻滴落。他眼角瞥見那些警員同樣以各種怪誕姿勢與痛苦搏鬥，身影模糊緩慢，有如遊魂野鬼。

他以為自己會就這樣死掉，無端、荒謬、殘酷，就像失蹤的堂兄一家，像他仍昏迷不醒的兒子羅子鑫。這個家族彷彿被某股邪惡力量糾纏不息，賜予他們財富、權勢和機遇，同時在基因裡嵌入詛咒，如同浮士德與魔鬼的交易。

這就是現世報吧。羅錦城腦中閃念，一切都是因果業報，殺過的人，造過的孽，如火車鑽隧道般呼嘯而過，靜止畫面在高速頻閃中運動起來，帶著定格動畫般怪異的頓挫感，重演他波瀾起伏的一生，駛向遙不可及卻明亮溫暖的彼岸出口。

來世見。他默默向世界道別。

突然震顫停息，一切平靜如舊。他的意識降落在堅固的現實世界裡。

羅錦城抬起頭，努力聚焦視線，穿過破窗和門，他看見絲毫無損的陳開宗，半跪在床頭，神情恍惚。在他身前，是猶如守衛般扇形展開的醫療儀器，拖扯著連結在小米身上的導線和接地電源，繃直到極限如同懸索吊橋，多功能監護儀器的柔性螢幕已經破裂，波形紊亂伴隨大量靜噪湧動，似乎歷經磨難，呼吸治療機和除顫器的螢幕在慣性中晃動片刻，直接解體，跌落在地。

「……是次聲波攻擊，見鬼……」有人吼叫，有人哀聲呻吟。

「請求增援！請求增援！」對講器中傳出高頻回輪嘯叫，刺穿羅錦城疼痛欲裂的腦殼。

受傷警員的身影漸漸具象化，輪廓收攏清晰，昏迷不醒的，七竅流血的，慌亂尋找掩體的，求援的，像一場毫無邏輯可言的鬧劇。

羅錦城抖落頭上身上的玻璃殘渣，抹去臉上血跡，搖晃著起身，再次進入加護病房，標著「ＩＣＵ」(Intensive Care Unit)的ＬＥＤ燈由門頂墜落，被電線懸在半空，綠光閃爍晃動。他要驗證一個近乎荒謬的猜測。

他在儀器圍成的防線前停住了，似乎提防著這些無生命的機械會隨時甦醒，撲咬向他。然而沒有發生，它們只是靜靜地立著，閃爍殘缺的光，發出運轉不良的噪響。陳開宗所處的位置避開了駐波的覆蓋範圍，沒有受到肉體損傷，但他似乎被這突如其來的巨變嚇得不輕，表情木訥，手足無措，只是下意識地用身體護住床上的小米。

「是她。」羅錦城說。

陳開宗看著他，身體僵硬，面露懼色。他的恐懼似乎不僅僅來自這曖昧二字，更在於其背後潛藏的巨大想像空間，他的邏輯與直覺在瞬間緊張交鋒，難分勝負。他張了張嘴，卻什麼也沒說出來。

羅錦城試探地向前踏出一步，再一步。沒有事情發生。當他即將穿越儀器防線的瞬間，只聽見幾聲清脆的裂響，所有導管、電線和面罩從小米身上悉數扯脫，在形變張力的作用下甩向羅錦城，如同幾道白色長鞭，在空氣中滑出輕快的摩擦聲。

羅錦城早有準備，側身低頭躲過攻擊，那些導線撲空後頹然落地，如同喪失了神經衝動的觸手。他看著陳開宗，表情複雜，卻已經不敢再靠近病床一步。

突然間，陳開宗像是遭了電擊般彈身而起，與病床隔開距離。

那原先如死木般僵直不動的少女身軀，竟然傳來些微柔軟的震顫。陳開宗與羅錦城這一對前一分鐘還不共戴天的仇敵，此時臉上竟流露出極為相似的表情，那是一種混雜了恐懼、懷疑與期盼的複雜情緒。此時此刻，他們或許在意識中達成了微妙的共識，這個被叫做小米的垃圾女孩，早已超出了他們，甚至正常人類所能理解或想像的範疇。

小米蒼白而傷痕累累的臉孔抽動了一下，右側嘴角輕輕揚起，彷彿一個神祕而危險的微笑，漣漪般瞬間消逝。她的眼瞼微微顫動，似乎隨時都可能睜開雙眼，再次凝視這個冷酷而不可理喻的世界。陳開宗等著，手心緊攥，溼透。那顫動持續了數十秒，或許是幾分鐘，對於房間內的兩個人來說，卻像是永遠。

顫動停止了，半透明的眼瞼如同粉色花瓣緊貼在透鏡狀眼窩。陳開宗與羅錦城幾乎同時舒出了一口氣。

三秒後，顫動再次開始。

9

斯科特鑽出計程車，將 The North Face 防水衝鋒衣的拉鍊拉到盡頭，又往下緊了緊帽簷，掩藏那張過分突兀的白人面孔。他快步走上清晨的碼頭，避開兜售海鮮雜貨的小販和撲面而來的魚腥味，在密集穿插的漁船和舢板中搜尋著什麼。

很快他找到了目標，一艘剛剛靠岸卸貨的破舊快艇，船身漆體脫落，露出斑駁鏽色，如同一尾久經搏殺的衰老白鯊。船夫用方言大聲吆喝著搬運工，清空的船艙略略浮起，在漂滿垃圾的水面隨著碎浪搖晃。

斯科特跳進船艙，甲板發出悶響，船夫怒目而視，正欲發作，卻被塞到鼻子底下的鈔票噎住咒罵。

「油夠不夠。」斯科特用蹩腳的普通話問道。

「你要去哪裡？」重複幾遍後，船夫終於聽懂了他的怪異口音。

「海上。隨便轉轉。」斯科特做出無所謂的表情，隨意環視一周，沒有人注意他。

「走不了太遠，我還要回家吃飯哪。」船夫說話間發動引擎，發出音量驚人的轟鳴，在船尾捲起白色浪花。

快艇離開混亂喧鬧的碼頭，向著開闊的海洋深處拉出一道逐漸變淡的白色痕跡。

前幾天接近四十度的高溫由於受熱帶氣旋影響陡然降低。陰冷海風夾雜著水滴，零星刺痛斯科特裸露的臉頰，分不清是雨點還是浪花。他看著手機上的定位系統，用手勢艱難指揮著船夫修正航道。周圍已經看不見大片陸地，只有從海平面偶爾升起的黑色礁島如犬牙交錯。

「再走就回不去了。」船夫似乎有些後悔，他放緩速度，謹慎提防背後的外國人。

「那裡。」斯科特對照著手機導航圖，手往前一指，海面上空空如也。船夫用方言嘟囔了一句，不情願地將快艇靠過去。

「停。」引擎聲暗下消失，船身隨著慣性往前走了一段，在海天之間沉浮不定。

船夫盯著斯科特，神色戒備，似乎準備隨時抄起甲板上的鐵撬棍，儘管眼前這個外國人足足高出自己一個頭。

斯科特朝他笑笑，他摸遍口袋，並沒有表示友好的香菸，只能無奈地聳聳肩，攤開雙手，希望能夠讓這位老兄放鬆下來。時間到了。他瞇起雙眼，眺望海平面，仍是略顯尷尬的一無所有。

那位皮膚粗糙黝黑的船夫看起來已瀕臨耐性邊緣，似乎隨時會揮舞鐵棍將乘客擊落水中，掉頭逃回安全水域。輕微的引擎聲由他身後傳來。一艘輕型雙層客貨兩用汽輪從遠處行近，吃水線上刷著落伍的綠漆，可見之處沒有人員形跡。

斯科特迫不及待地朝船夫咧嘴微笑，似乎急於證明自己的清白。

汽輪在快艇旁熄火，餘波湧動，顛簸幅度增大，船艙側面滑開，一張帶有東南亞風格的短臉出現。「斯科特・布蘭道先生？」他用口音濃重的英語問道。

「是，是我。」斯科特伸出手臂，期待一個握手，或是被拉入船艙。

他得到了一部衛星電話。

「我不明白？你們老闆呢？」斯科特面露不滿。

「聽電話。」東南亞人簡短回答，配合手勢。

「不，這不是有誠意的邀約方式。」斯科特擠出笑容，「我要見你們老闆，明白嗎？否則，交易取消！」

「電話。」那個船員也笑笑，生硬地拼湊單詞，「你，看見，她。」

斯科特手中太空梭型衛星電話響起，一種不太常見的牙買加風格蜂鳴節奏，他這才注意到，這是一部視訊電話。他無奈地環顧海面，深吸一口氣，按下接聽鍵。

「非常抱歉，不得不與您在這種情形下會面，這是唯一能夠確保安全的方式，無論你我。這是高等級加密的商用衛星通道，同時，船上有製造干擾波的裝置，任何竊聽或錄音行為都將只能得到一堆靜噪。」

螢幕上出現一名三十五歲左右的亞裔女子，操著一口流利的英式英語，幹練短髮，皮膚閃爍著健康的古銅亮光，她似乎非常善於應對此種情勢，神情淡定自若，目光毫不動搖。

「很高興認識您，斯科特·布蘭道先生。」女子微微側頭，做出類似日本歌姬的謙恭禮節，「我是何趙淑怡，本次行動的總指揮官。」

斯科特點頭，並不過多客套便直入主題：「何趙女士，您手下試圖竊取我電腦中的商業機密，這是否也是出自您的指揮？」

何趙淑怡一愣，迅速調整表情，大方做答：「是。對此我願承擔一切連帶責任。但也請您能夠聽完完整故事後，再做判斷。」

「洗耳恭聽。」

「兩個多月前，我們，也就是『款冬』機構接到內部線報，由紐澤西經香港葵湧轉運矽嶼的貨櫃中，混入了帶有高危險性病毒的義肢垃圾，相信是來自SBT公司的春季回收計畫。我們通過物聯網的RFID標籤追蹤貨櫃運轉線路，希望在貨輪進靠葵湧碼頭之前將其截獲，把真相公諸於眾。

「由於一場意外，我們被迫中止行動。『長富』號卸載貨物經分裝後運往國內各地，技術上已無法跟蹤。但我們有充分理由相信，那批有問題的垃圾現在就在矽嶼本島。

「而您，布蘭道先生，就是我們的理由。」

斯科特眉頭一揚，並沒有立刻反應。審訊室裡的年輕人已經說得非常明白，款冬通過某些資訊管道，掌握了他的真實身分，斯科特·布蘭道只是他眾多化名之一。這個行當通常會被危言聳聽地稱為——「經濟殺手（Economic Hit Man）」，儘管他對媒體慣用的妖魔化手段嗤之以鼻，可並不否認，殺人往往是職責範圍中不可或缺的一部分。

救贖便意味著犧牲，自古如此。

他以此信條說服自己，化身能源專家、高級金融分析師、環保學者、基礎建設工程師，受雇於巨型財閥或跨國知名企業，如同虎視眈眈的獵人，游走於廣袤的第三世界國家。從亞馬遜叢林到莫三比克草原，從南印度的地獄貧民窟到東南亞的豐饒海域，他們為當地政府描繪美好願景：兩位數的經濟增長速度與大量就業工作，以及他們最為關心的，社會穩定。他們為人民帶來工業區、發電站、清潔水源及機場，騙取他們的信任，繼而成群結隊走入廠房，在惡劣環境中如奴隸般長時間機械勞作，換取比他們父輩更為微薄的薪酬。

世界本來就是這樣運轉的。斯科特記得那個被銬住單手的年輕人口中的真理。

經濟殺手拋出先進技術、寬鬆貸款、優先回購產品等香甜餌料，假借「進步」與「共同開發」之名，誘使地方政府簽訂合約，修建大型工程，背負巨額債務的同時，將珍稀資源（油田、礦藏、瀕危動植物基因庫）拱手奉上。

殺手收穫酬勞，官員收取賄賂，人民收尾債務，以及被汙染和損害的家園。

「我看不出這裡面的聯繫。」斯科特做出無辜狀。

「或許您該考慮改行當演員，斯科特。我能叫你斯科特嗎？」何趙淑怡溫柔一笑，試圖卸載斯科特的防禦情緒，「惠睿與ＳＢＴ的股權結構裡，都存在一個叫做『The Arashio Foundation』的基金會，從公開管道無法找到任何資料。」

斯科特默不作聲。

「它也是你之前所有雇主的股東。」何趙淑怡漫不經心地拋出籌碼。

「這是勒索嗎？」斯科特終於按捺不住。

「這是施予，幫你洗刷手上的汙血。」

「謝了，我更喜歡用肥皂。」

「斯科特，這是你最後的機會，矽嶼也許會變成第二個阿默達巴德，你願意看到那樣的悲劇發生嗎？」

「那是個意外！」斯科特的嗓音失去控制，變得刺耳。

「一百二十八人送命，超過六百人喪失部分行動能力，這就是你所說的意外？看看那些孩子的眼睛！」

「我就在現場……」斯科特放低聲線，眼前閃過女兒南西在水中蒼白的面孔，似乎放棄了抵抗，「……告訴我，你們到底要我做什麼？」

「證據！實打實的證據，可以把SBT整垮的證據。他們如何將有毒義肢垃圾輸出到發展中國家，又是如何掩蓋真相的。」

「何趙女士，這是性命攸關的事。我為何要犧牲自己，來成全你們極端生態主義分子的道德優越感？」

女人露出精明笑容，似乎早已料到這一質問：「我們能給你的更多。想想安然公司（註13）醜聞暴露後的股市反應。」

「你們打算做空（註14）SBT？」斯科特在腦中快速計算，那將是至少十億量級的槓桿獲利。划算的買賣。「我一直以為你們是純粹的理想主義者。」

「款冬是結果導向的理想主義者陣營。」何趙淑怡像自動電話答錄機一般精準。

註13 安然公司（Enron Corp.），原是世界上最大的綜合性天然氣和電力公司之一，因涉及證券欺詐、內部交易及虛造利潤等罪行，二〇〇二年宣告破產，從此成為公司欺詐及墮落的象徵。

註14 做空，股票、期貨等市場的一種操作模式。做空是指預期未來行情下跌，將手中股票（實際交易是買入看跌合約）按目前價格賣出，待行情跌後買進，獲取差價利潤。

「那麼，告訴我，那到底是什麼鬼玩意兒？」斯科特終於有機會拋出困擾已久的謎團。

螢幕上的何趙淑怡突然收了笑，表情嚴肅，像是在反覆斟酌該從何說起。

「你聽說過『荒潮』計畫嗎？」

陳開宗藉著晨光，瞥見遙遠的加護病房窗口有白色人影晃動，他疾步跑進醫院，以為那是等待他的醫護人員。

一刻鐘前，他接到醫院急電，說小米醒了。沒通知任何人，甚至沒來得及刷牙洗臉，陳開宗便跳上早班計程車，直奔他日夜記掛的姑娘。廣播電臺整點報時配樂是柴可夫斯基《一八一二序曲》，現在是北京時間六點零一分。加快了半拍的激昂旋律在他腦海盤旋不去，如同一則新消息。

空氣中瀰漫著白玉蘭的香氣，與消毒水味道交融無間，甜美中透露出一絲不安的刺激。

陳開宗沒等電梯，徒步爬上三層，在病房門口卻停下腳步，待情緒平緩。他打開房門，屋裡沒開燈，病床上空空如也。他正想按響呼叫鈴，卻猛然發現一個人影背對他站在窗前，一動不動，窗外稀薄的朝陽勾勒出熟悉的輪廓。

「小米？」陳開宗試探性問道，心中不知何故隱隱不安。

那個女孩依然保持凝固姿態，約莫過了數秒，她頸後隆椎下方的貼膜亮起，金黃色「米」字透過白色病服，光芒穩定恆久。她轉過身來，帶著微笑，光與暗的交界線在她面孔上緩慢掃描，直至笑容完全進入背光區域。

「開宗，你來啦。」聲線依舊清脆稚嫩，像是什麼也沒有發生過。

陳開宗愣了片刻，才回應一聲。他打開頂燈，走近小米，仔細端詳那張笑臉，傷口恢復得相當理想，只剩下額頭幾點淡淡痕印。

「怎麼了？不認識我了？」

「沒……妳現在感覺還好嗎？」陳開宗習慣性地伸出手，想搭住小米肩膀，卻又想起自己不在美國，手在半空中尷尬停住。

小米突然接住他的手，捧在自己的手心裡，像是被什麼事先編寫好的程式驅使般自然。

「就像……死而復生一樣好。」

陳開宗被這一舉動驚呆了，如同電流漫過身體，竟一時手足無措，不知如何接答。

小米的表情片刻後轉為疑惑，繼而似乎若有所悟，她放開陳開宗的手，低下頭輕聲說：「聽他們說，你一直在照顧我，如果不是你，我也許早就死了。」

陳開宗鬆了口氣，他再次捧起小米的手，說：「別說傻話，林主任答應這段時間派人貼身保護妳，妳不會再有危險了。」

「危險？」

「嗯，都過去了，如果當時，我能把妳安置在一個更安全的地方……」

陳開宗痛苦地咬了咬嘴唇，他覺得自己說的才是傻話，毫無意義，一堆狗屎。

小米眼中閃過一絲不易覺察的遲疑。「到底發生了什麼……我好像，什麼都記不得了……」

「醫生說妳需要一段時間恢復。」小米觀潮灘上的笑臉從陳開宗眼前閃過，像是有千萬根鋼針瞬間扎在心上，他努力克制自己憤怒的表情，「妳先休息一會兒，我去找醫生，看是需要繼續留院觀察還是可以回家了。」

「回家？」小米一臉迷惘。

陳開宗一時語塞。對於垃圾人來說，他們的家遠在千里之外，遙不可及，矽嶼的任何一處居所，無論簡陋或奢華，都與他們沒有絲毫情感上的牽連。沒有記憶的地方，是無法稱之為家的。陳開宗明白那種感覺。

「妳真正的家。」陳開宗溫暖一笑，試圖安撫小米。

他轉身正欲離開，背後卻幽幽飄來幾句哼唱，熟悉旋律正是出自《一八一二序曲》，電臺整點報時截取樂句。陳開宗臉色陡變，彷彿那旋律是從他意識中直接竊取，再置入女孩瓷器般輕薄的聲帶中。小米直視著他，面無表情，雙唇輕啟，像是一具極精緻複雜的人形音樂盒。精確音律從脣間出現，甚至連加速節拍都模仿得絲毫不差，樂句循環反覆，不帶感情波動，旋即消失。

一陣雞皮疙瘩爬上陳開宗頸後皮膚，他抑制住自己一探究竟的衝動，逃也似地離開加護病房，離開那個他曾經拯救過的女孩。

斯科特回到酒店，感覺陣陣噁心反胃，部分來自海上風浪的顛簸，剩下的則源自一種強烈的被欺騙感。

他試圖接通對話程式，但接頭人乙川弘文始終沒有應答，他醒悟，現在是美國東部時間凌晨兩點半。**該死的騙子！**斯科特憤怒地敲擊鍵盤，試圖將怒火傾瀉到某個色情網站上，但刷新頁面不停顯示「451 Forbidden」，這是網頁受當地法律限制而無法顯示的ＨＴＴＰ狀態碼，源自Ray Bradbury那本著名的小說。

在低速區，他們甚至不給你合法自瀆的權利。

斯科特想起這個笑話，卻一點兒也笑不出來。他原本以為自己在矽嶼的任務能稍微「乾淨」點兒，至少比起之前在東南亞、南印度和西非的齷齪勾當。如今他發現自己錯得離譜。

祕密在於稀土，比黃金更珍貴的不可再生資源。它就像童話中巫婆的魔法粉末，只需極少的用量，便能大幅度提高原有材料的戰術性能，帶來軍事科技的驚人躍升，從而在現代戰場上占據壓倒性優勢。

戰爭的藝術。斯科特想起那本進入西點軍校教程的中國古籍。**如今進化成殺人的技術**。他還清晰記得那些惠睿內部演示會上的案例影片。

上世紀六、七〇年代冷戰期間，蘇制Ｐ級、「阿爾法」級、Ｍ級和Ｓ級潛艇如同幽靈遊弋於各大洋戰略要塞，航速可達到四十節以上，潛深可至四到六百公尺，「龜速」的美國魚雷只能望洋興嘆。蘇聯正是運用了稀土錸，極大地強化鈦合金強度，製造出極高航速和較大潛深的殺手級合金潛艇。

硝煙瀰漫的海灣戰場上，運用了稀土釔元素的美軍Ｍ１Ａ２坦克雷射測距儀測距範圍達到四千公尺，能夠迅速發現測距距離僅有兩千公尺的伊拉克Ｔ－72坦克，瞄準、鎖定、先敵開火，將對方轟成碎渣。而含有鑭元素的夜視儀，則幫助美軍在夜間同樣保持視野開闊清晰，殺敵於毫釐之間。

可以說，無論是偵查、防禦、操控、進攻、機動，現代戰爭的方方面面都離不開稀土的魔力。掌握了稀土，便掌握了戰場主動，掌握了勝利。

麻煩的是，全球九十％的稀土資源集中在中國，自從二〇〇七年後，中國政府便採取嚴格配額制度，大幅削減稀土出口總量，導致國際市場價格飆升。

「中國的世紀」，所有的西方媒體一致驚呼。發達國家所習慣的廉價稀土時代一去不復返，他們苦心維繫的技術戰略優勢將隨著時間推移點滴消逝，世界權力格局將隨著資源稀缺程度被重新洗牌。

斯科特把持住瀕臨失控的情緒，他打開虛擬專用網路（VPN），等待它在後臺通過加密協議創建一條隧道，連接海外的VPN伺服器，所有訪問資料經加密發送到海外伺服器，再轉向目標——某東歐硬核色情網站。反之亦然。儘管效率低下，卻能切實有效地躲過防火牆攔截。

三十六計之第八計，暗度陳倉。

正如惠睿選擇的道路。

惠睿研發出由消費類電子垃圾回收稀土元素的技術，能夠將廢棄晶片、電池、螢幕等電子元件中八十％的稀土元素提取出來，並加以循環利用。但由於處理過程中所產生的環境汙染嚴重超出美國環境保護署（EPA）制定標準，需要購買額外的環保基金，人工成本高昂，且根據美國法規需要為勞工購買高額保險以應對數十年後潛在疾病爆發時的賠償金。

一言蔽之，極不划算。

這就是民主體制的劣勢，等那些低能議員們意識到事情的嚴重性，提交議案，利益集團相互攻訐完畢，推動相關產業政策出臺之日，美利堅合眾國大約早已淪為三流國家，甚至變成泛大中華經濟圈的附庸國。歐盟的解體便是前車之鑒，**Ibiza**（註15）海灘上空的五星紅旗。

於是，惠睿在現有法規框架內創造性地發明了一套外包戰略。打著「循環經濟」的旗號，將垃圾和汙染轉移到海外——廣闊的發展中國家，幫助他們建立起工業園區及生產線，享用源源不絕的廉價勞動力，最後，根據合約，用白菜價優先回購貴比黃金的稀土資源。

斯科特記得那份報告最後一頁上巨大的等邊三角形，頂點上的三個彩色圓形內寫著醒目的「WIN—WIN—WIN」。

政府要經濟發展，我們給他們GDP。

人民要吃飯，我們給他們工作職位。

我們只要廉價稀土，一切成本都經過精確計算。

斯科特仍然心存不安，阿默達巴德的毒氣洩漏事故後，他經常作噩夢，看到綠色霧霾中遍地腫脹的屍體，以及他們眼窩中因晶狀體變性而導致的灰濁眼睛。

註15　西班牙Ibiza島，蕭邦故居，同性戀之都，弛放音樂（Chill-out music）發源地。二〇二二年被中國某財團收購。

為了節約成本，他在招標中選用了本地供應商的氣控閥門，他們要價更低，回扣更高。

那些灰色眼珠開始眨動，如同成千上萬顆未經打磨的淡水珍珠同時閃爍。他會大叫，驚醒，全身冷汗。心理醫生沒能拯救他，耶穌基督做到了。

如今他又將踏上另一塊無神之地，幹著瀆神的勾當。

斯科特覺得自己應該做點什麼。他說服董事會從投資中撥取部分環保經費，做為改善當地生態環境的「示好行為」，儘管根據ＥＰＡ標準，改善後的環境仍然不比地獄乾淨多少。

這世上，有許多種乾淨，有許多種公平，也有許多種幸福感。人只能選擇，或被選擇其中一種。斯科特安慰自己。**我只是做我能做的。**

而現在，款冬語焉不詳地告訴他，矽嶼將再次讓他的雙手沾滿血汗。

色情網站的資料經ＶＰＮ代理器加密傳回本地，解密後出現在螢幕上，一片設計花俏的萬紫千紅，伴著肉感的烏克蘭血統模特兒在頁面上晃動，使盡渾身解數挑逗來訪者點擊付費頻道，滿足虛擬而原始的欲望。

你甚至可以自訂虛擬人偶的頭像和身體尺寸，他／她可以是你的老闆、鄰居、老師、學生、速食店收銀員、過氣明星、罪犯、政客、路人、寵物、丈夫／妻子……或者，你自己。

斯科特性趣全無、心煩氣躁，滑鼠在頁面上漫無目的地遊蕩，虛擬人偶隨著箭頭動作回饋機械姿勢和誇張呻吟。他突然知道自己應該幹什麼，火速在搜索框中鍵入「荒潮」，〇・一三秒內返回五千一百多條結果。

他點開其中一條名為「荒潮計畫」的連結，確信藉助VPN定能打開此被嚴格遮蔽頁面，路徑顯示，該影片寄存於距離地面四百公里的低軌道空間站伺服器，以躲避各國審查機制，伺服器名為「安那其之雲」。幕後程式耗費了兩倍於平常的載入時間，空白螢幕上，框架文本以點陣式印表機速度逐行疊落，緩慢填滿資訊的荒漠。

10

「小米到底怎麼了？」陳開宗劈頭蓋臉地質問醫生。這不是小米，至少不是他所熟悉的那個小米，更像是，某種刻意模擬小米言談舉止的東西。**非人的東西**。他打了個寒噤。

小米從來不叫他「開宗」，只說「假鬼佬」。

「情況有點複雜……」醫生欲言又止，在平板上調出幾組三維掃描圖片，「我從來沒有見過這樣的……腦電圖。」

「這是普通人的BEAM圖，也就是腦電圖。」一幅深色大腦懸在虛擬空間，動畫作橫剖式切面分析，各種不規則的亮麗色塊或色帶浮現，消失，那是人腦活躍程度不同的功能區，「這是小米的。」

陳開宗盯著那幅放大閃爍的影像，瞪大了雙眼。

如果說普通人的腦電圖是大寫意的潑墨山水，那麼小米的腦中彷彿裱著一本細密的盛唐工筆，隨著切面的翻動，構建出宮殿般複雜輝煌的立體結構，不同顏色的區域如同精緻榫件，相互咬合流動，如同巨大城市中穿著各色盛裝的狂歡隊伍，卻又井然有序地呈現出某種大尺度上的和諧美感。

「怎麼會這樣？」

「好問題。一些生化指標顯示，她的大腦曾經受到病毒侵入，而且是多次感染，最近一次發生在一個月前。這或許能解釋這種罕見器質性病變的成因，但並不是唯一成因，我們還在她腦中發現了這個。」

另一張大腦圖像出現，變得半透明，溝回輪廓隱約可見，似乎是螢幕解析度的關係，陳開宗總覺得有股霧氣蒙在大腦的某些區域，不甚清晰。

「這是前額葉……前扣帶皮層，」醫生將圖像某個區域疾速拉伸擴大，如同用 Google Earth 穿越地球上空雲層，沉降到某個國家、城市、街道，二次再臨的上帝視角，「掌管認知、行為、情緒、強化學習、疼痛等功能的重要區域。現在放大到一百萬倍。」

那層霧氣逐漸清晰，如同夜空中的星雲無限逼近，化成一顆顆恆星，閃爍著金屬光澤，懸浮在布滿神經元與膠原遞質的廣袤宇宙裡。

「這些金屬微粒直徑只有一到二．五個微米，比神經元細胞還要小。但奇怪的是，一般來說這種有害顆粒會隨著呼吸沉積在肺部，導致肺炎和肺纖維化，甚至損害特異性免疫功能，我不知道它們是如何穿越血腦屏障，進入大腦皮層的。」

陳開宗看著電腦模擬出來的幽藍色神經軸突叢林，金屬微粒如同《二〇〇一太空漫遊》中的黑色石碑，沉默地橫亙其間，排出無有邊際的縱深陣列，直至這意識宇宙的盡頭。他想起小米嗅聞廢氣時的卑微姿態，下隴村黏稠汙濁有如地獄的空氣，廢棄的電子玩具、荒蕪的田野、燃燒的垃圾，孩童們在惡毒土壤中綻放花樣笑容。

不是不報，時候未到。他想起這句古老諺語。歷史的報應總是充滿了不確定性，有時打擊面寬廣至整個種族，有時卻又如一道閃電，不偏不倚劈中荒原上的枯木，暗夜裡熊熊燃燒，如火把照亮星空。

小米就是那億萬人中被擊中的幸運兒。

「她會有生命危險嗎？」陳開宗焦灼追問。

「說實話，我不知道。這已經超出我的經驗範圍。那些金屬微粒在腦皮層中形成複雜的點陣結構，似乎與神經網路產生了某種增效作用，別問我那是如何辦到的，小米頭部有遭電擊過的痕跡，或許造成某種啟動。我只知道，目前的腦神經外科手術水準尚無法達到這種植入深度與精度，更不用說取出那些結構。

「就像在她腦海裡布下一個雷區，你不知道什麼時候，哪根神經末梢一衝動，便會喀嚓一下，觸發連鎖反應。」醫生打了個響指，神色凝重。

陳開宗陷入沉默，他本以為在這場悲劇之後，自己便能夠保護小米免受外來威脅。在他內心深處，始終把小米的遭害歸結於自己那次赴約的遲到，並強迫症似的在腦海裡反覆推演，如果時間可以倒流，如果那天他提前結束與陳族長的談話，如果他準時到達小米的工棚，是不是一切結果都會不同。

可他知道，歷史從來沒有如果。

陳開宗無法否認，在內心深處，他將自己想像成一名懷揣寶物的還鄉使者，彷彿一打開百寶囊，矽嶼的所有問題便能隨之煙消雲散。可他現在才發現，自己錯得如此離譜，他拯救不了矽嶼，拯救不了小米，更拯救不了自己。那些可笑的優越感被堅硬的現實撞得粉碎，似乎他走得愈近，離原先的目的地便愈加遙遠。

「如果小米之前參加定期體檢，或許能早點發現……」醫生不無惋惜地說。

「她不是陳家的工人，她來自羅家。」陳開宗眼前浮現出一張臉。

一張光滑、蒼白、浮腫而陰鷙的臉，如同福馬林中浸泡經年的死組織，羅錦城的臉。

醫生露出原來如此的表情。

這不是一家官方網站，更像是某群狂熱粉絲建立的維基式資料庫。文字、圖片、年表和影片看似雜亂無章地鋪排其上，斯科特快速瀏覽著，許多文章充滿牽強附會和他所熟悉的陰謀論調，來自一些對人類歷史充滿病態扭曲想像的大腦。

網站已經有段時間未更新了，但斯科特還是找到了他想要的東西。

一個十五分鐘的介紹短片。

開頭是一段黑白粗糙的紀錄片，一艘戰艦在海面熊熊燃燒，於灰色焰火中逐漸沉沒。

字幕旁白：一九四三年三月三日，日本「荒潮（Arashio）」號驅逐艦在俾斯麥海戰役中被美軍B—25C米切爾轟炸機（代號「聊天框」）擊毀方向舵，導致撞擊，沉入新幾內亞芬夏範（Finschhafen）東南約五十五海里的海底。船上一百七十六名倖存者全部獲救，除了艦長（出現軍裝照），久保木秀雄少校。

畫面轉到一間校園風格的實驗室，一名面目清麗的亞裔女子正在儀器前專注觀測，並不時與拍攝者無聲對話。

字幕旁白：日本戰敗後，久保木秀雄少校的未婚妻鈴木晴川赴美國進修並入籍，獲得哥倫比亞大學生物化學博士後學位，一九五二年受雇於美國軍方，啟動名為「荒潮」的絕密專案，意在紀念戰爭中死去的未婚夫。

斯科特終於知道惠睿股東中那個神祕基金會的由來。

接著是標有「美國軍方絕密」字樣的片段，似乎是由固定機位拍攝，右下角的時間顯示，影片被以數十倍於正常速度壓縮。背景是一間密室，人工光照恆定，鏡頭面向牆壁有單向觀察窗，反射出另一面空白得令人驚嚇的牆壁。

字幕旁白：一九五五至一九七二年間，「荒潮」計畫在馬里蘭州徵召死刑及重刑犯進行人體試驗，目的在於研製出可以大規模使用的致幻武器，以期在戰場上達到不戰而勝的目的。他們嘗試了多種自然及人工合成藥劑，最終獲得一種名為二苯羥乙酸－３－奎寧環酯的化合物，代號ＱＮＢ，能以氣溶膠形式經皮膚或呼吸道吸收。

一名身穿囚服的男子被帶進房間，在鏡面觀察窗前坐下。影片以約一百二十倍速快放，囚犯的影像不斷抖動，如同神經性痙攣的病態特徵。他坐立不安，似乎這空無一人的房間內有隱形怪物在擾亂他的神志，威脅他的安全，他無聲咆哮、以頭撞牆、撕扯頭髮、打滾、將衣物悉數抓撓成碎片。波浪般的白噪音線不時漫過畫面。

影片突然慢下，恢復成正常速度，那個赤裸男人面朝鏡中，用雙手撫弄自己臉部，毫無徵兆地，他用手指摳出眼珠，冷靜猶如拔起浴缸橡皮塞，眼球帶著殘餘的血管神經束由掌心垂落，一種黑暗由眼窩部位湧出。他突然如釋重負般坐下，身體卻失去支撐，像被抽取脊椎般，柔軟無力地摔落地面。

字幕旁白：QNB做為一種乙醯膽鹼（註16）競爭性抑制劑，能作用於平滑肌、外分泌腺、自主神經節及大腦等部位神經元突觸後的毒蕈鹼型受體，有效降低乙醯膽鹼到達受體的濃度，產生瞳孔擴散、心律變緩、皮膚潮紅等症狀，嚴重時會陷入昏迷、共濟失調、方位及時間感迷失、記憶力減退、無法區分幻覺與現實，非理性恐懼，以及無法自控的半自動行為（如脫衣、自語、採摘、抓撓等動作）。

畫面快速跳切。廣場上怪異舞蹈的人群，叢林中行神祕祭禮的原始部族，派對中狂歡的青年男女，整齊劃一的軍隊檢閱儀式……影像的色調、質地各異，伴隨著節奏強勁的德式復古電子樂，很能夠調動觀眾情緒。斯科特捉摸不透這段意圖何在，他似乎數次看到種族大屠殺和人吃人的場景一閃而過。猩紅。晃動。火光。令人不安。

字幕旁白：更為驚人的是，QNB能引起中毒者間共用幻覺的現象，例如兩名被實驗者會來回傳遞、吸食旁人看不見的虛構香菸，甚至打一場沒有球拍和球的隱形網球賽。當受影響群體人數不斷上升到達一定量級時，便會引發類似神啟般的大規模宗教體驗，有可能是已知的神祇：耶和華、阿拉、釋迦牟尼，也曾經出現過完全陌生臆造的新神形象。結果往往導致恐慌性的災難。

戰爭開始了。夜視鏡中沙漠上空呼嘯往來的綠色彈火，城市廢墟間快速穿行的機動部隊，疲憊絕望的大兵面孔，政客義正詞嚴的振臂高呼，轟炸機低空掠過目標，裝甲車爆

註16　乙醯膽鹼（ACh）是中樞膽鹼能系統中重要的神經遞質之一，其主要功能是維持意識的清醒，在學習記憶、空間工作記憶、注意、自發運動和探究行為等認知活動中起重要作用。

炸，建築物爆炸，人體爆炸，兒童在遍地殘骸的街頭奔跑嬉戲，下一秒變成肢體畸形的戰爭倖存者。對這一切，斯科特並不感覺陌生。

字幕旁白：越戰的失敗和巨大損失，間接推動了一九七五年後QNB在軍事上的介入。它說明美軍打贏多場局部戰爭並顯著減少傷亡數量，阿富汗、波斯灣、塞拉耶佛、衣索比亞……美軍內部資料顯示，QNB一直被視為非致命性、沒有長期後遺症的化學戰劑，並向政界及公眾傳遞資訊，以顯示美國「為和平而戰」的一貫立場。

但事實並非如此。

畫面出現一名臉部被打馬賽克，聲音經過特殊處理的中年男子，字幕顯示他是一名經歷過某次海灣戰役的美軍中士，由於防毒面罩破損，導致吸入QNB氣溶膠。他已退役十年，從事物流行業。

畫外音：當時你有什麼感覺？

中士：……我不記得了（緩慢搖頭），抱歉，記不清了……太可怕了。（沉默）抱歉，我不想回憶。

畫外音：內部報告上說，你認為你的幻覺與敵人是相通的？

中士：（迷惑）……我不是很確定，我無法理解我看到的東西，只是感覺恐懼，還有憤怒，對戰友們的憤怒，就像……就像他們才是邪惡的一方，我甚至想殺死他們，他們全部。

畫外音：你做了嗎？

中士：（反應激烈）不！我沒有！沒有……（不確定）也許在夢裡我做了。

字幕：該名中士由於被隊友舉報存在「怪異且動機不明」行為，被強制遣送回後方醫院接受診療並提前退役。

畫外音：你覺得你已經擺脫困擾了嗎？

中士：（沉默，呼吸變得沉重）……我做噩夢，有時候。醫生告訴我那是PTSD（註17）……我知道那不是。你讀過H. P. Lovecraft（註18）嗎，克蘇魯狗屎什麼的，夢裡就像那樣（呼吸急促，嗓門變大），黑暗、混亂、骯髒不堪，像有什麼東西要從腦子裡把你撕開，不是肉體上的折磨，老兄，不是那樣的，你從夢裡醒來，看見窗外的夜空，無邊無際，那是它的瞳孔，它在盯著我，無時不刻。你知道那是什麼感覺嗎？你知道那他媽的是什麼感覺嗎？（鏡頭拉近，頸動脈突突跳動）

畫面切入黑屏。字幕出：大衛·M·弗里德曼，前美軍陸軍中士，接受採訪後三週，被發現於公寓家中吞槍自殺，終年三十八歲。

斯科特暫停了片刻，等著腸胃中那種不適感消失後再繼續播放。這部短片的資訊量遠遠超出他的預期。

小米不見了。病房裡一片空白。

註17 PTSD（Post-traumatic stress disorder），創傷後壓力心理症候群。主要症狀包括噩夢、性格大變、情感解離、麻木、失眠、逃避會引發創傷回憶的事物、易怒、過度警覺、失憶和易受驚嚇。

註18 H. P. Lovecraft（1890.8.20-1937.3.15），美國恐怖、科幻與奇幻小說作家，最著名作品為《克蘇魯神話》，史蒂芬·金稱其為「二十世紀最偉大的古典恐怖故事作家」。

陳開宗發瘋般追問門口的警衛，得到的卻是模稜兩可的敷衍。他跑下樓梯，胸口一陣陣發緊，某種預感跟隨著他，彷彿如果這次再失去小米，將會是兩人在這世上的永訣。醫院門前毫無蹤跡，早起的病人和家屬踏著晨光而來，臉上的病容在朝霞粉飾下煥發異彩。

陳開宗絕望地環視四周，在腦中搜索著任何可能幫上忙的聯絡資訊，再次後悔遵從父母信仰——抵制增強現實義肢的原教旨主義，卻一眼望見在醫院一樓餐廳裡狼吞虎嚥的小米。她並不是自己一個人，對面還坐著一名男子，背向陳開宗的視線。

那壯碩輪廓如此熟悉，陳開宗心臟狂亂跳動，眼前再次閃過羅錦城的冷酷笑臉。

他出現在餐桌旁，站在小米與羅錦城之間，雙手撐桌，擺出一副魚死網破的姿態，死盯著羅錦城。

「開宗，你也坐下一塊兒吃吧。我說肚子餓，這位羅叔就帶我來吃早飯了。」小米純然無邪地看著他，嘴角還沾著飯粒，隨著咀嚼上下扯動。

「謝謝你了羅叔，吃完請早點回吧。小米還需要休息。」陳開宗不卑不亢地說。

「客氣啥。都是自己人。」羅錦城微微一笑，「小米已經答應吃完幫我看看鑫兒，正好今天是個好日子，萬事皆宜。」

陳開宗驚訝地望向小米，她若無其事地夾起一根油條，當地人稱之為「油炸鬼」。

「除非醫生同意，或者小米自己願意，她哪兒都不去。」

「後生仔，你也可以一起去。還能碰到不少熟人呢。」羅錦城將視線左右一掃，微微頷首，表示不要輕舉妄動，陳開宗這才發現餐廳遠遠的角落裡還坐著幾位，貌似普通顧客，卻神色拘謹地不時打量小米這桌，像是覬覦他們吃了大半的油條、豆漿和白粥鹹菜。羅錦城示意陳開宗坐下，換成矽嶼方言：「你很像你的父親，固執、倔強、不識好歹。」

陳開宗努力克制自己的不快，緩緩坐下。

「那時候我們還年輕，比你大不了幾歲，我叫他賢哲兄。他野心很大，一心想把矽嶼建成粵東的重要貨運港口，但那需要錢，很多很多的錢，還有時間。」羅錦城半仰著頭，目光似乎穿越歷史的重重帷幕，落在遙遠的昔日，「政府等不了那麼久，他們要效益，看得見摸得著的效益，能拉動GDP，寫出漂亮報告，升官發財。矽嶼選擇了另一條路，你現在看到的這條。」

「別忙著下結論，後生仔。」羅錦城用眼神阻止陳開宗迫不及待的反駁，「歷史之所以是現在這個模樣，總有它的規律，否則就不會有你我今天這番對話。不得不說，你爸有遠見，更有魄力，放棄了當年送到嘴邊的肥肉，出國從一窮二白開始打拚，才有了你的好環境。你可以說我同流合汙，說我自私自利，都行。我的想法很簡單，動物只有足夠強壯，才能保護幼崽免遭獵食或奴役，人也一樣。

「所以你看，我和你爸其實是一種人，只是表達愛的方式略有不同。」

倘若不是知曉了太多羅家歧視虐待垃圾人的實例，陳開宗幾乎要為他的懇切說辭鼓掌叫好了。他想起了自己的父親，想起了那些輾轉於異國他鄉的褪色回憶，一種生理性的厭惡感湧現，如同條件反射。

他始終無法把那種漂泊生活與父愛聯繫到一起，無論是出於何種邏輯。

他不明白父親為什麼要這樣做，即便在多年以後。理智上，他可以找出種種堅實證據為父親的決定辯護，但從情感上，他無法接受。一個人攜家帶眷地離開生養自己的土地，離開所有物質與文化上的根基，去尋找另外的安定感，這在歷史上只發生於戰亂或大饑荒時期，而不是這個所謂盛世。

小米找來辣醬，攪拌在白粥裡，一道紅白相間的漩渦，濃烈與寡淡相互佐伴，刺激舌尖上的味蕾。陳開宗看著小米，似乎悟出自己對她的感情微妙之處，在庸俗的男女之情外，他倆更像是一對同病相憐的囚犯，受困在這片不屬於他們的土地上，身為異鄉人卻又有著牽扯不斷的矽嶼情結。

「羅叔，我吃飽了。」小米抬起頭，舌頭在唇邊舔了半圈，把米粒捲入口中。她頸後的「米」字從頭到尾未曾熄滅。

羅錦城站了起來，陳開宗也隨之站起，兩人對視著，不發一語。小米在一旁看著他倆，面露無辜神情。

「我能相信你嗎？」陳開宗終於無可奈何地開口，搭住羅錦城的肩膀，他知道這樣做不夠禮貌，可他別無選擇，「你能保證不傷害她嗎？」

羅錦城把陳開宗的手由肩頭輕輕拿下，握在自己掌中，用力甩動兩下。

「矽嶼人有句俗話，『羅大頭出嘴，說一不二』。」他微微一笑，表情混雜了自得與些許困窘，「羅大頭說的就是我。」

斯科特眼前的螢幕再次出現鈴木晴川的身影，像是歲月被快轉了數十年，儘管她已頭髮花白、皮膚鬆弛，但輪廓與氣質仍流露優雅不凡。她出現在各種場合，商業的、人權組織的、國際NGO的、官方的。她揮舞手臂，高聲疾呼，似乎在捍衛什麼，但聽者寥寥。她的背影寫著孤獨與衰老，像棵乾枯在時光中的柳樹。

字幕旁白：由於鈴木晴川的多方遊說，QNB於一九九七年正式被列入《禁止化學武器公約》。她晚年致力於研究QNB後遺症的有效治療方案，發明了一種激進的病毒療法，利用基因改造後的攻擊性病毒來修復患者腦皮層上的乙醯膽鹼受體。但由於缺乏財團資金與技術支持，該療法遲遲無法投入臨床試驗。

鈴木晴川終生未婚，由於軍方保密條款約束，她至死都沒有透露QNB後遺症患者的數量。

畫面變成一片失焦的淡鵝黃色，逐漸找準焦點，背景牆紙上細密的分形花紋，老婦人一襲白衣，端坐到鏡頭前，神態高貴自如，帶著一種高度控制的精確美感。她的右臂內側貼有白色弧形自動注射器，閃爍點點綠光。影片時間顯示為二〇〇三年三月三日。

她點頭，微微一笑，皺紋恰到好處地勾勒出面部柔美線條。

她用英語說：「我是鈴木晴川，QNB的發明人，一個罪人。

「六十年前的今天，我的未婚夫，久保木秀雄，死於一場海戰。這悲劇促使我做出一個錯誤的決定，我妄圖靠一己之力，停止戰爭對人們造成的傷害。如你所知，我來到美國，拿到學位，加入美軍，發明了QNB。他們告訴我，成千上萬的士兵由於我的發明倖免於難，得以保存生命，回家與親人團聚。

「那是真的，那也是謊言。

「QNB能引起大腦神經末梢受體不可逆的器質性改變，他們將終生生活在譫妄、恐懼與幻覺中，無法超脫。我試圖彌補我的過錯，但錯已鑄下，為時已晚。我要向所有的受害者懺悔。

「我也要向所有研發過程中受傷或死去的實驗人員懺悔。你們已經為自己的罪付出代價，並不需要額外的折磨。出於善之本意而作惡依舊是惡，或許是我內心中復仇的惡偽裝成善來釀成這一切。我真的不知道……請接受我的道歉。」

老婦人將頭深深埋下，脖頸上鬆弛的皮膚被牽扯，展開如同鳥兒翅間的肉膜。

「今天，是我未婚夫的忌日，也是我的贖罪日。我想用我微不足道的死來告訴大家，戰爭摧毀的不只是肉體，還有靈魂。願所有的亡魂安息。」

她再次點頭微笑，按動手臂上的自動注射器，綠燈閃爍加快，變黃，變紅，最終熄滅。

鈴木晴川深長地呼吸，雙目微閉，似乎在細細品味流入靜脈的化學物質，滄桑的面孔上急劇變化的表情，彷彿每條皺紋都在緩慢舒展。她突然睜開眼睛，望向鏡頭上方，舒展的面容煥發出驚人光彩，如故人重逢。她輕聲快速地吐出一句日語。

字幕：久保木君，雲雀原野鳴，自由自在一心輕（註19）呢。

她再次閉上雙眼，彷彿睡著般，身體的起伏趨緩，直至靜止，某種無形的東西已經逸出這具衰老的軀殼。鈴木晴川像是斷了線的傀儡，在重力作用下緩慢沉墜，她低下了高

註19　出自松尾芭蕉俳句。

貴的頭顱，接著整個身體傾倒在座椅上。

字幕：鈴木晴川終年八十三歲，「荒潮」計畫隨後悄然關閉，檔案封存加密，她生前獲得的三百多項專利不知下落，數量不明的ＱＮＢ後遺症患者仍散落在世界各地，艱難度日。

斯科特呆坐在房間裡，鈴木晴川臨終的淒美在眼前揮之不去，他從未預料到「荒潮」計畫背後竟隱藏了如此震撼人心的真相。一種複雜的情緒在他胸中翻湧，對於這個科學家、罪人、堅守了六十多年的未婚妻，斯科特心生崇敬，更多的卻是憐憫，做為一個女人，鈴木晴川身上背負了太多不屬於她的責任和罪疚。

我不也一樣嗎？他閃過這個念頭，隨即哂笑，原來這憐憫也不過是自我保護機制的一部分。

龐雜的資訊如大大小小的礁島露出水面，布下迷離陣勢，斯科特舉起雙手，彷彿面對交響樂團的指揮，在空氣中畫出曼妙弧線，手勢變換令人眼花繚亂，高精準度感應器捕捉到他的動作，轉化為編碼電信號，將電腦螢幕上對應位置的資訊模組挪移、放大、折疊、展開細節、建立聯繫……閃光的網逐漸成型，帶著不規則的拓撲，一種扭曲的知性的美感。

斯科特的嘴角露出一絲微笑，心中對解開這謎團已有幾分把握。

他輕旋食指，將命名為「小米」的資訊模組撥至網路中央，標上一個金色問號。

11

她疑心自己是被困在一具名為「小米」的軀殼中，至於這被困住的究竟是什麼，她找不到答案。

就像在那個遙遠的噩夢中，她鑽入一具鋼鐵巨人的身體，變成了巨人本身，揮舞流淌著金屬光澤的手臂，撕破冰冷風雨的阻隔，奔跑、跳躍、尋獵……殺戮。她知道那不是真的，她希望那不是真的。

可眼下，小米竟有寄居於自己體內的幻錯感，從恢復知覺的那一刻起，這種感覺隨著時間推移愈加強烈，更糟糕的是，她無法像操控機械人般自如地操控自己的肉體。這種恐慌不時湧現，揪住她的自主神經和心臟，來回搖撼，隨即便會有一股不明由來的欣快平和從腦內某個部位分泌，撫平她所有的不安，令她如墮雲間，飄飄欲仙。而在另一些時刻，她會感到心悸、不安，針刺般的痛感附著於並不存在的幻肢上，像要阻止她的某些念頭或舉動。

彷彿這具身體正在試圖馴化囚禁其中的靈魂。

小米站在窗側，看著朝霞中陳開宗匆忙鑽出計程車的身影，她想揮手，想大喊，想用盡一切方式讓他看見自己就在這裡。她想給假鬼佬一個擁抱，這是她從沒做過甚至不敢去想的舉動。**妳只是個垃－圾－人**。這個標籤深深烙在她心裡，比頸後的貼膜更加牢固，擦拭不去，小米所有的行為舉止都受制於這三個字，無法逾越半步。

她只是站在那裡，一動不動，等著陳開宗出現在身後的房間門口。

然後，她聽見一些不可能的對白從小米脣邊浮現、消失，她看見小米的手握住開宗的手，鬆開，又再次被緊緊握住。她覺得自己一定是瘋了。

這具身體實現了她想做卻未能達成的心願。哪怕再微不足道。但每一個舉動似乎都在試圖操控陳開宗，這讓小米心生不安。她從未如此清晰地意識到，不同性別之間接收和解讀資訊的差異，而這種差異竟然是可以被利用的。隨之而來的羞恥和滿足幾乎同時浮現在她意識中，就像被攪拌成粉紅色的辣醬和白粥。

她聽見了音樂。腦裡的音樂。如同上足了發條的音樂盒，循環往復無法停止。昂揚旋律如此熟悉，夾雜著扭曲的號角聲，鼓點敲擊著神經末梢，帶來奇異的快感。

更為可怖的是，她竟然清楚知道這音樂從何而來，一種她從未掌握的邏輯整合能力在瞬間把所有碎片串聯成線索，呈現在眼前。

計程車公司選用的廉價車載音響無法區分低音與中音部，只有播放聲部簡單、音調高亢、不講究和聲的音樂時，聽眾才能忍受。矽嶼交通臺順應了這種需求，大量播放此類山寨歌曲，成為計程車司機拉客時的標配頻道，另一種難以忍受的本土風尚。但每逢準點，所有地方頻道需要轉播來自市總臺的報時，以高雅的古典名曲為固定背景，同時捎帶兩則商業廣告，交通臺為節省時間將轉播素材做自動混縮處理，因此在節奏上比原曲每節快了半拍。

正如從小米口中自動哼唱出的《一八一二序曲》。

她感到害怕，一種深入骨髓的恐懼感，對於自己。開宗帶她坐過計程車，她在工棚裡曾無數次聽見各種版本的準點報時音樂，或許也在茶餘飯後聽文哥提起過這些只有技術控才會關心的細節。但她從來沒有想過，自己的大腦裡竟隱藏著這樣強大的能力，能夠在如此短暫的時間內抽絲剝繭般組織起所有零碎的資訊，輸出成一則資訊。

她讀不懂這則訊息裡暗藏的玄機，只看見開宗臉上寫滿了驚駭，心頭拂過一陣悲涼。

更可怕的是，小米發現自己對這個世界的**感覺**變了。她不知道該如何準確描述，就好像是跳出一口深井，看到了遠為開闊的天地之後，你的情感也隨之變得視角豐富，層次細膩。甚至當她想起觀潮灘上發生的一切時，單純的恨意與厭惡也被一種更大更複雜的情感所覆蓋，她似乎理解了刀仔如此行事的緣由，似乎也能看到他將來的結局。她竟感到悲傷。

羅家把供奉列祖的廳堂闢為作法現場。水洗紅磚，灰牆青瓦，神龕上供奉著泰國清邁請來的金佛，下面依序排放著各輩祖宗的牌位，青煙嫋嫋，電燭紅搖。羅子鑫的病床被搬到廳堂中央，慘白弱小的身體上插滿導管和電線，雙目緊閉，沒有一絲生氣，倘若不是心電圖的平緩跳動，會讓人誤認這是一具溺斃的屍體。

據說在此處施法，才能藉助諸佛及先輩的神力鎮壓邪氣，可房間中的每一個人卻如陷身冰窖，沁透在詭異氛圍中，渾身發冷，如芒在背。

陳開宗看見林逸裕主任步入，這才明白羅錦城話中「熟人」所指，也終於知道所謂的「嚴密警衛」是如何被輕易突破的。林主任朝他點點頭，並無過多寒暄，他的神色似乎比羅錦城更加嚴峻，彷彿床上躺著的是自己兒子。

小米坐在一旁，面帶微笑，鎮定自若，像是期待著一場好戲上演。

陳開宗的注意力再次回到這個女孩身上，昔日那種謹小慎微的緊張感一去不返，取而代之的是由內而外的淡定，彷彿大局在握。他不相信這是裝出來的，「米」字貼膜便是最好的證據。有些東西發生了變化，在小米體內，是那些微小的金屬顆粒嗎？陳開宗感覺焦慮，他不知該以什麼態度去面對這個全新的小米，甚至心生畏懼。

那張面孔似乎看起來與之前有些不同，下唇不再有咬痕，眉毛弧度揚得更高，眼周肌肉放鬆使得眼睛輪廓更接近甜橄欖，這下面，究竟藏著一個什麼樣的靈魂？

落神婆準點出現，身披五彩無袖裙褂，臉上的紅色油彩蓋過皮膚皺褶，一副橫眉怒目的厲鬼面貌。她讓小米坐在羅子鑫頭頂正對三尺處，與金佛形成一條直線，給兩人額心各貼上一張綠色「敕」字貼膜，正如她自己的配置。

她焚起香燭，在廳堂四角灑下用苦艾、菖蒲和大蒜浸泡過的辛辣聖水，口中念念有詞，向八方神靈祈求賜福。末了，她回到病床前，從助手處接過一個盛滿油的瓷碗，咒語加持，點燃，燃燒不充分的橘黃色火焰從她手中升起，躍動著不安的舞蹈。

落神婆開始以順時針方向圍繞羅子鑫的病床走動，步伐緩慢怪異，似乎踩著某種無聲的鼓點。她口中低聲吟誦著經文，間中發出幾聲尖厲的嘯叫，如同月夜穿透松林的陰風，令在座的人都為之毛骨悚然。

陳開宗的心揪到喉嚨，隨著落神婆的步伐顫動，生怕她一失手，把那碗看似溫度極高的油火潑落到小米身上。他並不信這些遠古巫術，更不信一旦施法成功，羅子鑫便能從昏迷中甦醒，而小米將會代替羅子鑫死去。但眼前這幕奇觀仍有些地方超出他的常識範圍，否則落神婆的赤手早該被瓷碗數百度的高溫燙得滾熟。

小米沒有顯示絲毫驚惶害怕，只是好奇地看著落神婆在自己身邊穿行，火光照亮她的面龐，又暗下，雙眼在明滅間折射出奇異的光芒。

數量有限的特邀嘉賓們發出低聲驚嘆，羅子鑫額頭上的「敕」字貼膜亮了，綠光一閃而過，幾乎是同時，小米和落神婆的貼膜也亮了。

落神婆加快了步伐，如同一隻忙碌的工蜂，在病床與小米間走出複雜的8字形軌跡，不時變換方向，手間熾焰燃燒，尖嘯飄忽不定。三人額心「敕」字同步閃爍，頻率加快，但羅子鑫的心電圖節奏依然平穩如初。

觀眾們屏息等待著那一幕高潮的到來，若小米因恐懼而失聲驚叫，落神婆即刻將手中油火摔摜於地，同時大喝一聲，完成整個「叫代」儀式。但今日進展似乎未如計畫般順利，小米甚至都沒挪動一下端坐的姿勢，而落神婆已然氣喘吁吁，汗水將臉上的油彩沖出幾道汙跡，恍如帶血的淚痕。

陳開宗頗有興致地看著這齣鬧劇如何收場。

又是一聲驚呼。小米額頭的貼膜閃爍頻率發生了變化，不再與其他兩人同步，她的表情也不再平靜如水，皺起眉心，似乎在思考什麼，又像是在與虛空中的某股力量爭鬥。她盯著空氣中並不存在實體的某個點，眼瞼微微顫動，這種熟悉的顫動令陳開宗心悸。

羅子鑫的貼膜閃出一個切分節奏，脫離了落神婆的步點，逐漸向小米貼近。似乎冥冥中有一隻無形的手協調著三個人的波形，現在，小米和昏迷的男孩處於同一頻道。羅錦城臉上現出難以置信的神情，同時又夾雜著一絲急迫的希望。

心電圖循環的曲線上出現輕微的擾動，如同一顆石子丟進了池塘，漣漪緩緩蕩開，推移波峰波谷的位置，幅度隨之伸縮。

落神婆的步伐開始踉蹌，火舌晃動，幾乎要舔拭到她的手腕。陳開宗按捺不住想要上前制止她，一隻手輕柔但有力地從背後按住他的肩膀。是林逸裕主任，搖搖頭示意他不要輕舉妄動，彷彿大局在握。

落神婆額頭的綠光閃爍失穩，被拉扯著向其他兩人的節奏靠攏，尋找新的統一。她變得虛弱，甚至無力停止自己變調的嘯叫，表情愈加猙獰，恐懼混合精疲力竭。羅錦城陰沉的臉不斷從眼前晃過，她知道自己不能停下，她知道失敗意味著什麼。

可連金佛的微笑也救不了她。

一個終究發生的趔趄，落神婆以古怪姿勢撲地，瓷碗吐著火焰，在半空中停留了片刻，反轉，倒扣在她的身上，亮黃色的火光順著液體淌過她的身體，一條燃燒的五彩裙褂。助手驚惶失措，脫下衣服瘋狂撲打，慘叫伴著青煙飄起，混入供奉的長明香火中。

瓷碗滾到陳開宗腳下，林主任搶先一步蹲下，小心地用指背試了試表面溫度，他抬起頭，似笑非笑地望著開宗，用嘴形說出兩字。

「騙子。」他說。

陳開宗眉頭一挑，把目光轉回病床上的男孩。羅錦城已經趴到床前，全神貫注地觀察著自己的兒子，似乎身邊兩個大呼小叫、打滾救火的丑角並不存在。羅子鑫的心電圖找到了新的平衡，他額頭與小米同步的「敕」字貼膜閃爍漸緩，直至綠光完全熄滅。

小米輕輕撕下自己頭上的貼膜，面露疲憊。

所有的人都上前兩步，但又不敢過分靠近羅錦城，只是在病床一公尺開外候著，看著那個沉睡的男孩眼瞼開始顫抖，像是睡夢中的快速眼動（REM）階段。

「鑫兒，鑫兒……」羅錦城用方言溫柔呼喚兒子，眼神父愛滿溢。

陳開宗對這個男人變臉速度之快深感欽佩，他想起之前羅錦城關於父愛的自白，不由得想起遠方的父親。也許羅錦城是對的。

眼動停止了。過了許久，羅子鑫雙眼緩緩睜開，露出純淨的淡褐色瞳仁。

「鑫兒！」羅錦城眼中竟有淚光閃爍。

那個男孩疑惑地望著眼前的一切，似乎花費了加倍的力氣來回憶，自己究竟身處何時何地，眼前這個眼噙熱淚的男人又是誰。

「……爸爸？」他終於試探性地喊了一聲。

這最簡單不過的兩個字卻讓羅錦城怔住了。在場的所有人都聽得真切，儘管只是音調上的細微差異，但這個昏迷了數月的矽嶼本地奴仔醒來後說出的第一句話，竟然是標準的普通話。

這時，陳開宗捕捉到小米眼角閃過一絲不易覺察的笑意。

小米學著和這具身體達成妥協，從克服緊張開始。

當羅錦城的臉出現在房門口時，她如同一隻聞見獵人氣味的野兔，無法遏制想逃的本能衝動。但她沒有，小米的身體束縛著她，頸背後的金色貼膜只是微微暗下，復又亮起。那些不快的記憶洋流似乎被刻意阻斷在意識之外，只剩下隱隱不安的撞擊力度。她驚異於自己熟練的表演技能，呼吸平緩，表情肌自然鬆弛，她用無辜的眼神傳達給羅錦城一個資訊，她什麼都不記得了。

羅錦城信了。

這種控制力一直延續到她步入羅家廳堂，端坐在羅子鑫的病床前。她回憶起那個遙遠得不真實的下午，文哥的義肢實驗，偷拍的男孩，冰涼的血。一切都是由那時開始的。小米心生愧疚，小時候母親常教導她要與人為善，因為人在做，天在看。來到矽嶼之後，她發現母親的教誨並不是這個世界的普遍真理，侮辱和傷害每天都在上演，縱使老天有億萬隻眼，他也只會睜一隻而閉上其他所有。

她變成一個實用主義的泛神論者，相信神靈寄附於萬事萬物中，只要誠心祈禱、供奉犧牲，便能得到護佑。這便是垃圾人在這座活地獄裡的生存之道。垃圾處理工棚外到處可見燃著塑膠碎屑的電子香爐，配合聚醯亞胺符咒貼膜，在暗夜裡如鬼火粼粼，告誡那些行路之人切勿亂入禁區。

莫非這男孩也是某位神祇的供品？他的犧牲又成全了誰？小米望著身旁手捧油火、穿梭不停的落神婆，心生疑惑。

她突然覺得眼前有微薄綠光如雨水傾注，同時亮起的還有羅子鑫與落神婆的額頭，一靜一動，如同恆星與行星，在這個巫術與技術交融無間的宇宙中運轉不息。她明白這光亮與自己無關，更像是來自落神婆或其助手的遙控，男孩的狀態並沒有發生實質性變化。

像是被觸發了某個開關，她感覺小米的身體起了微妙變化，汗毛微豎，視野變亮，一股無法自控的震顫由腦內深處傳導到眉心皮膚，再如漣漪蕩開。她瞬間洞悉了身體的意圖，儘管無法理解那是如何做到的，通過額頭貼膜的射頻通訊及感測器，搭建起一座無形的意識之橋。小米在橋的這頭，羅子鑫在那頭。

她知道自己該做什麼，喚醒這個男孩，彌補當初的過錯。無論他父親對小米施過何等暴行，這與他無關；而當文哥傷害男孩時，小米並沒有出手阻止，這與她有關。在小米眼中，這個世界本該按照如此簡單清晰的規則運轉。是複雜的人讓它變得日趨複雜，難以理解。

事情比她預料的棘手。

男孩的意識由於感染病毒性腦膜炎而受到抑制，神經細胞的傳導受體被病毒產生的阻隔機制包裹，無法傳遞生物電信號。但這不是最重要的。阻隔機制經過事先調製的蛋白質表達已進入衰減期，對普通強度的神經衝動無效。她絲毫不明白這資訊的含義，但似乎小米的身體明白，意識藉助貼膜的射頻跳板，如觸手般探入男孩腦中，掃過皮層的各個區域，它在尋求更深層的原因。

是語言。

小米驚訝地發現，該病毒的阻隔機制似乎更像是某種安全裝置，彷彿電閘的保險絲，當腦神經的資訊傳遞超過一定能量負荷時，便會啟動自我保護，跳閘或熔斷，以確保神經元細胞不會被燒毀。但不知為何，羅子鑫的阻隔機制被設置在極低的安全閾值，以至於當他使用矽嶼本地方言進行思考時，神經傳遞便會跳閘。

矽嶼話是一種帶有八個聲調及複雜變音規則的古老方言，它所包含的資訊熵密度遠超過只有平上去入四聲的官方語言。這才是男孩陷入昏迷的根本原因。

她對接下來要發生的事情毫無準備。小米的意識觸手突然變得堅硬，插入左半球額下回後部主管語言生成和指揮的布洛卡氏區，如同一把精準的雷射手術刀，撥弄著這世界上最為精密複雜的造物，彷彿這是她已經熟練操作了億萬年之久的技能。

汗水從她額角緩緩滲出，沁溼髮際。她再次為自己的神力所驚恐，但這一次，她希望結局是好的。

觸手變得柔軟，收縮，經貼膜跳躍回到本體，在不經意間，她觸碰到了落神婆的意識。

騙子。她瞬間明白了一切。如果說是文哥帶來的神祕頭盔在她腦中意外種下了變化的胚胎，羅錦城和刀仔讓胚胎以暴烈的方式破殼而出，但最終卻是眼前的這個老女人，堅持將小米捲入這場以「過油火」為名的拙劣騙局，連接起所有的觸發因素，啟動了腦中怪物的完整形態。

是落神婆造就了今天的小米。

小米一閃念，看著火光飄起，落下，在那中年婦女狼狽仆街的身軀上綻放。小小回禮，不勝敬意，她嘴角輕揚，露出無邪微笑。

全場陷入混亂鬧劇，眾人救火，看戲，羅錦城半跪在病床前呼喚愛子，林主任與陳開宗竊竊私語。

男孩在父親的柔聲呼喚中緩慢睜開雙眼。小米心存善念，並沒有修改羅子鑫腦中主管理解語言的韋尼克氏區，他仍然可以聽得懂矽嶼方言。只是，他的餘生，都將像他父親最憎惡的外省垃圾人一樣，說著只有四個聲調的普通話。

他叫了聲爸爸，而不是矽嶼話中帶變音的爸爸。羅錦城頓時僵住了。

陳開宗憂慮的眼神掠過她。小米努力克制自己笑出聲的衝動，儘管她覺得，這是一個無比得體的黑色笑話。

一輛運水的三輪車在羅家大宅門口停泊著，等著傭人們把瓶裝水卸載到手推車上，拉水的中年垃圾人顯得分外焦灼，嘴裡不時嘟囔著什麼，頭上的增強現實眼鏡隱隱閃爍著綠光。終於所有的純淨水都卸完了，車身隨之微微抬起，車夫幾乎是一個一百八十度的掉頭，瘋狂地朝來路疾馳而去，甚至顧不上身後呼喊著要結帳給錢的羅家傭人。

他回頭看了幾眼，並沒有人跟上來，逐漸放慢了車速，進入人流陡增的鎮區。

「何伯，今天怎麼了？把魂兒丟了？」幾個路過的垃圾人向他打招呼。

何伯汗涔涔的臉上沒有露出一絲笑容，他並不接話，卻停下車，用手勢讓其中一個人靠近自己。何伯從車座上傾斜著探出身體，像是要用自己的腦袋去觸碰另一個人的額頭，很快地，那個人戴著的眼鏡也亮起了綠燈。何伯沒有停留，他再次發動引擎，踏上征途，繼續將那段十分鐘前拍下的影片擴散出去。

那是幾輛飛速駛入羅家大宅的黑色轎車，儘管距離稍遠，但仍可以勉強辨認出從車廂中鑽出的人影，一名少女被攙扶著，快速步入宅子，她身上穿著的寬鬆白衣，不是任何當季的時尚款式，而更像是一套病服。

何伯確信，那個女孩就是小米。他要盡快把這個消息告訴李文。

日頭慢慢爬升至中天，變得炎熱灼人，何伯感覺自己被包裹在一團溼黏濃稠的蒸汽中，艱難行進，無數嘈雜聲響和腥臭氣息從四面八方襲來，其中的許多話語他完全無法理解。他的眼前有許多雙眼睛匆匆掠過，垃圾人的，矽嶼人的，分不清什麼人的。他看見垃圾人們在路上相遇，像紳士般側頭互相致意，如同一種新的潮流，而旁邊的矽嶼人滿懷疑慮，白眼睥睨。似乎這是自詡身分上等的矽嶼人所無法理解並接受的禮儀，尤其當這種儀式竟出現在他們最為不齒的外地垃圾人之間時。

何伯努力穩定車身，盡量平滑地穿過這處熙攘的市集，讓自己在監控鏡頭前表現得行為正常，符合邏輯，但他終於憋不住抖動的胸膛，露出潮溼的大笑。

有兩個小米。她逐漸接受了這個事實，並把她們命名為「小米0」和「小米1」。

小米0是那個來自異鄉的垃圾女孩，謹慎、弱小、時刻提防他人、過度警覺又充滿好奇心，與一條設置錯誤的晶片狗同病相憐，喜歡上一個身分曖昧的矽嶼男孩，卻又自怨自艾，寧願保持安全距離。她永遠記得那一個夜晚，星雲般旋轉的水母瑩光，月光下如銀鱗閃亮的海面，和自己並肩而躺仰望夜空的陳開宗，一種說不清道不明的感覺，卻讓她在某個剎那心臟漏跳了一拍，世界開始搖擺不定，令人目眩神迷。

小米0就是她。

小米1是她無法概括的存在，在那個漫長的黑色雨夜，如神靈附體般降臨這具肉體，並全面掌控它。它彷彿無所不知，無所不能，儘管她們共用意識與身體，但小米0更像是搭乘順風車的過客，對於小米1的所思所想，所作所為無法理解，更無從干涉。她看見小米1希望她看到的一切，努力跟隨非人般複雜精微的意識流，學習、體悟、提升。小米0害怕小米1，卻又深深崇拜，一種對於機械般無比精確控制力的膜拜。她甚至感受到生命中從未體驗過的美感，如站立於萬仞峰巔，俯瞰大地蒼生般的雄渾壯美。她腿腳酥軟，戰慄不止，尿意難忍，卻又阻擋不住一探究竟的誘惑。

在她的自我想像中，小米1的形象總是與一位西洋女郎的面目交疊閃現，像是鬼魂附體。她渴望知道那是誰，卻又心生疑懼，第三者的介入並不會讓情況變得更簡單。

而此刻，小米0和小米1達成了稀罕的一致意見，疲弱不堪，方才喚醒男孩的動作消耗了太多能量，她們亟需補充體力。小米又餓了。

鬧劇仍未結束。

羅錦城正衝著隨行醫護人員大吼大叫，後者手忙腳亂地為病床上的男孩檢測各項指標；落神婆的裙褂被燒出大洞，露出層層疊疊的腰間贅肉，她與助手想趁亂開溜，卻被羅家手下警衛一把按住，面壁而跪，等候老大發落；林逸裕主任接著電話，不住打量著房間內局勢，似乎在彙報情況，他的臉色陰沉，看不出變化；陳開宗的臉映入眼簾，他就蹲在小米身邊，表情焦灼，似乎在詢問著什麼。

所有的聲響全都混紡編織成沒有層次感的音牆，嗡嗡地壓迫著她的聽覺神經，就像是過低的血糖值主動關閉了某些感官通道，以避免造成暈厥。小米試圖分辨陳開宗的口型，但是做不到，注意力如沙子般從她的意識縫隙中溜走，灑落在地，混入浮塵。

又有人闖進了房間，白色光亮如同一個球體從門外往裡膨開，逐漸衰弱。那個人以最大力氣重複喊著一句話，所有的人都停止了動作，扭頭看向他。這句話重複的次數如此之多，以至於每個音節在小米腦中產生了疊加效應，由模糊逐漸清晰，她終於聽懂了。

垃圾人來了！那個人喊道。垃圾人來了！

這些矽嶼人臉上流露出的驚恐讓小米感到迷惑。在她熟悉的世界裡，這種驚恐往往只屬於垃圾人，尤其是當他們面對著一個矽嶼本地人時。她曾無數次見過垃圾人跪地求饒的情形，那些強壯的、瘦弱的、年老的、年輕的、骯髒的、無助的垃圾人，跪在矽嶼人面前，只是因為弄髒了他的衣服、步行中眼神不經意的接觸、觸碰到她的小孩、刮蹭到他的跑車，甚至不需要任何理由，只因為他們是垃圾人。

她永遠忘不了那些下跪者的眼神，像一塊塊凝凍著火焰的堅冰，刺痛人心。她更清楚，如果他們不這樣做，或許第二天就會變成好狗那樣腐爛在街頭的一具殘屍。她同樣忘不了那些矽嶼人的眼神，他們站著，微仰著頭，似乎是完全不同的另一個物種，用看待牲畜般的鄙夷目光，打量眼前這些無論從基因還是文化上都與自己並無二致的下等人。

可現在，矽嶼人害怕了。是什麼讓他們如此恐慌？

所有人都往屋外走去，小米由陳開宗攙扶著，瞳孔收縮，眼睛逐漸適應室外的光亮。她看見了恐懼的根源。

在羅家大宅外，與警衛和晶片狗隔著鐵閘門對峙的，是黑壓壓的上百個垃圾人。他們在日光下站著，臉上、身上沾染著黑灰色的汙跡，看不清表情，那是來自焚燒廢料、酸蝕金屬所產生的有毒粉塵和氣體。他們犧牲自己的健康和生命，換取微不足道的果腹之物和縹緲希望，建築起今日矽嶼的奢靡繁華，卻被視為奴僕、蟲豸、用完即棄的垃圾。他們看著自己的少女被拖入轎車，被蹂躪，被棄屍荒野，成為晶片狗口中的腐肉。他們被迫無動於衷。

已經等得太久了，眼中的冰塊在陽光下開始融化，露出灼人的火苗。

小米看見了文哥，他站在人群中間。沒有標語，沒有口號，只是沉默，但當他們看見小米在矽嶼人中被裹挾著出現的瞬間，似乎有一股無形的力量從人群中漾開，強化肌肉繃緊的聲音如風吹稻浪，掀起荷爾蒙沸騰的氣息。

林逸裕主任開始對著手機怒吼。

小米感到自己的意識如流沙般迅速分化為兩個主體：小米0過於虛弱以至於陷入混沌中，而小米1明白他們是為自己而來，她也知道該如何挑起或化解這場一觸即發的戰爭。她必須做出選擇。

她停下，掙脫陳開宗的攙扶，看著這張曾經自信滿滿的面孔如今變得猶疑不定，她微微一笑，緩慢而堅定地獨自向前走去。日光灼人，她感覺虛弱，似乎每一步都踩在綿軟的淤泥裡，找不到著力點。鐵門發出隆隆巨響，謹慎地滑開一道縫隙，門外的人群時而清晰，時而模糊。她感覺自己像是坐在小船裡，漂浮在夜晚的海上，海浪溫柔，將她的身軀托起，又沉下。

她站在那道窄門前，幾乎可以嗅聞到鐵柵上腥甜的鏽味。小米回過頭，看見在身後亦步亦趨的陳開宗，舉起手，像是要告別，又像個發起衝鋒號的戰士。她終於到達極限，身體一軟，向地面癱倒下去。

人群中發出一聲齊整的驚呼。

她並沒有撞向堅硬的大地，陳開宗一個箭步，在最後一瞬托住小米的身體，將她環入懷中。

這舉動卻激怒了鐵門外的人群，他們的忍耐衝破了限度，從胸腔中迸出野獸般的咆哮，以血肉之軀撞向已半滑開的鐵門，發出巨大的崆峒之聲。警衛們始料不及，想重新把門關上已來不及，晶片狗狂暴吠叫，撲向如潮水般湧進的垃圾人。

小米望著陳開宗籠罩在白光中的模糊剪影，感覺他堅實熾熱的懷抱，不明白這究竟是自己，還是小米1用心良苦的謀劃。她只聽得一股低沉的震動由空氣中傳來，如同巨浪拍岸前的次聲波，攪動五臟六腑，令人不安。

她看見一個黑影如高速攝影般以超慢速率朝開宗頭部襲去，一聲拖長尾音的悶響，陳開宗陡然鬆開懷抱，他的頭顱向後仰去，在空中劃出一道弧形血痕。她想呼喊，想起身，身體卻如脫線傀儡般不受控制。

溫熱液體滴落小米臉頰，腥甜濃烈，她開始確定，自己不過是這無常棋局中的一顆棄子。

12

羅錦城坐在花梨木沙發椅中，林逸裕站著，他們面前橫著一張碩大堅實的紅木辦公桌，桌後的人用椅背對著他們，只露出髮根稀疏的頭頂。那個人入神看著嵌入假牆的巨型水族箱，某種柔軟而龐大的生物在絢麗背景前緩慢蠕動。

他似乎完全忘記了身後這兩名焦急等待指示的訪客。

「翁鎮長……」林逸裕終於忍不住開口詢問，又把話頭掐斷。

「如果不及時採取措施，恐怕會出更大的亂子。」羅錦城鄙夷地瞄了一眼林主任，大聲說道。

皮質轉椅背後仍是許久沉默，正當二人耐心瀕臨崩潰之際，傳來遲緩卻有力的反問：「更大的亂子？

「你倒是告訴我，有什麼亂子會比虐殺幼女，引發數百個外來勞工集結，與警方發生暴力衝突更大更嚴重？噢，罷工損失的是你羅家的生意，所以矽嶼就得替你買單？」

羅錦城一時語塞。他幾乎可以感覺到林逸裕在一旁小人得志般的偷笑。

「林主任，你知情不報，這亂子也有你一份功勞哪。」林主任的嘴角像被抽了一巴掌，不自然地抽搐了一下。「臨時抽調警力這種事情，可大可小，還好沒搞出人命，可美國人那邊，我看你怎麼擺平。」

「是！已經從省裡請來最權威的眼科專家，正在盡全力救治中。行凶的垃圾人也已被控制。」

座椅後傳出一聲怪異的嗤笑聲。

「所以我說林主任啊，你辦事情做人都沒問題，但政治覺悟還需要提高啊。『垃圾人』這種詞，誰都可以隨便說，唯獨你除外。」

「是是……」林逸裕已是滿頭大汗。羅錦城努力忍住才沒有笑出聲來。

「這次專案招標受到各方關注，省裡打過招呼，要把矽嶼做為一個中美合作試點來抓。羅老闆，不幫忙可以，別給我捅婁子啊，現在三家就你最不配合，問題最多，要不我把這鎮長位子讓給你，想怎麼搞就怎麼搞，你看怎麼樣？」

「翁鎮長，瞧您說的，我不過是想讓美國人一次多出點血，這也是為了矽嶼好嘛。」羅錦城口氣是軟的，話裡卻還藏著硬刺。

「這可不止出點血，連眼睛都快瞎了。林主任啊，你站了這麼久，是不是找個位子坐坐，還是怕坐不穩摔下來啊。」

「站著就好，站著看得遠。」林逸裕故意瞄了羅錦城一眼。

「看得遠？嗤。我看是視而不見，你們看。」他倆順著翁鎮長的話音望向大玻璃缸，滿腹狐疑。

這個水族箱貌似普通，但據稱其中的沙石土壤、珊瑚、水生植物均是從原生海域精心移植，甚至水質、微量元素、酸鹼度、光照、溫度、波浪模式……無不通過技術手段竭力模擬真實海洋環境。但魚類並不是這裡的主角，這個小世界的最高統治者，是一條體長超過半公尺的八足章魚，屬於矽嶼海域的常見品種，此刻正用腕足上的兩千四百個吸盤懶洋洋地趴在玻璃壁上，不時蜷曲扭動腕足末端，等待著下一次餵食。

羅錦城看見鎮長的手揚起，揌動一個白色遙控器。

水族箱的背景在瞬間由海底風光變為一片熾烈熔岩，閃爍著駭人的紅光。幾乎是同時，羅錦城注意到那條章魚如同喝醉酒般，由頭部到腕足刷地變為赤紅色，甚至也如同背景中膨脹破裂的岩漿氣泡般，皮膚上浮現一個個亮黃色的圓形痕跡，隨即消退不見。

再次按動遙控器。熔岩變為沙漠。章魚全身披上一層沙礫般的黃褐，帶著熱風吹過時繪出的沙浪暗影。

沙漠再變為熱帶叢林。章魚的綠色顯得有些灰暗渾濁，與背景稍有色差，鎮長解釋這是章魚體內蝦青素的作用。

熱帶叢林又變為一段猛烈變幻的動畫，色彩噴射交織，毫無章法，如同瘋子的即興塗鴉。章魚似乎試圖努力跟上節奏，但卻只能捕捉到畫面的部分內容，變化節奏明顯減緩。

動畫消失，背景變為一面鏡子。

章魚似乎受到了驚嚇，改變了身體原先閒適的姿態，僅用三條腕足吸附玻璃，其餘五條高高揚起，像是在宣示主權，鏡中的國王也同樣耀武揚威地揮舞觸手。兩條章魚的皮膚表面開始閃爍，色素細胞中的擴張器控制各種顏色擴大縮小，彷彿螢幕上的像素陣列，又像是快速旋轉的萬花筒，組合出無窮無盡的圖案。

羅錦城出神地望著這一幕奇觀，開始理解為何鎮長對此這般著迷。變化仍未停止。鎮長按動遙控器，一切又回到最初寧靜場景。章魚懈怠地癱軟下來，滑入沙礫間，與之融為一體。

「這小東西，是地球上與人類差異最大的生物之一，有三個心臟，兩套記憶系統，身上有超級敏感的化學和觸覺感受器。」鎮長像個真正的章魚專家般娓娓道來，「但另一方面，它又和人類極其相似。

「對外界敏感，隨時改變、偽裝自己，甚至會被自己所迷惑，陷入循環。我曾經耐心等待，想看到鏡中章魚變化出一個穩定的圖案，結果，我得到了一條死章魚。於是我明白了，穩定即死亡。」

那張皮椅終於旋轉一百八十度，將背後真面目展示於人前，翁鎮長神情淡然，目光似有倦意。

「無論是林主任主張的臨時宵禁，還是羅老闆說的切斷所有外來人員通道，都有可能導致這樣的結果。沒有小亂，離大亂也就不遠了。」

羅錦城與林逸裕無奈對視了一眼，知道今天在翁鎮長這裡將得不到任何正面答覆，只好悻悻告退。正當他們要離開房間之時，只聽見一聲語重心長的道別。

「我還記得矽嶼是怎麼被打入低速區的，但願你們也沒忘記。」

羅錦城咬咬嘴脣，繃緊下巴，似乎做出了某個決定。

斯科特在午夜十二點過五分時撥通臨時翻譯的電話，說自己餓了，想去夜市轉轉。

他能聽出電話那頭強忍的不快，說要先問過林主任的意思。五分鐘後電話響起，翻譯語氣已大為不同，殷勤有加地推薦矽嶼最繁華的一條夜市食街。

陳開宗還在醫院裡接受住院觀察，他只能接受林主任的這個臨時安排。翻譯是個叫新煜的矽嶼小夥子，大學還沒畢業，暑期回鄉探親便被拉壯丁，他的口音不純，許多表達方式也欠道地，但卻比陳開宗更瞭解矽嶼現狀。

新煜常掛在嘴邊的藉口是「矽嶼話是現存中國方言裡最遠古、最特殊的一支，很多詞我連怎麼用國語表達都拿不準，更別說英語了」。

斯科特便會聳聳肩說：「我可沒對你抱這麼高的期望。」然後大笑著拍拍一臉受傷狀的年輕人。

儘管已過半夜，矽嶼這條食街卻還燈火通明，人頭攢動，各色香氣顏色在空中交織纏繞，勾動遊人的食欲。斯科特像一名真正的遊客，在新煜的引領下，一家家地探詢各種本地食物的材料、做法、文化背景，許多菜式的複雜微妙程度遠超他的想像。畢竟他來自一個建立才近兩百五十年的年輕國度，在飲食文化上，可以說離茹毛飲血也不過幾英里的距離。

斯科特不時假裝駐足欣賞，一邊用眼角瞟探身後。有一名小個子男子從他們離開酒店便如影隨形，保持十來公尺的距離。自從上次出海歸來後，跟蹤斯科特的眼線布置得更加緊密，只是他一直也沒搞清楚究竟是哪一方的手下。

魚攤。一座沒有水的水族館，腥氣四溢。半個小孩高的石斑魚頭和魚段被高高掛起，細碎冰碴鋪就的展臺上，陳列著體型色澤各異的海洋生物，巴浪魚、鱸鰻、赤鯽、紅目鱗、烏尖、竹仔魚、梭子蟹、膏蟹、毛蚶、蟶子、響螺、象拔蚌、魷魚、墨斗魚、沙蝦、蝦蛄……

斯科特被這一連串名詞和那些滑膩鱗光驚得目瞪口呆，他對一盤青黑色的節肢動物產生濃烈興趣，那看上去就像是剛從海裡撈出來，完全未經烹調的原料，可店家卻大力慫恿他嘗試。新煜捏開蝦蛄的背殼，露出晶瑩剔透的半透明蝦肉，遞到斯科特面前。

斯科特使勁翕動鼻翼，卻聞不出半絲異味。他小心翼翼地撕下一條，放入口中，一種膠糯彈牙的質地攜著極度鮮甜的味覺啟動他的味蕾。斯科特嘗試過東京赤阪頂級的刺身料理，從三浦海港打上來直接切割的金槍魚下巴，一條魚只有兩片的極金貴之物，帶著雪花狀脂肪紋理及深海魚油的濃郁香氣，令人入口難忘。但不像這個，一點也不像。

他驚喜的表情也感染了新煜，忙解釋道這叫生醃蝦蛄，將新鮮原隻蝦蛄在鹽、料酒、淡味醬油、蒜頭、辣椒、芫荽等調料中醃製十到十二小時，取出後在攝氏負十五至負二十度的溫度下冷藏，讓肉質纖維收縮以獲得爽脆口感。

斯科特又撕下一大塊細細品嘗。新煜略帶傷感地補白道，可惜近些年由於海水汙染以及食道癌高發，政府已經多次勸告鎮民不要食用生醃海鮮。斯科特突然一嗆，猛烈咳嗽起來，眼含熱淚，臉漲得通紅。

新煜微笑著拍拍他的後背說，別擔心，就一口，死不了的。

斯科特領會了他的報復之意，哈哈大笑起來。他謝絕了店家試吃河豚乾的誠摯邀請，和新煜坐進了一家牛肉館。

「矽嶼人真會吃。」斯科特瞄見跟蹤的男子也在對面小食店落座，「你在外地上學一定很想家裡的飯菜吧。」

「可不是嘛，矽嶼人到了哪裡都會懷念家鄉的味道。我帶過一個老華僑遊客，離開矽嶼幾十年了，他就在那邊那家飄香小吃店，一口氣吃掉四大碗乾麵，然後什麼話也不說，眼淚就流下來了。」新煜激動起來，揮動著筷子。

「那你畢業後會回來嗎？」

「……不好說。」新煜剛才的勁頭一下消失得無影無蹤，「我爸媽讓我出國，說環境好，有前途……你懂的，矽嶼是個低速區。」

「矽嶼人都這麼說。」斯科特微微一笑，不經意扭頭與跟蹤的男子四目相對，又迅速移開視線，「說不定我還能幫上忙呢，推薦信什麼的，你知道，惠睿也算是家國際大企業。」

「我知道！世界五百強呢！那太感謝你了布蘭道先生。」

「舉手之勞。對了，一會兒你能幫我個忙嗎？」

「儘管吩咐！」

「幫我到這家店取份外賣，就說是我讓你來拿海膽。」斯科特給他看了一眼手機上的店名地址，「然後我們在食街牌坊那兒碰頭。」

「沒問題。不過……」新煜若有所思地提醒斯科特，「聽說海膽裡富集重金屬元素，可不要多吃哦。」

羅錦城年輕時有種極端迫切的占有欲，無論是玩具、汽車、金錢、土地、女人或是權力，想要的便不惜代價、不擇手段地去得到。他把這種欲望歸結為童年的匱乏，隨著年月增長，又將其美化為自己成功的原動力。

但他慢慢發現，僅僅是占有，並不能將資產的價值最大化。只有流通，才是資訊時代發家致富的不二法門。

羅錦城建立起一套行之有效的情報體系，搜集整合了來自各重要港口、各管道收購商及國際市場原料價格波動的即時資訊，從而在電子垃圾交易鏈條中牢牢掌握議價權，低收高賣。他還記得盲人摸象時代的交易，把持貨源的頭家一般只會打開貨櫃，讓收貨的下家瞄一眼以判斷價錢。他們往往會將高利潤的垃圾堆放在表面，狡猾地掩藏起低廉無用難以加工的廢料，以哄抬價格。

就像一場賭石遊戲。在買家切割開石料之前，誰也不知道裡面到底是水靈剔透的翡翠，還是粗礪的灰沙頭。一夜暴富或者傾家蕩產，往往就在一念之間。廢品收購自然沒這麼高的風險，但像羅錦城這樣的大買家，每次仍然會燒香拜佛，祈禱鐵皮櫃裡的貨色能有賺頭。

而當他掌握了資訊的流通後，便可以根據港口的航運線路、貨櫃序號、裝箱時間、出發地托運企業明細等公開資料來判斷箱中電子廢品的價值，再以處理回收週期推測屆時出貨的市場均價，從而決定最後的談判出價。這一思路保證了羅氏企業在每宗交易中都能達到平均值以上的利潤率。他也因此在業內樹立了信譽，羅大頭威名遠揚。

這也是為何當他看到李文拍在桌上、威逼三大家族的帳本時，內心湧起複雜感受。這個年輕人的思維方式和魄力頗像當年的自己，若不是他的垃圾人身分，倒是可以邀其入夥，說不定會有一番大作為。可惜這一切假設都因為一個小小前提而灰飛煙滅。

羅錦城只是心存疑問：有如此天賦才幹的人，為何會混跡於矽嶼的垃圾人間，做這些永無出頭之日的下等營生。

他很快就忘記了這個問題，或許永遠也不會有答案。他只注意到，李文是在矽嶼接受行政處罰指令，被劃入低速區後第一批到來的垃圾人。這批工人的身價較之前有所看漲，因為降速之後有大批勞工外流，造成暫時性的缺口。

外流的不止是勞工，許多世代生養在這片土地的矽嶼家庭也隨之外遷。在一個資訊流速決定一切的時代，降速意味著沒有價值，沒有機會，沒有未來。誰願意自己的子孫後代生活在沒有未來的地方，哪怕是根植血脈的家園。

關於矽嶼降速事件，官方始終沒有檯面上的確切說法，坊間倒是流傳著不少都市傳說，驚險離奇程度不亞於好萊塢電影。得益於與政府的特殊關係，羅錦城從官員們酒餘飯後的談資中收穫不少零星碎片，拼湊出事件的大概面貌。

事情從一名外地少女被拐騙到矽嶼打工開始，後被官方解釋為離家出走。

這樣的事情本來並不稀奇，在地處東南沿海的經濟發達地區，到處可以看到這樣「被出走」的少男少女，他們拿著微薄的薪水，懷揣著有朝一日飛黃騰達，衣錦還鄉的夢想，在不屬於他們的繁華邊緣裡日復一日地從事最為機械、繁複、瑣碎的流水線作業。

少女與家裡聯繫了幾次，大致是說自己在矽嶼打工，生活過得挺好，不要擔心之類。之後便再杳無音訊。家人心急如焚，可惜遠在西南，且家境貧寒，只能藉助網路聯繫矽嶼警方協助尋人。結局是可以想見的「下落不明」。

少女有一個在大城市讀書的哥哥，據說當年由於家境貧寒，父母只能在兄妹中選擇其一供上大學。哥哥聰明、成績好，寄託著家裡出人頭地的希望，但他卻寧願把這個機會讓給妹妹。在他看來，男孩就像蠻牛，還有一線希望憑藉自己的才幹、努力和運氣在這個世界上犁出立錐之地，而女孩卻像珠蚌，要用裸露的靈肉面對疾流湧動的海洋。他不放心這唯一的妹妹。

正當他準備放棄升學考試時，妹妹做出了更極端的選擇。她離家出走了，留下一封信。她瞭解哥哥，知道他計畫做出的犧牲，但除非他考上夢想中的學校，否則將永遠再見不到自己的妹妹。這段舊事被官方利用來做為少女「習慣性離家出走」的有力證據。

哥哥知道妹妹的執拗脾氣，他控制好內心的焦灼憂慮，如預料般高中狀元，考上名牌大學，他發誓要用餘下的生命來回報妹妹，給她最好的生活。但就當他結束四年苦讀，正欲踏入社會掘取第一桶金時，妹妹失蹤了。

「下落不明」四個字如同冰錐般一下下鑿在他的胸口上。他決定不再相信任何人，他要用自己的方式找回妹妹。

一種定向傳播的電腦病毒，在矽嶼區域ＩＰ號段間以低調途徑交叉感染，悄悄接管了垃圾人群時常出沒的網路埠。它並沒有任何顯性發作症狀，只是以特定演算法篩選過濾人群間的交互資訊，如果匹配事先定義的語義值，便會向目標位址丟出資料包。目標位址同樣以動態方式巧妙隱藏，如果試圖從資料包追蹤到源位址，其難度不亞於根據槍響時間定位由瘋狂雲霄飛車上隨機射出的子彈軌跡。

他以極大的耐心，得到了一段流傳在矽嶼某地下論壇的加密影片。

這是一段真實的影片。昏暗背景下，視野中出現的兩名男子臉部均被抹掉，只留下半裸的身體和手中的工具，他們的聲音也經過處理，但仍能分辨出矽嶼本地口音。影片是用增強現實眼鏡錄製的，帶著強烈的第一人稱視角風格，搖晃、失焦、卻又具有無比真切的代入感。

一具勉強可以看出性別的人體，像破爛的布團蜷曲在牆角，斷續發出非人的呻吟。

視野中的兩名男子聊著天，不時發出怪笑。經過翻譯軟體，哥哥得知他們幾個被老闆派來處理這件「垃圾」。這名舉目無親的外地女子，因為用電子蘑菇過量而成癮，喪失了勞動能力，成為妨礙上級檢查的一個「衛生黑點」。他們還說，她的前庭系統已經受到不可逆的損傷，命不久矣，這是在做善事。

奇怪的是，她的頭上還戴著處於休眠狀態的增強現實套件，黃色呼吸燈時隱時現。

擁有主視角的第三個人突然蹲下，用手中的堅硬物件敲擊地板，發出脆響，他口中還發出類似逗貓的嘖嘖聲。只見那件「垃圾」突然舒出了一口氣，極其迅速地朝鏡頭爬來，奪過那件物體，插入自己的眼鏡卡槽。燈光由黃變綠，快速閃爍，似乎在讀取資料。那個女子低垂著臉，喉嚨中發出爬行動物般的嘶叫聲，似乎某種對於神經刺激的渴望已經徹底吞噬了她為人的尊嚴。

你可以讓她幹任何事情，只要給她這個。一直沒說話的攝影師開口了。

女子的眼鏡突然亮起，在黑暗中綻放著奇異的光。她突然吟唱起來，帶著某種地方戲曲的腔調，尖細宛轉，像一條冰冷的蛇在夜裡蠕動，連帶著她四肢的動作也變得扭曲機械，隨著吟唱舞動起來。

勁喔，還會唱曲兒。其餘兩名男子笑說著，也裝模作樣地和女子跳起來。

突然女子口中的曲調一轉，變得粗礪刺耳。她發瘋般朝其中一名男子撲去，死死抱住他的大腿不放。另外一人似乎被嚇到，一時竟不知如何反應。這時第一人稱視角攝影師抄起手中的鐵鍬，在女子頭上一記重擊，女子應聲倒地。

看來她不太喜歡我的貨哦。動手的男子說著，靠近地上癱倒的女子，扳過她的臉。

哥哥多麼希望影片就此停止，最好永遠不要露出那名受害者的面孔，這樣他才可以保留一絲幻想。他強迫自己看下去，漫長得難以忍受的晃動，光線昏暗得令人眩暈。那名女子的面容猝不及防地拉近放大到他眼前，眼睛無神地半睜著，瞳孔不均勻擴散，口中微弱地吐著氣息，深色液體從她額角上，如濃縮的淚水緩慢滑落。

那是他的妹妹。

給我一個垃圾袋。影片裡的男人最後說。我要把她帶走。

他關閉了影片，在黑暗中用抖動的手點菸，猛吸兩口，又在地上狠狠碾碎。他沉默一夜直到天明，終於明白自己異乎尋常的憤怒並非來自暴力本身，而是來自呈現暴力的方式。暴徒利用第一人稱視角的技術，讓每個觀看影片的人都成為罪犯，體驗施虐的快感。他努力抑制生理上的強烈厭惡，彷彿自己才是那個殺害了妹妹的人。

當然，這一切只存在於說書人的想像中，現實中發生的是，少女的哥哥將這段影片交給矽嶼警方，希望他們能根據這條線索找回妹妹，哪怕是屍體。但警方選擇了另一條邏輯線路，他們抹掉這段影片在網路上流傳的所有痕跡，並封鎖消息管道，像把腦袋埋入沙堆的鴕鳥，假裝什麼都沒有發生過。

這是他們習慣處理危機的方式。

哥哥陷入深深的絕望，憤怒在數千公里距離中被拉扯攤薄成不成形的資料碎片。他終於明白，悲劇的起源在於一堵看不見摸不著的牆，這堵牆將一脈相承的同宗同種分隔開來，給生命貼上高低貴賤的標籤。他準備反戈一擊。

修改了參數的病毒以風暴之勢席捲了矽嶼所有防護羸弱的資料終端，如同貪婪的蝗蟲咀嚼過濾任何可觸及的資訊，資料包經層層跳轉被投擲往各家新聞媒體，其中不乏涉及矽嶼政府重大工程招投標決策過程的機密檔。如同一根根點燃的火柴穿越無盡黑夜，投入一簇微弱躍動的篝火，艱難而緩慢地將鍋裡的青蛙煮熟。

媒體曝光弊案的狂歡之餘，失蹤少女案卻逐漸喪失了吸引力，人們的熱情被沖淡、轉移，新的醜聞和新的明星層出不窮，消費著如美德般稀薄的注意力。然而餘波未平，上級主管機構對此次矽嶼洩密事件大為震怒，不是因為貪腐舞弊，而是因為媒體的炒作抹黑了政府形象，影響到相關領導的仕途。

他們做出最終裁決，矽嶼必須為自己疏於管理的資料保全系統付出代價，由沿海發達地區的高速區連降兩級，墜入與邊遠落後地區為伍的低速陷阱。再也沒有增強現實，再也沒有企業級別的雲端資料服務，更不要說數位特區的特殊優惠政策。

矽嶼之光從數位世界的地圖一角熄滅了。

許多損失慘重的財主砸下重金，想找到病毒的始作俑者，廢掉他的雙手雙目，或者乾脆做掉他的肉體，把頭顱接在維生機器上了卻餘生。但他們從來沒有成功，那位失蹤少女的哥哥就像一條首尾相吞的銜尾蛇，最終把自己徹底吞噬，消失在茫茫的物理／數位世界，不留一點痕跡。

羅錦城每當回憶到故事的尾聲，便不禁聯想到，倘若那位天才少年仍存活於世間，恐怕還在苦苦追尋殺害他妹妹的凶手吧。又或者，他已經放棄了生的希望，轉投向死的決絕。**君子報仇，十年不晚**。他突然打了個冷噤，彷彿那對燃燒著復仇之火的眼睛便在自己身後。

不，那不是我的錯。

他會安慰自己，在那個年頭，所有的宗族都在幹類似的事情，賣非法的電子蘑菇給垃圾人，以保持對他們的控制，如果一些自制力薄弱的癮君子使用過量，喪失勞動力後，派人處理以避免麻煩。當然，每家都有自己的處理方式，有的驅逐出境，有的可能直接人間蒸發。

保護幼崽是所有動物與生俱來的本能，儘管當年他所包庇的，僅僅是一條跟隨自己多年的狗崽子。如今這條爛狗再次栽倒在同一塊骨頭上，而這次掀起的波瀾，卻仍在海面下逡巡暗湧，不見天日，醞釀著另一場狂怒風暴。

這一次，他決定犧牲這條名為刀仔的狗。

那名臉色陰沉的男子看見斯科特和新煜告別，猶豫了片刻，還是跟上了斯科特。

凌晨兩點的食街人流略見稀疏，但食肆和店家的ＬＥＤ招牌依然鮮亮閃爍。斯科特加快了腳步，燈光在他眼前搖晃飄忽，拖出長長的尾影，千奇百怪的香味竄入鼻腔，帶著受體所不熟悉的化學成分，產生略帶警覺的刺激反應。

要是矽嶼人把烹飪的智慧勻一點給環境治理就好了。斯科特不無遺憾地想到。那個男子跟得更緊了，他幾乎能聽見背後急促的腳步聲。一座自動貼膜亭閃爍著螢光色系出現在街旁，乏人問津。他心生一計，鑽了進去，把門輕掩帶上。

這是一個封閉狹小的空間，斯科特的龐大身形幾乎只能佝僂著勉強站立。螢光幕上的虛擬人偶面帶制式微笑介紹當季最新紋樣及機器使用方法，牆壁上有一塊足球大小的柔性矽膠圓盤，連接著多向伸縮臂，用來灼印一次性感應貼膜。斯科特投入硬幣，選擇了一個花俏的心形圖案，並把灼印溫度調到最大值。此溫度僅供堅硬物體表面貼膜。虛擬人偶不停發出「喔噢」的警告聲。

然後他屏息等待。

三分鐘過去了，門外沒有絲毫動靜。當斯科特的耐心幾乎燃盡時，他看見一隻好奇的手緩慢拉開虛掩的門。魚兒上鉤了。

斯科特一把抓住那隻手腕，用狠力將那人扯入亭中，將門撞上。那名跟蹤的男子驚惶失措，臉部幾乎貼在斯科特壯實的胸大肌上，他口中不停地用英文重複著抱歉，試圖開門退出這小小兩人世界。斯科特抬起膝蓋，死死頂在他的腰間，同時左手扼緊咽部，另一手扣住男子意圖掏出傢伙的右手。

「你替誰賣命！」斯科特左手加力，男子雙目圓瞪，額角青筋暴起，臉漲得通紅。

「Sorry！Sorry！」他像臺卡帶的自動答錄機不停重複。

「說！」斯科特怒踢他的膝關節，男子應聲跪地，腦袋被有力的鐵掌按在顯示螢幕上，鮮豔的螢光色在他臉龐周圍閃爍不定。斯科特拉過加熱的矽膠圓盤逼近男子臉頰，心形圖案在中央滋滋作響，男子顯然感覺到灼熱溫度，汗珠滲出，滾落，眼露懼色。他不再重複拙劣英文，而是嘰哩呱啦吐出一長串矽嶼方言。

「說名字！」斯科特也被那高溫烘烤得焦灼難耐，汗水溼透他的襯衣。

「……」男子掙扎著似乎還想做最後努力，圓盤已經吻上他的左臉，發出食材跌入油鍋時的密集爆裂聲。斯科特聞見一股熟悉的肉焦味，男子口中發出超乎想像的高音尖嘯，繼而減弱成為嘶叫，配合著急促的喘氣，像條烈日曝晒下的晶片狗。

圓盤拔脫時發出一聲清脆的吻響，男子虛弱地滑倒，蜷縮在不足兩平方公尺的空間裡，左臉上一枚醒目的心形紋章散發粉紅色微光。

斯科特搜出他身上的刀具及老式手機，又給他當胸一腳，男子呻吟了一句便再無下文。斯科特鑽出自動貼膜亭，將刀子擲向遠處灌木，揣好手機，整理好溼透衣服，向約定的碰頭地點走去。

「你去哪兒了？布蘭道先生，怎麼一身大汗。」新煜已經等了有一陣子，「你的海膽外賣。」

斯科特接過那個散發涼氣的小方盒子，抹了抹額頭的油汗，「只是突然想起好久沒運動，就慢跑了一小段。」

「慢跑？在矽嶼？這天氣？」新煜滿臉狐疑，「我懂的，這就叫文化差異吧。」

狀態：連接中　加密：啟動

乙川弘文：乾淨？

長風沙：乾淨。

乙川弘文：進展順利？

長風沙：陳開宗手術還算成功，正在恢復中。這場意外倒成了我們談判的額外籌碼。

乙川弘文：聽起來不像什麼好兆頭。

長風沙：哈，放心，在我死之前一定把合約簽完。

乙川弘文：如果有任何潛在風險請務必及時溝通。

長風沙：說起來倒是有一個。

乙川弘文：？

長風沙：**SBT-VBPII32503439**。我查過SBT的所有產品序號，包括研發中的原型機，沒有一點線索。這顯然不是你所說的「小意外」，它甚至不是為人類設計的。現在它就像一顆定時炸彈，不知道什麼時候會被引爆，也不知道會對矽嶼專案帶來何種影響。

乙川弘文：⋯⋯⋯

長風沙：我能理解，經濟殺手在執行荒潮基金會下派的連帶任務時，不享有充分知情權，但同樣的，我也沒有責任承擔連帶風險。我要求將這一條寫入僱傭合約，如果你繼續保持沉默，我會找到願意開口的人。

乙川弘文：⋯⋯這會是個很長的故事。

長風沙：矽嶼現在正是漫漫長夜，我應承你，我會醒著聽你講完一切。

13

夜色尚未完全褪盡，街燈仍長明，勾勒出海岸的輪廓。地面有些積水，似乎是半夜落過微雨，溼溼地氤氳著靛藍天光。天邊隱隱能望見一線金紅，在燃燒、蔓延、醞釀著掛起一幅霞光萬丈的火燒雲。樹木死死地站在陰影中，枝條垂墜，這又將是一個酷熱無風的晴暑天。

斯科特和衣躺著，望著窗外漸漸亮起，他知道自己該補充睡眠，至少胸腔裡的心臟需要。但他沒有一絲睡意。大洋彼岸西八區的接頭人「乙川弘文」在他的脅迫下解答了部分謎題，卻又帶出了更多的疑問。他在腦中像玩沙盤遊戲般不斷建起迷宮，又復推倒，抹平痕跡。

斯科特覺得自己的神經系統已經關閉了回饋迴路。他決定出去走走。

路過酒店奢侈品展廳時，他被櫥窗中某件稀有藏品吸引住眼球。

一臺限量版的 Diesel x Ducati Monster 1100EVO 摩托車，出廠日期二〇一五年。與其他同型號機車不同，這臺 Diesel 定製版杜卡迪不再是一貫張揚的拋光高亮金屬質感，從引擎罩到排氣管，從車輪到前後叉軸，都被亞光綠和碳素黑所籠罩，活像一隻展翅欲飛的大甲蟲。

斯科特感覺腦中某片區域一下被點亮。他在矽嶼這塊低速區已經壓抑得太久，龜速的網路與深陷泥沼般的專案進度令他艱於呼吸，他突然明白了自己需要什麼。速度感。不顧一切、風馳電掣的速度感，哪怕將脆弱肉體拋擲於刀刃邊緣。一種強烈得幾乎讓人窒息的渴望驅使著他，恨不能馬上用皮膚和血肉去緊貼這具冰冷的鋼鐵怪獸，隨著它震顫、低吼、狂奔。無休無止。

十分鐘後，他再次憑藉林逸裕主任這塊金字招牌拿到了鑰匙、防護鏡、頭盔及免費油卡。

負責租賃的小夥子戰戰兢兢地再三強調各種注意事項，斯科特不耐煩地揮揮手，我騎機車橫穿美國時，你還在你爹的精囊裡呢。

風冷式L型雙缸引擎低聲轟鳴，穩定輸送一百匹馬力，一〇七八西西最大排量經由兩根單側炭黑運動型排氣管噴出，有如被挑逗的憤怒公牛打著響鼻。斯科特俯身跨騎其上，感受著精確人體力學設計所帶來的舒適感，他戴好頭盔護目鏡，輕扭油門，身體便隨著這隻大甲蟲朝寥無人跡的街道飛去。

天色仍早，運載電子垃圾的貨車尚未到埠，矽嶼人還在睡夢中，偶有醉漢躺臥路旁，身前一灘粉紅色嘔吐物殘留餘溫，自動清潔車循環播放著復古晶片音樂緩慢掃過，出海的漁船鳴動汽笛，如同遠古巨獸在霧氣中吹響號角，光明逐寸驅逐黑暗，太陽終將升起。

斯科特如風般掠過這一切。景物在他視野中拉長變形，虛化如同後印象派的狂野筆觸。他抑制不住要吶喊，聲音被氣流裹挾著拋向身後，迅速衰減。他換檔變速，感受低轉速下的高扭矩輸出，似乎胯下那頭機械怪獸已與斯科特融為一體，無論何種路況，都能敏感而又妥貼地將他的意圖轉化為運動。

人機合一。這個念頭無法遏制地浮出斯科特腦海。就像他數小時前聽到的驚悚故事。

那件編號為SBT-VBPII32503439的神祕義肢是用來替代顱骨中冠狀縫往後，人字縫往前的頂骨加枕骨部分，能夠包裹住後半個大腦。只不過它不是為人類頭顱而設計，中間突起的矢狀脊，是為了配合黑猩猩、大猩猩、倭黑猩猩等未進化完全的靈長類頭型特徵。

故事還得回到荒潮計畫。正如二戰中，美軍用於引導魚雷航向，提高命中率的跳頻加密通信模式專利，日後鑄就了高通公司的霸業根基。荒潮計畫關閉後，軍方將三百多項專利通過各種方式轉移到不同領域的新興民用企業，其中便包括ＳＢＴ及惠睿公司的核心技術。

「荒潮」計畫並未真正停止，它以一種更為分散隱祕的方式滲入人類技術的各個領域，改變著世界前進的軌跡。經過數輪融資、拆分、併購等複雜運作後，「荒潮財團」控股企業的軍方背景已被漂洗乾淨，但許多絕密科研專案卻依然在地底運轉。

其中便包括了鈴木晴川晚年致力推行的利用基因改造病毒來修復ＱＮＢ患者乙醯膽鹼受體的實驗，但目的已經迥然相異。這種被稱為「鈴木變種」的攻擊性病毒經過重新靶向編碼，衍生出多種具有驚人商業價值的子項。

其中一種或許是人類對抗大腦衰老的終極武器。

人類大腦約有一千億個神經元，每個神經元通過突觸與其他上千個神經元相連，它們釋放神經傳導素將信號傳給其他神經元，實現資訊共用、協調運作、形成記憶等功能。

然而突觸連接的損傷及老化，將會導致神經紊亂，記憶力下降、自閉症、老年痴呆等神經退行性疾病。這種傷害有如時間之矢無法逆轉。

然而新種病毒卻可以配合強化突觸連接強度的HDAC抑制劑（註20），在受損老化軸突上建立起新生連接，這將是人類走向永生的關鍵一步。前提是人類願意放棄脆弱易老的哺乳類軀殼。

後視鏡中出現一輛不起眼的銀灰色國產富豪，不合時宜地閃著大燈，似乎在示意斯科特靠邊停下。他擰緊眉頭，對這場無休止的貓鼠遊戲感覺厭倦。杜卡迪油門一轟，加速往前一飆，又靈巧地拐入小道。

不知是惱怒還是速度，斯科特的心臟鼓點開始變得不穩。他鬆開油門，減緩車速，等待心律調節器開始工作。

另一種變體則帶來了電池業的革命。

科學家找到使動物細胞聚集金屬原子的遺傳密碼子，將痕量單鏈DNA導入病毒內，在其表面形成特異性分子，能夠選擇性黏附金屬原子及顆粒。這種通過黏附形成的複合物便成為有效的電池陽極，從而形成理想導體。

病毒電池技術的革新是全方位的：它可以靈活地改變病毒內的遺傳物質，從而製造不同種類的金屬電極；將相應成分在室溫下混合便可以自行組織成病毒電池，避免了傳統電池製造過程中的高溫危險；但最關鍵的一點在於，通過這種技術製作的電極，可以實現

註20　組蛋白去乙醯酶抑制劑。

從奈米水準到十公分大小的靈活尺寸，這就意味著電池不再龐大笨重，可以嵌入你所想像得到的任何物體。

就像斯科特胸腔中指甲蓋大小的病毒增強型電池。關鍵時刻，它便是救命稻草。

摩托車駛上一條海濱路。略帶鹹味的海風撲打著斯科特的臉龐，他貪婪地呼吸著難得的新鮮空氣，望著海面上一字排開的湧浪，被噴薄而出的朝陽染成道道金邊，巨大的不規則雲團拖著長長的尾痕，如同萬千匹金銅鑄造的烈馬躍出海平面，響蹄踏著浪花間的礁島，朝中天撒歡馳騁而去。

這塵世間又開始了新的一天。

陳開宗看著鏡中的自己，先閉上左眼，睜開，又閉上右眼，總覺得哪裡有點不對勁。手術做得很成功。破裂的右眼球被徹底摘除，換上SBT出品的最新款 Cyclops VII 型電子義眼，瞳膜色號經過精心校正，幾乎看不出差異，除了造得過於完美澄澈，缺少了歲月給左眼留下的色斑和血絲，卻顯得更為明亮。

我最終還是變成了義肢人。陳開宗心頭湧動感慨萬千，不知面對極端保守的父母時該如何開口。或許不說是更好的選擇。他想起母親時常念叨的教義，尤其是在觀看新聞時，那些花俏的第一視角畫面令她頭暈目眩。

人只該用自己的眼睛來看世界。任何以超越自我的視角去感知世界的企圖，都是對上帝的僭越。

人工視網膜工作得很好。醫護人員趁陳開宗在睡夢時，用功能核磁共振成像（fMRI）技術將電子義眼的使用手冊「載入」他的視覺皮層，之後的睡眠紡錘波顯示，資訊已從海馬區轉移到皮質永久儲存，好比隨身碟中的資料拷進了硬碟。右眼的觀看之道，便像騎車、游泳、說英語一樣，成為陳開宗無法輕易忘記的一項新技能。

For All Tomorrow's Parties. **全為明日派對**。

每當陳開宗有意識地去琢磨右眼的工作狀況時，腦海中便會有這兩句廣告詞飄過，或許是使用手冊自帶的提醒功能，就像一個信心標誌，拍著胸膛自信滿滿地對用戶說，別擔心，SBT提供三年維修服務，不管是眼睛、心臟、肌肉還是其他別的什麼。

但在他所屬的世界裡，更新身體部件的週期要短得多，媒體戲稱之為「身體快速消費品」。SBT的科技把買賣義肢變成像手機應用、球鞋、流行服飾、網路遊戲一樣的生意，每個人都能像逛超市般，找到適合自己、負擔得起、售後服務又到位的產品。何況黑市裡還流行諸多破解工具，為義肢增添不合法的樂趣。

人們聚會時炫耀的再也不是新數位產品、首飾或髮型，而是提高平衡感的義肢耳蝸、超強伸縮的人造肌肉、意念控制的擬肢或者增強感官敏銳度的升級版軟體。

SBT革命性地開發出連接生物體與電子器件的轉換介質，這種由魷魚羽狀殼提取出來的改性複合物殼聚糖，能夠將生物體內傳輸大腦信號的離子流，轉換為機器可解譯的電子流，無縫地搭建起生物神經與機器的回饋迴路。從此，人體的邊界得到了超乎想像的擴張。

當陳開宗看著室友特德在週末派對上交換肢體，藉助對方的感官來體驗瘋狂時，他目瞪口呆，就像第一次踏上時代廣場的德克薩斯農場小夥子，不知道該把眼睛往哪兒放。

對於他來說，酗酒就是酗酒，嗑藥就是嗑藥，亂搞就是亂搞，他想像不到人和人之間的敏感閾值和感覺受體能有多大的差異。

嗑得昏昏沉沉的特德摟著新女友告訴他，就像拿一個紅色燃燒的鉛球直接砸你腦門上，和用一根滑膩冰涼的膠質觸手穿透你七竅，來回摩擦抽動。差別就是那麼地大。

陳開宗表示完全無法理解。

他成了一個局外人，游離於時尚之外，藏匿於過時的書架間，與死去數百上千年的先賢智者隔空對話，寫成無人問津的生僻論文。只有這樣才讓他感覺安全，才能夠將自己隔絕於外面瘋狂的世界，他怕會忍不住隨著工業碎拍音樂跳起舞來，加入這場感官的祭禮，然後迷失在肉體深處。

有一天晚上，特德神色怪異地敲開他的房門，說哥們兒，有事需要你幫忙。

陳開宗合上書，聽室友用嘶啞聲線陳述經過。

他的女友瑞貝卡，在厄瓜多爾旅行途中遭遇意外，與同屋旅友葬身火海，燒成一堆焦炭，只剩下一堆燃點過高的義肢殘骸。特德和瑞貝卡結識於一場夏季露天派對，為了取悅彼此，維護穩定關係，他倆頻繁更換身體部件以保持新鮮感。問題便在於此。

ＤＮＡ檢測手段無效，義肢受損嚴重，資料丟失，驗屍官們面對一堆結構精密的高分子複合物無計可施，只能集中打包寄回美國。悲痛欲絕的瑞貝卡雙親像所有其他美國父母一樣，每週一個電話已經是他們對子女瞭解的極限，更遑論身體。他們寄希望於特德能認出女兒遺體，好進行安葬儀式。願上帝收歸她迷失的靈魂。

遺憾的是，特德面對著四對眼球、兩對半熔化的矽膠義乳、一隻右手和兩條左腿，大腦一片空白。瑞貝卡更換義肢的頻率太快，以至於他根本就記不得版本之間的細微差異。特德突然想起了陳開宗上次見到瑞貝卡時說的話。

他說，你的右眼很特別，像中國人古代有一個成語叫明眸善睞。

那是什麼意思？瑞貝卡笑意盈盈地說。

意思是，眼睛明亮得像會說話。陳開宗說著自己臉就紅了。

喔，哥們兒，沒看出來你還挺會討姑娘開心的。特德捶了開宗一拳，轉頭深情望著女友。看來這隻眼睛對我很沉默呢。

它是新來的，還有點認生。瑞貝卡將兩片熱唇獻上。

如今，特德眼窩深陷，渾身上下邋遢不堪，他揪著陳開宗，幾乎是在哀求。找出那隻會說話的眼睛，求你了。

可……陳開宗一臉為難……可那是當瑞貝卡還活著的時候……

你是中國人，你不信上帝，是死是活對你來說有什麼區別！特德失控地咆哮著。

於是陳開宗人生第一次走進停屍間，不鏽鋼抽屜拉開，透明塑膠袋裡，是奇形怪狀的義肢器官，工作人員挑出其中一袋，像是超市裡新鮮的基改檸檬，呈現不自然的乳白色。那是死者的八顆電子義眼。

陳開宗強忍住噁心，逐個端詳，那層本應光滑透亮的高分子塑膠覆膜被燒成半熔態，軟軟地包裹著裡面露出的精密結構，像個被啃了一口的夾心霜淇淋球。它們曾經被嵌入幾顆美麗的頭顱，而其中一顆還向陳開宗展露過迷人微笑。

如今它們看起來同樣醜陋，毫無生氣。

陳開宗扭頭，想打退堂鼓，特德絕望的神情堵住他的嘴。他猶豫了片刻，隨手指了指其中的兩顆眼球，用力點點頭。

那兩顆電子義眼被放置在洛可可式雕飾的靈匣內，牧師誦念經文，父母親友低聲飲泣，手在胸前不停比畫十字，電子讚美詩響起，陽光透過教堂頂部的鑲嵌玻璃畫，定格在瑞貝卡那經過多次手術的完美面孔上。

陳開宗終於承認這樣一個事實：對於追逐時尚的發達國家新一代，義肢不再是殘障者的輔助工具，也不僅僅是身體可自由替換的零件或裝飾品，義肢已經成為人類生命的一部分，它儲存著你的喜怒哀樂，你的階級，你的社會關係，你的記憶。

義肢就是你。

羅錦城需要一個慢箭手。

垃圾人在密謀一些事情，而他卻一無所知。他們要求羅錦城交出謀害小米的凶手，否則拒絕恢復生產。他知道這只是表面上的要求。

在正常速率的網路世界裡，即便是一個普通人，也可以輕易地藉助各種工具去追蹤倏忽而過的特定目標。就像一個獵人手持弓箭，在森林中尋找獵物，他可以把弓箭換成高精準度自動武器，裝上夜視鏡、紅外線探測器或者聲納定位系統，他也可以駕駛林間代步的兩足外骨骼機甲提高巡邏速度，更可以發射霰彈，誘使目標移動，暴露自己方位，一舉射殺。

但這裡是低速區，任何超出閾值的資料流程都會觸發警報，引起國家安全部門的注意。螳螂捕蟬，黃雀在後。只有弓箭是最安全的武器。但最糟糕的還不止於此，設想一下如果光速降低一億倍，當三公尺開外的獵物影像投入你的視網膜，觸發神經衝動時，那已經是一秒鐘前的世界。即便你的獵物也以同樣的慢速運動，但所有的輔助定位手段都將面臨著幾何級數的效用遞減，這與盲人在大海裡撈針無異。

慢箭手的存在，便是為了解決低速區的種種資料跟蹤問題。當然，就像賞金獵人，他們接手的案子大多見不得光，風險巨大，更無法納入官方的標準化流程。這便是慢箭手的核心競爭力。

他們將自己的訣竅稱為「慢箭撒網」。從概念上理解，就像同時朝水平方向及空中射出數以萬計的箭，箭鏃之間由無形的資訊鏈彼此聯繫，在低速森林中，以緩慢得近乎靜止的速度，穿透樹木，交織成一片密不透風的軌跡之網。獵人所需要做的只是等待，等待獵物撞入網中，牽一髮而動全身，鄰近的箭便會聞風而至，緩慢而有力地將獵物撕開皮肉，釘入樹幹。

比喻能夠帶來清晰的觀感。林間掠動的光影，如高速紋影攝影下的火焰，飛行的箭矢帶起的塵土和落葉，在陽光下細微旋轉、閃爍不定，腐殖土壤的沉鬱與花果葉片的清香混搭，刺激著鼻腔最敏感的嗅覺受體，甚至可以期待獵物傷口噴濺出的溫熱液體和鹹腥氣息。

但在數位世界裡，這一切都不復存在。取而代之的，是高度抽象化的演算法和程式，將紛繁複雜的現象世界化約為數學上的拓撲模型。就像一張蛛網。任何撞入網中的飛蟲都將引起拓撲形變，這種形變傳遞的速度超過了限速規則下的資訊流速。兩點之間線段最短在這個空間中不再是公理，儘管違背人類直覺和邏輯判斷，但卻真實有效。

就像當年搞垮矽嶼的病毒升級版。

羅錦城走入一家名為「振昌」的五金店，店內昏暗似煤窯，他的眼睛適應微光模式後，被牆上掛滿的前工業時代器械所震懾。這些來自舊時代的低效工具流淌著金屬油光，凝結著數百上千個小時的人類勞力與技藝，有一種拙樸卻堅實的美感。每一件都是手工打造，線條獨一無二，連瑕疵也是，彷彿摻進了打造者靈魂的碎屑，這是工業化生產線上出來的完美壓模製品所無法比擬的。

他取下一把造型特異的短砍刀，刀把鞘口位置飾有一枚古拙的虎面紋章，刀身略略反射出磨砂般粗礪而寒冷的光。

「好刀！」羅錦城讚嘆道，「就是有點太快了。」

「太快了？」看店小夥子不明就裡，「老闆想要鈍一點的收藏品？」

「我想要慢一點的。」

小夥子思忖了片刻，說：「要多慢？」

「二潮映月的海水那麼慢。」

「跟我來。」小夥子一側身，讓開裡屋一條更加漆黑的過道，示意羅錦城隨他進入。

羅錦城感覺自己先往上走，再往下走，幾次擔心腦袋會撞上牆壁，但卻沒有，過道的空間比想像中要寬敞許多，只是空氣溼熱難耐。走了不多會兒，眼前突然有了光，光裡還飄浮著白色水霧，那是一扇門，門裡滲出強勁冷氣。

「虎兄，有老闆找。」小夥子把羅錦城領進門，又恭敬地退出。

這或許是羅錦城此生見過的最髒亂無序的房間，僅次於垃圾人蠅蟲飛舞的廢料工棚。數不清的電線像腸子般盤繞在地板上，又蔓爬連接到各部機器，幾乎無立足之地。除了幾臺頂到天花板的機架外，大功率空調機組噴吐著白霧，冷卻四處散落的不明功能主機殼，綠光閃爍，蜂房似的盤旋著無休止的嗡鳴聲。那個被稱為「硬虎」的慢箭手披著黑色長袖連帽T，縮在角落狹小的書桌前，數個大尺寸螢幕被分割成碎屏，有躍動數位，有自動切換網頁，有程式進度，還有幾具呻吟抖動的赤裸肉體。

他正埋頭吃著一碗熱氣騰騰的牛肉丸粿條，口中呼嚕作響。羅錦城耐心站在他背後等著。

「羅老闆真是稀客，有何貴幹啊。」硬虎終於心滿意足地抬起頭，舒出了一口氣。

羅錦城從螢幕一角看見五金店的監控畫面，還有根據他頭像匹配出的資料。

「硬虎兄果然眼觀六路，既然知根知柢，我就不多廢話了。我要你幫我監控幾個人的資料動向。」

「幾個？羅老闆太謙虛了，您名下的垃圾人至少有四位數。」黑帽T終於轉過身來，露出一張不甚整潔且睡眠匱乏的倦臉，「即使單算罷工隊伍的話也有好幾百吧。」

「這些都是細節……」

「細節關係到價錢。」

「你怕我付不起錢？」

「我怕沒人敢向您討債。」

「好，預付一半。」羅錦城不快地轉動雙眼，估計著數額，「事成再付尾款。」

「七成。另外，」硬虎自信地笑了笑，這個名字在方言中代表「一定、肯定」之意，「還需要羅老闆答應一件事。」

「說。」

「把您現在規劃中的購物廣場往東挪一條街。我不想搬，我厝邊頭尾的鄰居也不想搬到新區和垃圾人作伴。你不缺這條街，但只要矽嶼一天還在低速區，你就需要一個慢箭手。」

羅錦城眉毛一挑，突然感覺手心被硬物硌得生疼，原來自己無意間把那把虎紋短砍刀帶了下來。他拔刀出鞘，刀身反射出慢箭手驚惶扭曲的神情。他以迅雷之勢揮刀砍向硬虎，在刃口即將劈開肉身的剎那，腕口一抖，砍刀重重插入桌面，木屑四濺。

「成交。」羅錦城像是說服了自己般，輕鬆微笑作答。

李文趁著絳紫的夜色，與幾十名「違法情節輕微」的垃圾人回到村裡。人數太多了，矽嶼鎮有限的警力根本應付不過來，更別提拘留收押了，何況他們確實也沒幹什麼太出格的事，於是在數位檔案裡留了紀錄，口頭警告了事。打傷陳開宗的倒楣蛋被揍了個半死，羈押候審。

「打誰不好，偏偏打美國人，把一起民事糾紛活活升級成外交事件。」做筆錄的警官還不忘調侃幾句。

「虐殺怎麼能算是民事糾紛？」李文問道，「何況小米才剛剛成年！」

「一切都在調查中，」警官閃爍其辭，「會給你們一個交代的。」

「我們要的不是交代，我們要的是公道！」

「再嚷嚷你就在這裡蹲著等公道吧。」

李文咬緊牙關，不再開口。他在腦海中理清思緒，一旦恢復自由便吩咐得力幹部分頭執行下去，小米虛弱癱倒的景象不時插入、重播，打斷他的思考，像有一隻冰冷的爪子從腦神經向下攀爬，握住他的腸胃來回揪盪。他知道，那是內疚在作祟。

他終於回到自己的垃圾工棚裡，昏暗、骯髒、腐臭、混亂，可卻令他心安，家，甜美的家。

「你，修改所有晶片狗的判斷邏輯，只要羅家人一靠近，就讓牠們叫。」被點中的年輕人刷地燃起胸前的「戰」字紫色貼膜，小跑著離開工棚。

「你，帶幾個人，把觀潮灘的黑金剛弄回來。」

「你，到陳家和林家的地頭打探一下，讓那邊的兄弟隨時待命。」

李文終於像個發號施令完畢的將軍般舒出了一口氣，但隨即，某件最憂心的事情又讓他的神經重新繃緊。

「小米在哪兒？快帶我去找她！」

醫院的保全系統已經不可信任，昏迷的小米被送到一位專門為垃圾人服務的蒙古大夫家裡。儘管環境簡陋，設備還算齊全，被眾人稱為金大夫的中年男子為小米接駁好診療儀器，對著面板上的紊亂數位和圖形，眉間擰起了川字紋。她的血糖濃度以異常速度下降著，低於警戒線水準，以至於無法為正常心肺功能提供足夠的能量。

「她餓了。」金大夫宣布他的診斷結果。

但這只是第一步，分析結果表明，小米八十三%的能量被腦部活動所消耗，如此高的大腦代謝效率是任何哺乳類，乃至任何存在大腦結構的地球生物所無法達到的，同樣的，任何正常的食物攝入方式都無法填補這種驚人的能量消耗。可每一個蒙古大夫都有他的獨門祕笈。

金大夫為小米肘間裝上了一部自動注射器，隨後，他從隱祕的半地下存儲間裡拿出了六管亮紅色的密封液體。

「我只剩這些了。軍方專用的高能果糖組合劑，可保證十二小時不間斷ＡＴＰ輸入，特種兵就是靠著這玩意兒不吃不喝，不眠不休地持續作戰。不過用完之後，只能你們自己想辦法了。」

因此當李文再次見到小米時，她已經一掃之前的頹靡之態，甚至精神好得有點過頭。小米嘴角微微揚起，雙眼圓睜，好奇地望向李文，似乎對之前發生過的事情毫無印象，她在腦海中搜索了片刻，平靜地叫出了李文的名字，而不是他所熟悉的「文哥」。

「小米？真的是妳嗎？」李文脫口而出，但頓覺自己失言。

「還能是誰呢？」小米露出舊日的甜美微笑。

李文打消了腦中浮生的怪異疑念，是啊，不是小米，還能是誰呢。強烈的喜悅代替了一直牽扯心頭的不安，他頓時放鬆下來，啟動了增強現實眼鏡，綠光亮起。

「打聲招呼吧，我要把這好消息告訴所有自己人。」

小米出現在他視野中，但不知為何，她的形象開始模糊、閃爍，彷彿有不可見的外加光源由無限遠的高空灑落，溫暖、寧靜、金碧輝煌。明明是平視，李文卻分明覺得小米變得高大，帶著無法直視的威嚴感，一股若有似無的吟唱飄起盤繞，他分不清是視覺引起的共感還是真的有附加的聲音資訊解碼。小米的笑容似乎帶著某種魔力，讓他心旌蕩漾，莫名感動，甚至有幾分落淚的衝動。某一瞬間，他疑心自己看到了另一個人，一張輪廓完美、氣質神祕的西方女性面孔交疊在小米的微笑之上，他覺得這張臉似曾相識。

李文試圖用理性去探究原因，但他的努力被小米身影綻放出的彩色旋轉光環碾得粉碎，心中剩下的只有純粹的崇拜，甚至還有一絲畏懼。

「我回來了。」死而復生的女神輕啟雙脣，對整個世界說。

這段神啟以核爆般的速度擴散開去，分享到每一個垃圾人眼前。

14

不知為何，斯科特始終無法將那個故事從腦海中驅散。

由於美國聯邦食品藥物監督管理局（PDA）對本土人體試驗的嚴格監管，許多高風險的新藥臨床試驗被轉移到發展中國家，羅馬尼亞雅西、印度新德里、突尼斯麥格林、阿根廷聖地牙哥德爾埃斯特羅省……在這些監管不力、腐敗橫生的地區，只要付出極少的代價便可以招募到成百上千的自願受試者，中間利潤多半貢獻給醫院、醫生和藥頭，醫藥企業拿到藥物試驗資料報告，通過ＰＤＡ審核上市，賺取數以億計的美金。

而受試者們，許多尚未成年卻謊報年齡，由於貧窮買不起藥，器官保持對藥物有效成分的高度靈敏反應，被稱為「最乾淨的小白鼠」。他們拿到手的是皺巴巴的幾美元，一頓免費早餐，還有未知的副作用、漫長的疾病潛伏風險，以及機率極高的併發症死亡。

這就是進步的代價。贏家通吃，輸者埋單。

「荒潮財團」控股的ＳＢＴ公司卻不能走這條外包道路，他們所涉及的是更為機密、更高風險的專案。與腦機介面相關的課題。ＳＢＴ找到了另一處避風港。與人類基因相似度高達九九．四％，智力水準相當於五到七歲人類孩童的黑猩猩和倭黑猩猩。

ＳＢＴ的工程師打開牠們的頭蓋骨，換成義肢，以便隨時接入各種電刺激信號，觀察大腦特定區域與神經元集群的應激變化。這是一種介於侵入式與非侵入式之間的手段，既避免了電極探針穿刺所造成的不可逆損傷，又保證了電位刺激的精確性與強度。

一套類似斯金納箱（註21）的獎懲機制被創造出來。工程師們根據前人積累的實驗資料，建立起簡單的運動神經映射模型，經過充分訓練後，黑猩猩可以用意識操控機械臂抓取肢體無法搆到的食物。人類也可以通過輸入電信號，刺激猿猴大腦中的恐懼或獎賞區域，來實現操控黑猩猩肢體運動，乃至完成簡單任務的意圖。

不知是哪個天才給義肢頭蓋骨裝上了病毒電池，因此他們得到了一臺恆溫熱血、毛髮茂密、會不定時排泄的遙控雌性黑猩猩，工程師們經投票將她命名為「埃娃」，以紀念某位英年早逝的西班牙色情女星。

埃娃表現出異乎尋常的學習能力，她甚至可以在未經提示的情況下，獨自完成步驟複雜的河內塔遊戲。她成為了團隊的明星，接受有別於其他猿猴的特殊待遇，獨立房間，每天不限量供應熱帶水果及她最愛的醃黃魚，工程師甚至買來了性感內衣，替她每天更換。此荒唐行徑隨後遭到制止。

一個大膽的想法被提出，為埃娃注射增強神經突觸連接的藥劑，以提升其智力。這個想法甚至沒有遇到多少像樣的反對聲音，專案組已經花了太多錢，而距離他們設想中的

註21　斯金納箱，新行為主義心理學派在實驗室內研究動物（主要是鼠和鴿）學習能力的箱形實驗裝置，因最初是由斯金納（B. F. Skinner）發明而得名。實驗發現，動物的學習行為是隨著一個起強化作用的刺激而發生的。

腦機介面雛形還遙遙無期。

被「啟蒙」的埃娃出現了始料未及的狀況，所有測試項目得分均較之前有大幅下滑。埃娃似乎顯得焦躁、驚恐、鬱鬱寡歡。監控錄影顯示，當四下無人時，她會嘗試各種呼吸方式，讓氣流通過口鼻腔，引起各部分軟組織的共鳴。事後證明，她是在模仿人類對氣流的控制，通過隔膜與肌肉的震動學習發聲方法。她想像人一樣說話。

但埃娃最終失敗了。百萬年間的進化不是一夜發生的。

工程師為她設計了特殊的觸摸式鍵盤，並用電刺激結合圖形識別教會她一些簡單概念，比如「香蕉」「人」「高興」「害怕」「吃」……但在教她區分「埃娃」與「其他黑猩猩」時遇到了較大阻礙，埃娃似乎始終無法將自己與其他黑猩猩區隔開來。語言學家試圖讓她理解自我的概念，但換來的卻是憤怒、吼叫及手掌遮擋住雙眼的恐懼感。

終於有一天，她用一個長長的句子表達了自己的願望。埃娃的黑色雙眼像瑪瑙般飽含哀傷，柔軟嘴唇不斷撅起、外翻，手指撫弄著自己的腹部。埃娃感覺孤單。埃娃希望能回到其他黑猩猩中間去。儘管她已經不再是原來的埃娃。

團隊準備了一場盛大的回歸派對。他們給埃娃穿上特殊訂製的晚禮服，切蛋糕，吹蠟燭，像對待真正的人類一樣對待她。然後幫埃娃脫下衣服，將她送入其他黑猩猩群居的大籠子。

人類沒有領會其他黑猩猩眼中剎那間流露出的光。他們還守在籠門外，期待家庭肥皂劇般的溫馨一刻上演。愚蠢的人類沙文主義。

幾乎是同一秒，所有角落裡蜷縮不前的黑猩猩發瘋似地撲向埃娃，高聲咆哮著，用尖利的犬牙撕咬她的皮毛血肉。牠們的眼中射出仇恨與憤怒，彷彿這具黑猩猩的軀殼中潛藏著一個異類的靈魂，像個高超的騙局，長久地蒙蔽住牠們的雙眼。而現在，牠們要讓她原形畢露。

目瞪口呆的人類倉皇中找來注射槍和電棍，費盡全力將喪失控制的黑猩猩驅散，留給他們的卻已是一具殘缺不全的屍體。埃娃那哀傷的雙眼流著血，無神地望向天花板，表情似乎帶著深深的迷惑。她的義肢頭蓋骨已被掀開，露出被啃食掉大半的粉紅大腦。

那塊義肢靜靜躺臥在旁，像件精緻的弧形容器，盛著些許乳白色腦漿，見證又一場文明的失敗。

它被密封冷藏起來，做為一件證物。編號 SBT-VBPII32503439。

陳開宗忍不住想要比較兩隻眼睛裡世界的異同。

他用手掌輪流遮擋左右眼，緩慢掃視房間內的一切。潔白的床單泛著柔光，米色壁紙挨著米色窗簾，灰度層次細膩，紋理清晰可辨，合成纖維桌椅的透視關係準確，桌上的細小物件投下朦朧倒影，勾勒出與正常視覺無異的空間位置感，如果硬要說有什麼不自然之處，便是當他快速轉動右眼時，原本應該稍微模糊的事物軌跡卻異乎尋常地清晰。

使用手冊上說，這是由於電子義眼處理移動圖像的演算法尚有待改進，請期待最新修補程式。

世界的光透過一套高度集成的光學系統，投射到一塊面積為十六平方公釐、厚度僅有一百微米的聚醯亞胺柔性襯底人工視網膜，經過特殊晶片識別、編碼，轉換成電脈衝信號，通過數百萬個奈米級別的微電極放電，由神經節細胞傳入視神經纖維，再經過外側膝狀體傳入大腦中樞視神經，最終產生視覺。

電子義眼能恢復九九．九五％的正常視力，取代自然界歷經億萬年才進化出的最精密、最神奇的造物——眼睛，甚至更好。

人眼的視網膜外覆蓋著一層毛細血管，光要穿過血管、神經才能抵達感光細胞，不僅光線的品質下降，而且血管的影子會影響視覺，視神經束造成盲點。我們的眼睛必須不斷地做細微的運動以掃描整個視野，然後讓大腦合併這些品質不佳的圖片，去除陰影，再組成一幅完整的圖像。

這種結構上的缺陷不僅加重了大腦的負擔，而且使得我們的眼睛異常脆弱，任何出血或瘀血都會形成陰影，影響視覺。更嚴重的是，視網膜只是由感光細胞與色素表皮細胞鬆垮地連接在一起，稍微猛烈一點的撞擊，便可能造成視網膜脫落，導致永久性失明。

電子義眼可以從技術上完全修正這些缺陷。

但如果您只是使用單眼版本，為了保持雙目視野的平衡統一，我們會為您通過演算法類比缺陷。使用手冊如是說。

陳開宗推開門，走上陽臺，陽光刺目，他眯起左眼，而右眼的光圈已迅速收縮，視野變得柔和。這已經不僅僅是換了一隻眼睛，整個世界都將隨之改變。

我需要點時間來適應這一切。陳開宗隱隱不安。

陽臺上可以望見一大片築高的模擬花園，綠樹掩映，亭臺樓榭，假山湖石，許多病人由家屬或看護陪同，漫步其中，舒展肢體。

一個穿著病服的小男孩飛奔著穿過花圃，後面跟著幾個年紀稍大的病友，似乎在玩什麼遊戲。陳開宗試圖看清他們腳下快速運動的物體。理論上講，電子義眼的焦距可以達到人眼的十倍以上，但在出廠時會默認設置為與人眼一致。全世界的使用者都熱中於為電子義眼載入各種功能強大的增強現實外掛程式，除非身在低速窪地，資料緩衝會將正常的視覺成像拖垮，這讓 Cyclops VII 型的預置網路模組形同虛設。

那是一個球，但又不是普通的球，似乎自己會向前滾動，走出一道無規則的曲線，同時閃爍著不同顏色的光。每當球身變換顏色時，男孩們便會用不同腳法去觸碰，改變球的線路，然後爆發歡呼或者咒罵。這是一個陳開宗不熟悉的新遊戲。

無疑那個身形最小的男孩玩得最好，他步伐輕盈矯健，彷彿是草原上彈跳力驚人的瞪羚，但落腳之處又能恰到好處地控制與球的距離，似乎漫不經心，卻又無比迅疾地搶在所有人之前出腳，輕輕一觸，球便改變了顏色。就好像他是在用手，而不是用腳和球交流。

遊戲結束，小男孩被其他人簇擁著抬起，褲腿被掀到膝蓋上方，露出兩條沒有皮膚肌肉的銀灰色結構，如兩把鋼刃，插在格格不入的運動鞋裡，太陽下流淌著冷冽的光。其他男孩用豔羨目光注視他的義肢，手掌上下滑動撫摸，彷彿渴望聖誕禮物般，期待自己終有一日能夠擁有，哪怕用真實的血肉來交換。

說來奇怪，在陳開宗手術後，那場作法的片段不斷在夢中重現。他曾經深信不疑的一切，科學、邏輯、唯物主義……在這場鬧劇中分崩離析，他甚至無法確定究竟哪一部分是騙局，哪些不是。伴隨著這種不確定性一起生長的，卻是對矽嶼人的感同身受，他們生於斯長於斯，這片土地、海洋與空氣，構建成他們所信奉堅持的一切，他們只是按照自己的信仰去活，與這世間的其他人並無二致。

陳開宗並不怨恨擊碎自己右眼的垃圾人，相反，他為自己先前抱持的偏見而羞愧，垃圾人的生活準則或信仰並不比波士頓大學城的知識分子們低賤，或是離文明更遠幾分。他們的選擇更接近生命的本質，這種本質在人類進化的數萬年間未曾更改。

陳開宗將視線投向遠方的海。海面像不斷被揉皺的紙張，撕開一道道細長的波浪，閃爍著石英碎屑的光芒，翻過一頁，又一頁，在沙灘邊緣消失不見。天空中雲層翻滾，緩慢啃噬太陽的光芒。世界已經不是父輩們固守的那個世界，神也不再是他們所信奉的那個神。人們崇拜的是強大，遠勝過真實、善良、美德。他不知道哪個離真理更近一些。

他只知道，自己離小米又近了一點點。

斯科特收回思緒，摩托車穿透日光，隆隆向前。他感覺悲哀，為那頭無處棲身的黑猩猩埃娃，也為自己。

他已經習慣在午夜躊躇反覆，撥通越洋電話，換來前妻蘇珊不鹹不淡的幾句寒暄。女兒崔西是中學裡的明星，忙著派對，忙著熱戀，忙著排練她那齣叫《橙血》的電子搖滾音樂劇。她會說「愛你，爹地」，然後在他回話之前迅速掛斷，留下斯科特獨自在黑暗中靜默許久。

家已經變成一個遙遠而抽象的概念，無論在地理上，還是時間上。

不怪她們，真的不怪她們。

從斯科特固執地將那張舊照片藏進錢包那天起，他就知道，這道陰影將一直跟隨著自己，或許直至生命的盡頭。但事情的嚴重程度還是超出他的想像，那道陰影不斷吞噬他內心的愛、希望和勇氣，像癌一樣擴散到他的妻子、女兒，以及身邊所有人身上。

崔西對他說，我不希望自己在你心裡永遠停留在三歲的模樣。

蘇珊對他說，你已經不是我曾經愛過的那個斯科特了，你就像一個黑洞，不管我們付出多少耐心和關懷，你的心裡，永遠是照不亮的一團漆黑。抱歉，我沒法像這樣過一輩子。

假如南西還活著的話，應該和小米年紀相仿吧。自從斯科特在加護病房裡見到那個垃圾女孩後，總會不由自主地聯想起女兒，一樣的蒼白、柔弱，如同凋謝的百合花，沒有絲毫生氣，讓人頓生憐愛。

他知道，小米便是最後接觸過這件義肢的人。通過林主任的情報，斯科特幾乎可以肯定，病毒已經在小米體內發生了作用，只是這種作用已遠遠超出他所能想像的範疇。似乎「鈴木變種」病毒具有極強的求生欲望，試圖通過不斷適應人類需求，改變自身性狀來獲取延續族群生命的機會。一種快速變異的生存策略。

沒人知道小米的未來，就像埃娃，她已經回不去了。

斯科特的直覺告訴他，這個女孩身上，隱藏著遠比矽嶼循環經濟專案值錢千萬倍的祕密。他甚至已經清晰地看到所有實現目標的路徑，像一幅增強現實藍圖，薄薄地重疊在眼前的風景上。他將利用陳開宗那青澀的愛，編一個善意的謊言，帶著小米離開矽嶼，回到能夠充分變現她潛在價值的國際市場中去。必要時，當然也不妨打開款冬組織贊助的海膽外賣盒，那裡有他最後的法寶。

這真的是你想要的嗎？斯科特問自己。

不，我想救她。我不會傷害她，不會的。

斯科特反覆告訴自己，醫院報告顯示，小米的腦子裡就是一個地雷陣，隨時可能有生命危險，矽嶼甚至整個中國的醫療水準都無法救治她。她需要全球頂尖的客製化醫療團隊，而世上沒有免費的午餐。一切都變得理所應當。斯科特清楚自己為何需要一再編織偽善的藉口，讓自己的行為顯得不那麼唯利是圖、卑劣，甚至邪惡。他需要拯救自己，把自己的餘生從那道陰影中釋放出來。

他堅信小米就是那道光。

只是，還剩下最後一個疑團困擾著他。

乙川弘文說，這件密封冷藏的義肢，是被系統自動識別為醫用垃圾，通過分揀流水線進入矽嶼垃圾分裝包的。也就是說，沒有人需要對這起意外負責，它看起來更像是一個新的錯誤。SBT保全部正在徹查以往是否也曾發生過類似事件，帶有高危險性病毒的義肢外流可是極大的醜聞。大眾媒體們會像嗅見毒品的警犬一樣掘地三尺找出真相。

一個新的錯誤。斯科特思索著。**一個可能導致SBT股價暴跌及款冬組織名聲大振的錯誤。我便是那個系統錯誤的修補程式**。

可如果那不是一個錯誤呢？

日光曝晒著道路，斯科特渾身汗透，胯下的杜卡迪熱氣蒸騰，他迫不及待地想要回到酒店，洗個暢快的熱水澡。他加大油門，摩托車沿著海岸線走了半圈，來到最後的出口。那輛被他甩掉的富豪正候在路旁。

他突然怒氣橫生，將油門掛到最高檔，如一道閃電擦著富豪車身飆過。就那麼半秒，他從後視鏡中瞥見，司機的臉頰上有一塊醒目的心形灼痕。斯科特頓時明白了一切。路的兩側都是斜坡，摩托車插翅難飛。

時速逼近一百二十公里，攀過坡道時，輕巧的杜卡迪壓不住衝勁，騰空而起，又重重彈落在地。富豪咬得很緊，幾次試圖加速超車，卻又被斯科特巧妙彆住線路，無法突前。像雀鳥追逐著飛蟲，一灰一黑兩道疾影，始終拉不開距離。引擎的轟鳴在鄉間震響，驚飛林梢的群鳥，清風拂起，薄雲散去。

富豪像是失去了耐性，開始從容不迫地向杜卡迪逼近，一聲結實沉悶的刮碰聲，兩車貼在一起，瞬間又分開，像是一個短促有力的吻別。

緊接著，又是一下重重的撞擊。

斯科特咒罵了一句，努力控制住車身的穩定，但摩托車和汽車較勁，就像是羽量級選手和重量級選手在拳臺上對壘，占不到絲毫便宜。杜卡迪的右側發出尖銳的摩擦聲，被推搡著朝山崖擠去，眼看著那尖銳的岩石稜角直朝著斯科特壓迫過來。

他一個急剎，前輪與地面摩擦發出一聲尖嘯，啟動ＡＢＳ防煞死系統。身形纖巧的杜卡迪將從富豪與山崖的夾縫中全身而退，斯科特幾乎能感覺到粗礪的山石從皮膚表面輕輕刮過。他努力穩住車身，但還是因為扭力過猛，一個側滑翻倒在地。

富豪也急停下來。那名男子並沒有下車，似乎在確認什麼，待到斯科特攙扶著摩托車起身時，富豪打了兩下尾燈，像是輕蔑一笑，徑直朝前開去。彷彿前面發生的一切僅僅是場沒有目的的追逐遊戲。

斯科特檢查身體，只是輕微的擦傷。他跨上杜卡迪，引擎發出不甚健康的雜音，像是肺結核病人的咳嗽。斯科特揚起頭，像一名戰勝了風車的騎士般，慢速朝酒店方向駛去。

談判桌上出現滑稽一幕。三大宗族代表與翁鎮長展開激烈爭辯，彼此間同時互有攻防。林逸裕數次插話，懇求三家拋棄成見，為了矽嶼共同的未來各退一步，又被羅錦城喝止，表情懊惱尷尬；陳賢運處處與羅家唱對臺戲，卻在關鍵時刻態度模稜兩可；只有林家代表給足面子，順著竿子往上爬，恐怕背地裡早已與政府達成協議。斯科特一臉茫然地呆坐在旁，等待陳開宗的翻譯，後者神情木訥，似乎靈魂早已出竅，不知在哪裡飄蕩。

「他們在說什麼？」斯科特終於耐不住性子，問陳開宗。

「投資分成比例、剩餘勞動力處置、土地規劃、政策優惠……跟錢有關的一切。」陳開宗像從睡夢中被搖醒，充滿倦意地回答。

「沒談到技術？或者專案給矽嶼帶來的好處？他們子孫後代不用再呼吸這種屎一般的空氣，也不用捨近求遠去買乾淨水源了。」斯科特表示不解。

陳開宗轉向老闆，用一種近乎冰冷的語調說出實情：「他們不關心，先生。」

斯科特往皮椅靠背上重重一靠，若有所思：「現在我有點明白了，為什麼中國人會被稱為最聰明的民族。噢，抱歉，如果冒犯到你。」

「沒事，斯科特。我和你的想法一樣。即便簽了這個合約，矽嶼還有這些人也不會有任何改變……」

「時間會證明一切。」斯科特用力地在陳開宗肩上拍了拍。

電子義眼的邊緣強化演算法似乎仍需改進，據說模仿了鱟兩側複眼的側抑制功能。當陳開宗將視線聚焦在某名發言人身上時，周圍的事物形象便會降低解析度，從而突出焦點中心物件，只是這種圖形強化的階梯感過分不自然，干擾了視線的正常移動。

陳開宗最終選擇將視線移向會議室的大背景牆，一幅越南僑商捐贈的巨型漆畫，油黑發亮的底漆上，用金、銀、鉛、錫細線勾勒出矽嶼全貌，再以名貴的夜光螺、鮑魚貝、珍珠貝碎片鑲嵌其中，工藝考究，價值不菲。開宗覺得此景好生眼熟，半晌方才憶起，原來是從觀潮亭外海面，遙望月色下矽嶼全島的圖景。霎時間，所有的回憶都如潮水般翻湧襲來，攪得他心頭一片狼藉。不過短短數週，卻已恍如隔世。

那張月色下的皎潔面孔在他腦海中撲閃放大，揮之不去。他想念小米，這種想念竟然伴隨著一絲隱隱痛感，穿行在他五臟六腑之間，如一根長針鉤著紅線，將所到之處全部捆縛糾結起來，牽一髮而動全身，生生地疼。

連陳開宗都不明白，自己對小米到底是一種怎樣的感情。傾慕？好奇？同病相憐？保護欲？畏懼？抑或兼而有之？不，那是一種更深沉複雜的情感，無法用語言清晰概括，但他卻能從那只義肢眼球傳送的視覺信號中感受到。某種殘缺的愛？

他只知道，自己想見到她，不管她是小米，還是變成了其他的什麼存在。

可垃圾人的憤怒一擊，不僅擊碎了陳開宗的右眼球，也將矽嶼人與垃圾人之間本就脆弱不堪的關係轟裂震塌。

外面的街道上，已經拉起長長的警戒線，二十四小時崗哨巡邏，任何試圖進入矽嶼鎮區的外來垃圾處理工，必須持有由雇主開立的電子證明。矽嶼拉響了紅色警報。恐慌像不時飄起又停的黑色雨水，沁溼每一個矽嶼人的內心。而在警戒線的另一邊一片死寂，只有晶片狗連綿不斷的吠叫迴蕩在空曠的垃圾處理場上，除了每天兩趟定時駛入供給食品淡水的車隊，沒有人知道垃圾人到底在醞釀什麼。

就像那場即將在二十四小時內登陸矽嶼的十二級強颱，諷刺的是，按照國際規則，它被命名為「蝴蝶（Wutip）」。

陳開宗知道那些憂慮面孔背後的潛臺詞，誰沒有對垃圾人行過惡事，誰就無須憂懼垃圾人的復仇。然而生活在這片土地上，便沒有人是清白的。沒有人未曾從剝削垃圾人的血汗勞動中謀求私利，哪怕是最微不足道的方便。沒有人未曾用鄙夷目光注視垃圾人，或以汙穢言語侮辱他們。沒有人未曾在內心閃過哪怕一丁點的惡念，垃圾人天生低賤，他們的宿命便是與垃圾為伍，這種不潔將持續終生。

耶穌說，你們中間誰是沒有罪的，誰就可以先拿石頭打他。

陳開宗想起他所來自的國度，那個標榜自由、民主、平等的社會，排異與歧視以更加隱蔽虛偽的方式進行。舞會邀請碼會發送到電子義眼以供虹膜掃描，腸胃未培植強化酶的人群無法在超市購買特定食品飲料，基因中存在可遺傳性缺陷的父母甚至拿不到生育許可證，而富人們可以通過無休止地更換身體部件來延長壽命，實現對社會財富的世代壟斷。

陳開宗輕輕搖頭，甚至沒注意到自己發出一聲嘆息。

「你在想她嗎？」斯科特突然問道。

「什麼？」

「那個女孩，小米。」

陳開宗沉默不語。

「你變了很多。」斯科特看著他。

陳開宗做了個不置可否的表情。

「一開始你表現得像個英雄，好吧，至少假裝是個英雄，可現在，你就像個逃兵。」

「我什麼都做不了，誰也救不了……」陳開宗終於控制不住，聲線顫抖，眼圈泛紅。

「……我甚至見不到她。」

「我服兵役時，教官告訴我們，別逞英雄，真正的英雄知道命令、使命和生命的區別，並在關鍵時刻做出正確的排序。」

「醫生告訴我，她隨時都會有生命危險，這裡提供不了必須的醫療條件。」陳開宗盡量平復自己的情緒。「但她是羅家的人，羅錦城會以此做為要脅條件。」

「我懂了，所以現在就是你的關鍵時刻。」

「我不明白。」

「很簡單，如果你認為專案比較重要，我們就拋開一切其他因素，把單子拿下。」斯科特頓了一頓。「如果你覺得小米的生命比較重要，那我們就去跟羅錦城談判，找到她，帶走她，然後去他媽的專案。」

「……這是在試探我嗎？」陳開宗面露懷疑。

「不，看看這些人，」斯科特把他的腦袋撙向代表們，「他們在意什麼？」

「錢。權。」陳開宗思索了片刻，又補充道，「……或許還有女人和孩子。」

斯科特咧嘴微笑，露出整潔的白牙：「瞧，你瞭解他們。人們總是為了錯誤的東西付出了太多代價，我也犯過同樣的錯誤。現在，你仔細想想，然後告訴我答案。」

陳開宗身下的座椅發出一聲刺響，他尷尬地變換坐姿，掩蓋自己的不安。官僚商賈們的嘈雜爭辯似乎也變得悅耳，他們的身形變得模糊，像影子或傀儡般機械地重複著同樣的語句，而背後的巨大漆畫逐漸清晰，輪廓分明，那些珍稀貝類閃閃發亮，如同月光下的雙眸，點綴著矽嶼在進步浪潮中變幻不定的版圖。

他曾經是個習慣於逃避選擇的人，然後安慰自己，讓看不見的歷史規律掌握主動，才是符合邏輯的做法。但此刻，他的目光由猶疑變得堅定，這個決定對他來說不再艱難。

陳開宗的手重重拍在斯科特肩上，這是他第一次拋開謹慎，如此親暱地對待自己的老闆。斯科特尚未痊癒的傷口隱隱作痛，臉上露出痛苦的表情。

「謝謝你。」

陳開宗流露出重獲希望的神情，右眼的光甚至比左眼更多幾分感激。

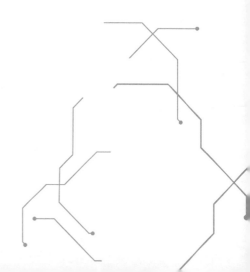

第三部

狂怒風暴

從不完美中發現完美，便是愛這世界的方式。

——斯拉沃熱・齊澤克《做為意識形態的批判生態主義》

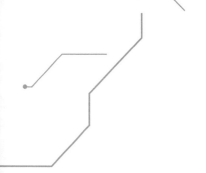

15

雨在傍晚時分落下，似乎再也不打算停止。

亮黃色的警戒線在風中顫抖，發出瑟瑟聲響，路燈灑下圓錐形的光，溫暖昏黃，夾雜著密集如魚群游過的傾斜雨滴。崗哨換班，敬禮，黑色橡膠雨衣垂落水珠，溼溼地淌入雨靴，在腳底聚成淺淺水窪。新到崗的警衛打了個哆嗦，呼出一口白氣，又迅速消散在風裡，這是盛夏的矽嶼，此刻卻陰冷如牢。

警戒線的那端依然一片死寂，偶有幾聲富有節奏感的犬吠在暮色中互相應和，勾勒出遙遠空曠的空間感。工棚區像一片亂葬崗，黑色棚屋如屍體般被潦草填埋，毫無章法，只是從眼耳口鼻般的門窗縫隙中透射出幽暗的光，似乎在做垂死掙扎，無聲吶喊，這尚存一息隨著風雨抖動飄搖，彷彿隨時都會耗盡。

「聽說明天的淡水食品供應就會減半，」李文透過薄光，望向窗外黑涼的夜，雨水不停敲擊著廉價波紋鐵皮搭成的屋頂，發出炒豆般的碎響，「他們快憋不住了。」

「我們會比他們快一步。」小米淡淡回答，將一管紅色液體推入肘間的自動注射器。在接下來的十二小時內，它將向靜脈勻速注入高能果糖組合劑，以保證她代謝率過高的大腦能夠從中獲得足夠的ATP，維持正常運轉，代價則是呼吸急促，體溫上升，情緒不穩。類似於人類墜入愛河的感覺。

這是她手頭僅剩的最後一管。

「所有人都準備好了。」李文聽著屋裡的晶片狗低狺了兩聲，他破解了晶片狗的控制模件，並在小米的幫助下把牠們改造成通訊工具，必要時，也可以是殺人武器。

「觀潮灘的神靈充好電了嗎？」

「已經在棚架裡待命。我還是不明白，你是怎麼破解無線通訊協定的？」

「就跟你用鑰匙開鎖一個道理。」

這正是讓李文備感不安之處。他能理解其中原理，卻無法參透實現的路徑。小米已經不是他所熟悉的那個單純而無知的垃圾女孩了，或許她從來就不是，面前的小米，如同一位訓練有素久經沙場的老兵，心思深不可測，無法猜度。

「妳確定要這麼做嗎？」李文滿臉憂慮地看著小米戴上增強現實眼鏡，並打開耳邊一副小巧的附屬裝置。藍色螢光亮起，「人的運氣總有用完的一天。」

小米微微一笑，並不作答。

當她還是小米0的時候，文哥經常向她展示自己的能耐。利用一套改製過的無線傳輸裝置和破解軟體，李文可以繞過限速防火牆，短暫地將增強現實眼鏡接入高速網路，享受自由觀看世界的快感。這套成本低廉的玩意兒在矽嶼黑市裡被炒到高價，即便如此，也並不是每個買家都有膽量使用它。

妳要非常、非常小心。文哥這樣告誡小米。不要登錄，不要評論，不要留下任何痕跡。一旦紅燈亮起必須馬上切斷網路。那意味著警戒蜘蛛已經察覺到蛛絲的異常顫動，將會以疾速循跡而來。它一旦鎖定獵物，你就再也逃不掉了，蜘蛛會用毒牙刺穿你的身體，注入麻痺神經、融化肌肉的毒素，再慢慢將你撕開、嚼碎、消化成液體。

違反限速令，這是一項重罪。甚至不會有人覺察到你的消失。

而現在，這個女孩試圖帶著一群人一起衝破低速牆，這就像從摩天樓上抱團往下跳，而你只背著一頂降落傘。

藍紫螢光籠罩小米的臉龐，她的柔和輪廓像是飄浮於太空中，顯得神祕而完美。

李文近乎痴迷地看著她，又惱怒地清醒過來，這種虛幻的崇拜感不過是人工植入的小把戲，並藉助視覺病毒感染每一個垃圾人，他明白自己將為這場瘋狂遊戲付出代價。他回憶起從前小米經常一邊享用數位蘑菇，一邊接入高速網路，神情迷離恍惚，就好像瀏覽資訊的行為只不過是大腦對於幻覺的代償作用，以預防徹底墜入主體意識崩潰的深淵。

或許那並不是小米，而是她潛意識中的另一重人格在利用這具肉體進行學習？

李文忽然一個哆嗦，如有螞蟻列隊行走於他的脖頸，再慢慢攀上後腦勺。他悄悄打開眼鏡的圖像識別功能，如同青蛙靜候飛蟲，期待著那張一閃而過的陌生笑臉。

如此完美精緻，令人窒息的容顏，如一襲光的薄紗，交疊在小米臉上，隨即融化。

抓住了。

搜索結果返回到李文視野中，帶來更多疑團。海蒂·拉瑪，好萊塢巨星，在二戰中發明了跳頻保密通訊技術，成為日後ＣＤＭＡ無線數位通信系統的基礎，曾被譽為「全世界最美麗最高智商的女人」。

他終於想起來那款叫做「HEMK Ekstase」的陌生毒品，ＨＥＭＫ是海蒂·拉瑪的原名首字母縮寫，Ekstase是一部拍攝於一九三三年的捷克電影，當時還是少女的海蒂在其中奉獻了大量的裸露鏡頭。

可這個死了幾十年的天才美女為什麼會出現在小米的腦子裡？

「給我來點音樂。」

被李文賦予虛擬人格的少女斜躺在靠椅上，姿勢宛如馬奈筆下的奧林匹亞，她不動聲色地說。李文終於知道自己為何如此心甘情願地鋌而走險，像條被重新程式設計的晶片狗。那種狀態下的小米，竟像極了一個能夠穿越不同層面世界的賽博女神。

「要帶勁兒的。」

斯科特的高大身影立在鐵門前，寬闊黑傘擋住了攝影機的角度，黑色雨水不停滾落，由傘沿跌入混沌中。射燈亮起，冒著絲絲熱氣，從不同角度聚攏在傘面形成高亮光斑，某個隱祕的發聲裝置傳出生硬喝斥，那是斯科特並不熟悉的語言。他微微挪開雨傘，讓自己蒼白的異族面孔暴露在射燈光束中，雨水打溼他的皮鞋。

鐵門發出痛苦嘶叫，向兩側緩慢滑開，門內晶片狗開始狂吠。

斯科特側身進入，回憶起在下隴村與這凶猛造物初遇的那個下午。

那張在資料中出現過多次的熟悉面孔，正笑意盈盈地候在大宅門前，身旁幾名肌肉發達、神情暴戾的年輕人掃視四周。

「布蘭道先生，這場颱風居然把您這貴客吹來了，失敬失敬，怎麼不見您的助理啊。」

羅錦城握著斯科特的手，示意邊上人接過溼漉漉的雨傘，把客人迎入會客廳。

「我知道羅先生懂英語，見過世面，有些事情，知道的人越少越好。」

兩人入座後，羅錦城揮手退下身邊嘍囉，便自顧在八仙茶几上忙活開來。點火，煮水，捅茶，裝茶，燙杯，熱罐，高沖，低斟，蓋沫，淋頂，一套繁瑣得近乎藝術的工序之後，斯科特目瞪口呆看著羅錦城用初沏之茶澆沖三個核桃大小的紫砂茶杯，又復倒掉，一股醇厚沖淡的茶香氤氳而起，撩人心脾。

然後，再次將剛開未開的魚目水沖入茶罐中，巡迴穿梭於圍合成「品」字形的茶杯間，直至每杯均斟至七分滿，再將罐中餘津一點一抬頭地依次滴入三杯中。羅錦城終於將斟畢的茶，雙手奉到斯科特座前。

「來，布蘭道先生，試試我們上好的鳳凰白葉單樅茶。」羅錦城神情泰然，彷彿剛耍完一套太極，渾身舒爽。

「工夫茶果然名不虛傳。」斯科特端著精巧茶杯，杯中茶湯金黃透亮，異香撲鼻，除了茶味之外，他似乎還聞到了桂花、茉莉與蜂蜜的氣息。

「此茶生長於一千公尺之上的鳳凰縣烏崠峰頂，常年雲霧繚繞，汲取天地精華。所謂『單樅』，意指每一株茶樹都有不同香氣，需要區別對待，精心加工。」

斯科特讚嘆不已，抿一小口，再抿一小口，花香與清醇茶味在他口腔中翻滾旋轉，入喉後竟在舌尖泛起一絲甘甜回味，這是機械化加工流水線上所無法生產的微妙味覺。羅錦城示意他可以再喝一杯。

「矽嶼人食茶，不管是兩人，還是四人，都會準備三個杯子，永遠是先人後己，以客為上。做生意也是一樣。」羅錦城端起剩下的杯子，雙目微閉，細細品味。

「用我們的話說，叫雙贏。」斯科特若有所悟。

「不知布蘭道先生今天光臨敝舍，有何指教。」

「一筆雙贏的好生意。」

「噢？」羅錦城睜開眼，望向門外的風雨。「那我就老醜咀（註22）白話，直話直說了。你想要的是那個垃圾女孩吧。」

斯科特默不作聲，這隻老狐狸比他預想的還要機警。

「雖然她只是個垃圾人，可也是我羅家的垃圾人。就像那烏崠峰頂上的茶樹，天資雖好，可怎麼採，怎麼發酵，怎麼揉撚、烘焙，都會決定最後的品相價錢。我要對年輕人負責任啊。」

斯科特幾乎要啞然失笑，這個無惡不作的魔頭此刻竟然大談責任感，彷彿之前小米經受的所有苦難都與他無關。他總以為自己已經足夠瞭解中國人，可現實卻一再突破他的想像閾值。這個民族就像經典的太極圖案，能將最極端的特質融為一體，互為張目。

「就憑惠睿的實力，還怕給不了最好的價錢？」

「那你打算給我什麼樣的價錢？」老狐狸終於露出了尾巴。

「你該知道，下週才是專案正式簽約，在這之前，一切皆有可能。」斯科特放下茶杯，露出職業笑容。

「我以為蛋糕都在談判桌上分好了。」

註22　矽嶼方言裡的「說」。

「你能吃到更大的一塊。」

「多大？」

「如果讓我順利把人帶走，你可以比原協議多拿百分之三的股份。」

「我不信哪一家會把到嘴的肥肉吐出來。」

「惠睿可以。」

羅錦城陷入思索，許久，他平靜地看著斯科特，說：「那個女孩有這麼值錢？如果我選擇把她留下呢？」

「那將會升級成一場沒人願意看到的政治事件。並且，最終，我還是會把她帶走。」

斯科特的語氣變得冰冷堅硬。

對於羅錦城來說，小米是所有霉運的起點，卻遠遠不是終點。他親眼目睹少女邪靈附體般的大能，儘管她喚醒了自己的兒子，卻有意無意地留下一個嘲諷般的後遺症。他知道，這個垃圾女孩並非暴力、金錢或權力所能掌控，更遠在自己智力所能理解的邊界之外。對於斯科特提出的條件，他毫無異議，只是習慣性的好奇迫使他去試探對方的底線。

「我會考慮的。」羅錦城又斟滿三杯茶，恭請斯科特自行取飲。

「明天等你答覆。」斯科特舉杯一飲而盡。

一嘍囉慌忙奔入會客廳，向羅錦城遞上手機。羅錦城只看了一眼，便站起身來，說突然有急務纏身，招呼不周，請多見諒。

斯科特知趣地離席道別，剛走出兩步，又突然想起什麼似地折回，從兜中掏出一支手機放在八仙桌上。

「請轉告那位兄弟，對於他的臉我很抱歉。」他誠懇地笑了笑，轉身在護送下走出門廳，撐開傘，步入傾盆大雨中。

羅錦城望著斯科特遠去的背影，臉不自然地抽動兩下，將手機貼近耳朵，擴音組件中傳出硬虎變調的聲線。

「羅老闆，慢箭有反應。」

陳開宗的雨衣被狂風掀起，向後拖拽，彷彿展開巨大蝠翼，在暗淡街燈下邊緣閃爍不定。

雨滴變得愈加密集，在風的加速下如子彈射中暴露臉龐，冰冷灼痛。他的右眼由於預置增益作用，亮度超過了正常肉眼，兩眼不均衡的視野相互交疊，欺騙大腦達成妥協。只有當雨水濺入一側眼睛時，世界會不自然地突然暗下或亮起。他後悔自己沒有戴上護目鏡，可是垃圾人不會擁有那樣新款的眼鏡。

他趔趄走近崗哨，警衛伸手阻止他繼續前進，陳開宗舉起電子卡，靠近警衛手中機器，一聲脆響，警衛狐疑地比對照片，他的溼透髮綹貼在額前，故作鎮定撥開，露出光潔臉孔。警衛揮揮手示意放行，陳開宗舒出一口氣，他知道若是自己反向而行，定然沒有這麼輕易蒙混過關，進入鎮區。

夜風刺骨，毫不留情地穿透雨衣帶走熱量。陳開宗在泥濘小道上艱難行走，雨水積聚成深淺不一的窪地，如不規則的鏡面折射微弱光亮，指引他的方向。他憶起模糊的童年往事，颱風襲擊矽嶼有如家常便飯，鎮區地勢導致內澇嚴重，於是年幼的陳開宗便會坐在木桶中，以手為槳，在渾濁骯髒的黃泥水中與鄰家小孩打一天水仗。這或許是他關於矽嶼所剩無幾的快樂記憶。

就像一個節日，颱風每年都來，甚至慷慨不止一次。農民們漸漸放棄了與天地鬥，荒廢了田地，改行從商、從漁、從垃圾回收。人們說這是進步，陳開宗表示懷疑。

陳開宗藉著遠處的亮光摸進工棚區，這裡有數百間外觀同樣粗糙簡陋的棚屋，他不知該從何下手。最簡單的辦法當然是像從前一樣，從門口走進去，直截了當地找小米，可現在是特殊時期，那些扇風點火的傳單撒遍矽嶼的大街小巷，如果輕率地暴露自己的矽嶼人身分，下場恐怕不會太妙。

小米當下的態度又是另一個不確定因素。

他要找到小米，說服她跟著自己離開矽嶼，飛越數千公里寬的太平洋，然後讓一群美國專家打開腦殼，排除裡面的定時炸彈。這聽起來比本地的傳說更加離奇。她會相信他嗎？

更大的問題是，她還需要陳開宗的拯救嗎？

或許因為大雨的緣故，所有的晶片狗都被關進屋裡，雨水和風也讓牠們的嗅覺失靈。陳開宗慶幸自己不用像老闆斯科特一樣徒手制伏惡犬，他躡手躡腳地靠近一間棚屋，從窗口邊緣探頭窺視。

一名陌生垃圾男子半裸著躺在床上，頭上的增強現實眼鏡閃爍藍光。

陳開宗俯下身，像條擱淺的鯨魚般笨拙挪向下一間棚屋。這回是兩個女子，身上佩滿由廢舊電子零件拼嵌成的繁複飾品，正隨著增強現實眼鏡同步閃光。他再次離開，在接下來的數間棚屋中目睹類似情形，陳開宗開始意識到這並非出於偶然。

他找到由兩間緊挨棚屋中間穿過的狹長縫隙，雨水浸泡著垃圾發出令人窒息的霉臭味，牆壁是鐵鏽混合苔蘚的顏色，胡亂塗鴉著抽象的男女生殖器圖案，一切都變得黏溼汙穢。陳開宗強忍呼吸，小心翼翼地從兩扇幾乎無法同時開啟的窗戶下沿探出腦袋，如他所料，兩間棚屋中都躺著佩戴增強現實眼鏡的垃圾人，甚至，連藍色閃光的節奏都如此同步，彷彿是一場無聲靜止的音樂會。

陳開宗沒法不去回想小米過油火時的詭異情形。

不僅是光，那些人臉上的表情似乎也高度同步，時而緊張，時而驚嘆，時而微笑，像有無數根隱形的絲線由某隻大手指尖散開，伸入這汙穢之地上的每一間棚屋，牽動著每一個垃圾人的表情肌。在陳開宗的經驗中，只有高度移情的原教旨主義宗教儀式才能達到如此效果。彷彿一股溼冷之氣吹入他的脖頸，陳開宗忽然間整個後背像過了電般，所有的汗毛齊根豎起。

「誰？」他分明聽見背後傳來一聲叱問。

他轉過身正想解釋，但腳底溼滑，陳開宗連滾帶爬地跌入一窪泥水中，土腥味灌滿他的口鼻，渾身溼透。陳開宗噁心地嗆了幾下，吐出嘴裡的泥沙，還沒等他站起身，一陣寒意已經逼近喉嚨。

那是一把魚骨狀的利刃，在風雨中發出磷光，而刀的鞘部，竟沒入那條小臂的大理石狀肌肉中。持刀人背著光，面部一片黑暗，只聽見雨點敲打在身上發出的脆響。

「你不屬於這裡。」那竟是一把女人的聲音，「你必須死。」

16

一張割裂時空的網。羅錦城盯著會客廳牆上的投影，若有所思。

這是硬虎通過專線光纖傳來的即時圖像。

儘管即時動態圖像經疏鬆陣列及傅立葉轉換後，大大壓縮了傳送資料量，但在低速限制下仍然顯得遲滯、跳躍、斷裂。黑暗底色上，如銀河般遍灑恆河沙數的光點，在三維坐標系中鋪排成不規則拓撲面，如一張由億萬寶珠結成的因陀羅網，描摹出空間的起伏、扭曲與褶皺。每個光點都閃爍著不同顏色亮度的光，代表資料類型及流速，但單憑肉眼無法辨別差異，除非將尺度拉大到一定範圍。

光打在羅錦城身上，如幽靈般在銀河邊緣剪出黑影，彷彿這實相世界中缺失的一塊。

硬虎的低沉嗓音從擴音器傳出，滔滔不絕地解釋著所發生的一切，絲毫不顧及聽眾對於專業名詞的艱難理解。

「我什麼也看不見……」羅錦城喃喃地說。

銀河中被截出一小塊方形區域，迅速膨脹、擴大，觀看者恍如置身於太空船，高速駛入陌生星系。那數百個光點如恆星燃燒，環繞著不斷跳躍的密集資料。其中的幾顆被高亮強調，剩餘星體暗下模糊。

「慢箭系統感應到一些不尋常的動態。看這幾個點，它們突然變得活躍，但並沒有觸及警戒線。」

「能找出它們的具體位置嗎？」羅錦城大手一揮。

「這張網是按 **IPv6** 位址虛擬出方位與距離感，儘管會有跳轉或掩藏，不過我們可以追蹤到它在物理世界中的相應位置。不過，這還不是問題的全部……」

畫面再次縮小，回到璀璨銀河。數百個散落其中的光點同時高亮閃爍，排布位置尋不出絲毫規律。

「就好像夜空中彼此相隔數百萬光年的數百顆恆星，同時爆發超級閃焰，它們發出的光和能量穿越宇宙，到達同一個觀測點，所經過的時間差距之大，有如微秒與世紀之別。這是一種極其高明的跳頻偽裝技術，我不認為垃圾人的設備能夠做到。」

美國佬在搞鬼。羅錦城的腦子裡突然閃過這個念頭。「還有別的辦法嗎？」

「硬虎咀有，那就是硬虎（一定）有。」硬虎說了個冷笑話，聲音暴露出興奮難耐。「在我的系統裡，每一個資料節點都會即時反應其他所有節點參數的變化，這也是能夠克服限速的關鍵。我已經過濾出以同樣節奏律動的數百個節點，這其中一定有一個是中心節點，但我還需要更多的資料。給我點時間。」

羅錦城轉過身來，面孔隱沒在浩瀚的資料銀河中，看不清表情。他走到八仙桌旁，拿起斯科特留下的手機，瞄了一眼時間。

「你還有二十分鐘。」

「二十分鐘？」

斯科特坐在車裡，聽後座的新煜同聲傳譯由手機內置竊聽器傳回的訊號。

「我一點兒也不明白他們在說什麼。」新煜揉揉發燙的耳朵，對自己荒腔走板的翻譯信心不足，「實在抱歉。」

「沒關係。」斯科特開動雨刷器，在前窗的水簾中刷出一片扇形區域，羅家大宅便在不遠處，像一座陰森的堡壘矗立在風雨中，「你不介意再等等吧。」

「我比較介意你現在讓我出去。」新煜露齒一笑，「老實說，自從修了跨海大橋之後，已經很多年沒見過這麼猛的颱風了。聽老輩人說，水淹起來時，連汽車都會被沖走。」

「修橋和颱風有什麼關係？」斯科特心不在焉地搭話，邊注視著羅家大宅內的動靜。

「改了風水啊。在矽嶼和鮀城的中間，大橋要橫跨過一座鳳島，據說鳳凰的翅膀便是被橋墩給鎮壓住，再也飛不起來。從此，特大颱風總會繞道走，再也沒有正面襲擊過這片海域。當然啦，還有一說是鮀城和矽嶼的運勢也被壓制住，一直在走下坡路。」

「有意思。」斯科特嘴上說著，心裡卻想著，你們中國人擅長在一切毫無聯繫的事物間建立因果關係，但就是不從自己身上尋找原因。

羅錦城將兒子的怪病歸罪於小米；小米將自己的不幸寄託於神靈；陳開宗將一切簡化為歷史的必然性。這種懶惰而膚淺的思維方式似乎已經沉澱在他們的基因中，經過世代傳承，不斷自我強化，成為一個民族的顯性文化表徵。斯科特無法評判對錯，只是單純地覺得，有意思。

從竊聽到的資訊來看，垃圾人那邊有所動作，而羅錦城的耐心似乎也馬上瀕臨崩潰。在這個節骨眼兒上，斯科特只能伺機而動，他希望一切都能按照自己設計的軌道順暢前進，但這場遊戲充滿太多變數，任何一個小小的環節，都有可能顛覆整盤棋局。

陳開宗的手機始終無法接通，斯科特開始痛恨這種專供低速區使用的過時通訊工具。

「斯科特，」新煜突然皺了皺眉頭，「耳機響了。」

「繼續翻譯。」

「他們說……」突然一聲銳利嘯叫溢出耳機邊緣，新煜渾身一顫，猛力扯下耳機，滿臉驚恐地瞪著斯科特。

「他們知道了。」

當陳開宗說出小米名字時，那把魚骨利刃終於停止了向他咽喉的挺進。

「你是誰？來這兒幹麼？」女人粗魯喝斥，並沒有把刀尖挪開的意思。

渾黃的泥水順著頭髮滴落，陳開宗嘗到一種苦腥味，他瞇縫起眼睛，試圖阻止雨水進入，卻又不敢抬手輕舉妄動，只能結結巴巴地吐出不成文的殘句。

「……救……救小米……她……有危險……」

那女人突然爆發出刺耳的尖笑，像是聽到了天大的笑話。

「先救你自己吧！卵蛋！」

陳開宗強迫自己冷靜下來，他知道如果說出實情，恐怕會遭受更加凶殘的對待，雨水不停地在泥窪裡打出密密麻麻的漣漪。想，使勁想，像垃圾人一樣去想。

他看到了一道深深的印跡從身邊的泥地向遠處延伸，像是有什麼極其笨重的物體被拖進了棚戶區裡。陳開宗想起了羅錦城手機裡那張跪倒在沙灘上的機械人照片，他突然明白了。

「你們挪動了觀潮灘的神靈，」他抬起頭，用一種不容置疑的眼神回瞪那個女人，「它很生氣，非常生氣！還記得被殺死的那幾個羅家打手嗎，那只是個開始。」

魚骨的斜刺收攏，回縮，像是某種溫順的寵物，服貼地回到手臂肌肉形成的腔體中。女人用單手將陳開宗從水窪中拎起，甩到一邊，像是對待一袋垃圾。

「你要是敢騙我，我把你的蛋割下來餵狗！」她聲音裡的殺氣已經被某種敬畏感所代替。

陳開宗尾隨健碩女人行走於泥濘中，他摸索兜中溼透的手機，如一塊頑石無法啟動。狂風呼嘯，半空中有銀色蝶群翻滾飛舞，女人不時停下躲閃，那是鋒利的金屬薄膜碎屑，只消輕輕一劃，便能叫人皮開肉綻。

「她在那裡面！」女人指著某間棚屋大喊，聲音在強大風壓下迅速衰減，「但你現在不能進去！」

「為什麼？」陳開宗用盡力氣回喊。

「不行就是不行！」

陳開宗突然發力，閃過女人撲空的手臂，朝棚屋入口奔去，腳下的泥漿濺起，綿軟噁心。他幾乎能看到屋裡的藍色光亮了，忽然只覺背上遭到一記重擊，陳開宗狠狠地撲倒在地，手腳隨即被一個無比專業的十字固鎖動作牢牢控制，關節傳來劇痛與不祥的脫位聲。

「我叫你他媽的別動！」女人揪住他的左腿，把渾身癱軟無力的陳開宗拽入一個堆滿義肢垃圾的臨時棚架。她從垃圾堆裡抽出一根橡膠陽具，以極強的臂力把它抻拉成繩索，將陳開宗的雙手結結實實地綁在自來水管上。

「你最好長點兒記性！下一次我會直接用你的爛屌。」女人怪笑一聲，走進了小米所在的棚屋。

陳開宗既憤怒，又感覺荒誕滑稽，手腕被變形的假陰莖勒擦得火辣辣地疼，他試圖掙脫，可那該死的瘋女人打了個死結。風勢越來越猛，義肢彈跳著撞向開宗，他盡力閃躲，卻仍被數次擊中，幸好還只是矽膠製品。他聽見金屬刮擦變形的聲響，頂棚的鐵皮被強風掀開一道縫隙，縫隙正在擴大，鐵皮如薄紙般扭曲褶皺。

他心裡暗叫不妙，倘若棚架倒塌，所有的重量勢必瞬間傾瀉到他的身上，即使不被重物壓死，也難保不會在窒息中一命嗚呼。陳開宗更加瘋狂地搖撼著水管，希望能夠把身體挪開下風位置，至少還能保住性命。可那根長滿鏽斑的水管紋絲不動。

陳開宗用牙咬住那根陽具，死命撕扯，他甚至寄望於能夠咬斷這種邵氏硬度90A的聚合材料，可那陰莖上連個牙印都沒留下。**這是我這輩子幹過的最尷尬的事情**。陳開宗心想。**而我這輩子馬上就要結束了**。

幾聲短促的金屬迸裂聲，陳開宗眼看著頂棚鐵皮像塊魔毯般消失在夜空，整個棚架結構猛地一顫，發出緩慢而尖厲的變形嘶叫，它即將失去平衡、解體、散成一堆垃圾。而陳開宗將伴隨著上千件骯髒的廢棄義肢，被深埋其中，活像一座達米安・赫斯特（註23）的前衛裝置藝術作品。除了不會有買家花上億英鎊為其屍體買單。

嘶叫似乎到達了極限，戛然而止，四周陷入一片死寂。

陳開宗緊閉雙眼，開始祈禱，希望上帝可以原諒他遲到的虔誠。

小米耳畔轟鳴著的，是來自英國老牌電音組合 The Prodigy 的《Stand Up》，收錄於二〇〇九年的第五張錄音室專輯《侵略者必死》（Invaders Must Die）。當然她並不知曉這些，只是視野隨著強勁電子節奏與激昂旋律線微微顫動。她正在駕馭一群驚惶的野馬。

數百個垃圾人通過增強現實眼鏡與小米互聯，共用視野。小米眼前掠過無數片天花板的碎片，亮度、角度、色澤各異，她努力屏棄這些資料干擾，試圖讓高速資料流程隨著音樂節奏，分散到各個埠，像音樂盒簧片彈撥音筒上的金屬凸點，通過不同的頻段傳遞資訊片段，再由接收端的解碼程式，恢復成一首完整的樂曲。這是李文的功勞。

我們只能接入最近的鮀城伺服器。他說。

那就夠了。小米回答。

小米0能夠感受到自己背後幽靈般飄浮的散亂意識，她即將帶領他們展開一段奇異旅程。只是她永遠無法理解另一個自己如何做到這一切，就像是潛藏在體內的本能，像細

註23　達米安・赫斯特（Damien Steven Hirst），英國著名藝術家，作品中常以動物屍體或日常素材來表達生物有機體的有限性。

胞分裂，植物趨光避害，動物覓食、交配、繁衍後代。唯一的進步只在於習慣兩個小米間的對話，像某種人格分裂的前兆。

她似乎聽見小米1像個導遊般微笑著說，坐好了，這就出發。

在感官抑制的隧道裡，小米的意識與眾人分離，時間感被拉扯延長，視野中的數字計時器彷彿停頓，然後艱難跳過一秒，嘈雜混亂的人群重又附體。

要有光。小米0心想。

她看見了。數以十萬計的動態畫面同時撲到眼前，那是人類大腦所無法處理的龐雜資料，她感覺眩暈、噁心、迷失方向。

歡迎來到鮀城的「複眼」系統，連結數十萬攝影機與人工智慧圖像識別技術，七乘二十四小時地嚴密監控著這座城市的每一條街道、每一處角落、每一個表情，尋覓任何可能引發犯罪或恐怖襲擊的蛛絲馬跡，捍衛城市居民的生命財產安全。現在，小米侵入了它的核心。她在尋找一些特別的東西。

很快，她發覺這種大海撈針般的尋找方式過於低效率。小米1重新組織了圖像的呈現邏輯，按照街道地理位置與攝影機方位構建起第一人稱視角的鮀城。與正常人類視覺不同的是，任何一個視角都以三百六十度呈現，如同拉特朗聖若望大教堂的天頂壁畫《聖母升天》，每一個觀看點的四周景物成圓環狀展開，而透視消失點被設置於圓心。隨著主體的移動，向內展開層層疊疊不斷延伸的壯麗空間，無有盡頭。

想像世界是一個變異的蘋果，兩頭凹陷位置不斷加深，連接，形成一個管狀的中空腔體，然而果皮完好，且能夠像跑步機的皮帶般，沿著腔體內壁上下滑動。觀看者便是位於這腔體中心的某個虛擬點，他所看到的，便是一個圓環狀展開的世界。

更為神奇的是，當觀看者向著圓環的任何一點移動時，那一點都會自動展開圍攏成為新的視野圓環，完美的自組織分形結構。

數百名遊客在小米的長翼下蠢蠢欲動。

小米開始移動。儘管理智告訴她，自己的肉體仍然被囚於狹小鐵皮屋，在風暴中搖晃顫抖，甚至她的意識，也僅僅是在十幾公里外一所資料中心的沉悶鐵盒裡逡巡徘徊。然而畫面所營造出的幻覺，卻彷彿是她化身天使，在這座鋼筋水泥的叢林中低空飛行，虛擬的肉身快速掠過道路，穿越房屋、商鋪、橋梁、公園、電梯、車廂，在無數燈火通明的窗前投下匆匆一瞥，不放過任何死角。

夜色初降，城市卻已開始閃爍甦醒。

雨天中，緩慢綿延的堵塞車龍，如同閃光的血液流淌於城市的主幹道與毛細血管中。數十萬同樣焦慮麻木的表情隱藏在車窗後，雨刷不時搖動，擦亮潮溼霓虹。自動駕駛汽車被困於守舊的經驗主義者隊伍中，喇叭長鳴，噪音監測器分貝數上揚，無數後視鏡中不懷好意的傾斜嘴角。

三十萬扇窗戶自動亮起，智慧傳感裝置知悉歸家主人心情，自動調節室溫、燈光顏色、電影片道或者音樂風格，向五千家餐廳下達客製化功能表，健康媒介與身體貼膜同步體溫、心律、攝入／消耗熱量、皮電傳導方式變化等數十種資料，制定明日生活注意事項與建議。一張又一張疲憊的臉。

辦公大樓亮如白晝。巨大瞳孔降臨，從電腦攝影機中窺視十萬張凝視螢幕的臉，他們的緊張、焦慮、期待、迷惘、甜蜜、猜疑、嫉妒、憤懣快速更新，眼鏡鍍膜折射資訊躍動之光。他們眼神空洞而深刻，對於生命與價值的對等關係毫無概念，渴望改變卻又懼怕改變。他們凝視螢幕彷彿凝視彼此，厭倦螢幕彷彿厭倦彼此。他們擁有同一張冷漠無聊的臉。

年輕女教師面對螢幕中的家長們，表達對孩子沉迷虛擬世界的擔憂，關閉通話後，她迫不及待地登入遊戲介面。

想贏得學校 Maker Faire 大獎的男孩，拿著神經改裝零件悄悄接近父親心愛的德國牧羊犬。

赤裸男子進入加密頻道，貼滿感應器的白化鱷魚與機械章魚在沼澤中纏鬥，鱷魚體感訊號轉為性刺激，輸入男子大腦皮層，頻道裡還有另外一萬五千名同好者。

社區廣場上一群退休婦女以整齊節奏無聲起舞，她們陶醉地摟著自己訂製的ＡＲ舞伴，還是記憶中年輕時的模樣。

豪華公寓中一名男人呆坐床前，面無表情地欣賞著電視中表情浮誇的搞笑明星特寫。他看著巨型螢幕中自己的臉，無聲哭泣，舉起手槍。

夜空中鳥群被驚起，如一陣黑煙散開，又復聚攏，在靛青色背景前變幻出不規則形狀。偶有探照燈掃過之處，黑煙化為銀色沙礫，閃爍不定。畫面切換不同角度，焦距拉到極限，試圖捕捉其中某隻飛鳥運動的軌跡。所有的鳥看起來都像同一隻鳥，跟從鳥群的方向，模仿身旁同伴的姿態，從不掉隊，從不特立獨行，在森林裡，這意味著食物和安全。

她以極快速切換鏡頭，拼貼成跳幀流暢的動態畫面，如同飛鳥俯衝，滑過數百公尺高玻璃幕牆，鏡中倒映光怪陸離城市景象，霓虹浮嵌閃爍，將消費主義意識形態刻入觀眾視網膜，隨著眼球飄移變幻。她看到一切，唯獨看不見自己。

小米看見更多的孤獨者、賭博者、成癮者、無辜者……他們躲藏在城市明亮或昏暗的角落裡，腰纏萬貫或不名一文，享受著技術帶來的便利生活，追逐人類前所未有的資訊容量與感官刺激。他們不快樂，無論原因，似乎這一功能已經退化，如同闌尾般被徹底割除，可對快樂的渴望卻像智齒般頑固生長。

小米竟然開始同情這些文明的寵兒。

她找到了自己想要的東西。一座ＶＳＡＴ（註24）衛星通訊移動基站，安置在一輛略顯破舊的房車頂部，外觀標誌似乎說明屬於某家私營電視臺。小米沒法從攝影機侵入網路，她需要真的動起來。

時間不多了，咱們去找點兒樂子吧。她似乎聽見小米1對大開眼界後興奮莫名的遊客們說道。

別亂來！小米0警告小米1。

為什麼不呢。小米1回以笑臉。

她切斷圖像以節約頻寬，沿網路躍入虛空，迅速找到轉播車位置，但車載網路並沒有接通ＶＳＡＴ系統。小米腦中浮出多種方案，又被自己一一推翻。

註24 VSAT (Very Small Aperture Terminal)，是一種天線口徑很小的衛星通信地面站，又稱微型地面站或小型地面站。

溫馨提示，離慢箭到達還有三分二十五秒，離警戒蜘蛛察覺還有兩分三十秒。小米1在她耳邊輕聲細語。

少說廢話！有本事你來！小米0出離憤怒。

很簡單。小米1突然奪過她手中的方向盤。**只要，鬆手。**

像是高速行駛中的大巴突然失控，撞上一堵透明的牆，小米感覺被兩股力量猛地一夾，喘不過氣來。本來一直在後座的遊客們像子彈般彈向前車窗，只不過那裡並沒有玻璃，所有承載意識忽然獲得了自主權，如同數百匹未脫韁繩的野馬，朝著不同的方向奔去，卻又被車身重量羈絆住，他們不停吞併彼此，快速交流，達成妥協，最終匯聚成一股統一的力量。

小米瞬間知悉了他們的目的地，胃中泛起一陣驚慌，但已經來不及阻止了。

遊客們火速侵入建在城郊的鮀城監獄保全系統，藉助小米1授權的破解工具，解除了所有監犯牢門的電子鎖，同時將獄警反鎖於辦公室內。犯人們花了數秒鐘才反應過來，他們沒有浪費這天賜的大赦良機，爭先恐後奪門而出，奔往雨中的自由世界。

你為什麼要這麼做？小米0怒斥小米1。

等著瞧。小米1示意她回到轉播車。

鮀城「複眼」系統在二．三七秒內捕捉到監獄異常，啟動II級警報，緊急召集全城警力，私營電視臺通過內線收到情報，下令衛星轉播車趕赴現場拍攝第一手畫面。快速反應便是他們得以戰勝國營電視臺的不二法寶。

VSAT系統綠燈亮起，開始定位衛星信號。

瞧？小米1揶揄地做了個請的動作。

小米0不再答理她，徑直侵入系統，試圖將信號重新定位到另一個位址更為隱蔽的低軌道伺服器網站群（LOSS, Low Orbit Server Stations）。

地面干擾太強，信號不穩。VSAT所選用的C波段與地面微波中繼線路頻段部分重疊，而波長較短的Ku波段受雨衰（註25）影響嚴重，加上車體快速行駛，地面顛簸，上行信號無法精確定位到伺服器。

那我們來想想辦法吧。小米1似乎早有預料，帶著戲劇性的腔調，試圖再次發動那群垃圾人遊客的失控力量，卻被小米0一把制止。

別……她無力地說。

妳知道我們時間無多。**我們沒有選擇**。小米1搖搖頭。

狂歡的遊客如逆放的煙花，由四散狀態逐漸靠攏，嘈雜無序的思維噪音自發調諧成一種節奏，一股吶喊，如一道強烈雷射刺穿交通控制中樞，號誌混亂閃爍，司機驚惶閃躲，車輛撞擊翻滾，發出接連不斷的沉悶聲響，喇叭尖嘯如荊棘叢生，濃煙滾滾，火光撩動，人們捂住傷口倉皇爬出車廂，在地上拖出一道道血痕，哭叫聲，呼喊聲，爆炸聲，玻璃碎裂聲，雨聲，交織成聲部複雜的無調性音樂，悲愴濃烈。

轉播車在連環相撞的數十輛車龍旁停下，攝影師興奮地扛起高清機器跳出駕駛室，捕捉這幕難得一遇的爆炸性新聞。路人紛紛駐足，先用增強現實眼鏡拍下現場，分享到社

註25　雨衰，是指電波進入雨層中引起的衰減。它包括雨粒吸收引起的衰減和雨粒散射引起的衰減。

交網路，之後才想起救死扶傷。這是在短短一分鐘內爆發的第二個資訊熱點，漣漪迅速擴散、擾動，吸引之前越獄事件的注意力能量。

你最好沒有殺人。小米0冷冷地甩下話。

我沒有。小米1淡然處之。**是他們**。

VSAT終於接通那臺名為「安那其之雲」的低軌道空間站伺服器。通過驗證後，小米帶著數百名製造慘案的罪魁禍首，經碳纖維稜形扇面天線，被發射到四百公里高的地球上空。這裡空氣稀薄，炎熱，充滿離子和自由電子，令小米在數個微秒間有回到家鄉的甜美錯覺。

「時間已經過了。」羅錦城斬釘截鐵地說。「就算踏平整個村子我也會把她找出來。」

「三分鐘，不，兩分鐘……」硬虎的聲線帶著幾分抖動。「這關乎我硬虎的聲譽！」

羅錦城不說話，只是盯著地上那臺被踩碎的手機，零件中露出一件小小的豆芽狀竊聽器。**白皮黑心的騙子！**他已經不再相信斯科特開出的任何條件，決定自己將小米這枚籌碼握在手裡。美國人的不誠實舉動惹怒了羅錦城，除了自己該得到的部分，做為補償，他想要更多。

投影中的亮點逐個熄滅，剩下的星星幾乎可以組成一個想像中的事物，一個新的星座，代表欺騙、背叛，還有出賣。可他看不出那到底是什麼。

「把刀仔帶上來。」羅錦城低聲吩咐手下，「召集所有的人手。」

戰爭中永遠不缺的便是犧牲。

近乎赤身裸體的刀仔四肢著地，爬進了門廳，他的鼻環被套上一根粗大的鐵鍊，牽在一名嘍囉的手裡，他嘴裡喝斥著刀仔，腳踢著刀仔肋部。刀仔背部肌肉隆起，眼露凶光，嘴角流涎，那名嘍囉不由咒罵著往後退去，一邊勒緊手中的鐵鍊，刀仔痛苦地仰起頭大口喘氣。

「怎麼不給他穿上衣服？」羅錦城不悅。

「一給他穿上就撕碎放嘴裡啃。真是賤狗一條。」

「把鐵鍊給我。」羅錦城接過鐵鍊，撫摸著刀仔傷痕累累的臉頰，眼中流露憐憫，那頭猛獸竟瞬間如同溫順的羔羊般蜷縮在羅錦城腳邊，用脖頸蹭著他的褲管，喉嚨中發出討好的嗚咽聲。似乎只有以這種扭曲病態的方式，刀仔才能釋放出心底囚禁已久的對正常情感的渴望。

「好狗，好狗。阿爸這就帶你去吃食咯。」羅錦城撓著刀仔的耳後，看他舒服地眯縫起雙眼，表情複雜。

「找到了！」空氣中傳來硬虎興奮的叫喊。

羅錦城扭頭望向投影，只剩下孤零零的一個亮點，在整個宇宙的中心閃爍金光。還沒等硬虎將亮點放大呈現詳細資料，整面牆突然間熄滅，沒有星星，也不再有銀河。黑暗中只有硬虎的乾澀嗓音在空曠房間裡迴蕩，和一枚視覺暫留的暗紅色光斑。

「羅老闆……整個矽嶼的網路都被切斷了……」

歡迎來到安那其之雲。

我們將為您提供基於低軌道伺服器站群的資料存儲及遠端計算服務。我們的經營實體不歸屬於任何國家、政黨或者跨國企業，將能最大限度地幫助您規避諸如美國《愛國者法案》或者歐洲《第二十九條資料保護法規補充條款》等法律以反恐之名對資料隱私的侵犯。

我們是一群來自世界各地的無線電業餘愛好者（笑），純粹的自由意志信徒，希望我們的服務能夠說明您在短暫的肉體生命中遠離強權，反抗控制，擁抱自由、平等與愛○×○×。

這是一段自動回應資訊，在四百公里高空中，沒有攝影機，沒有拾音器，也沒有感應裝置，一切不必要的設備都被剔除，以減輕重量以及隨之激增的成本。

請求人工應答。小米1發出指令。沒有回答。

我們到底來這鬼地方幹麼？小米0終於忍不住發問。

請求人工應答。只有尼克森能去中國（註26）。重複。只有尼克森能去中國。

什麼？小米0簡直不敢相信自己的虛擬聽覺，更難以置信的是，安那其之雲回話了。

安那其之雲：哇喔，看來是個老手。大半夜把我吵醒，妳最好找個夠辣的理由，中國妞。

註26 Only Nixon can go to China. 美國諺語，後被《星際迷航VI：未來之戰》引用為Vulcan星諺語，成為Vulcan外交學院校訓，意指只有英雄才能創造奇蹟。

小米：我們需要一條獨立通道，接通我和我的夥伴們，要快！

安那其之雲：哦呵呵，看起來你們惹了不少麻煩。還有三十秒，抓狂的警戒蜘蛛就會咬到妳，還有另外一個狠角色在追蹤妳，颱風「蝴蝶」即將登陸妳所在的物理位置，中心最大風力高達每秒五十五公尺……

小米：你只需要告訴我，行，還是不行。

安那其之雲：聽著寶貝，你們缺少必要的設備，妳所要求的，是他媽的反侵入，我們以前從沒有試過……也許有那麼一次，但我不敢保證……最重要的是，妳能給我們什麼？

小米：海蒂・拉瑪的意識模型。我知道你，或者你們中的某個，對收集名人意識模型有特殊愛好。

安那其之雲：……妳是認真的？我從未聽說有機構在做這件事。

小米：二〇〇〇年一月十九日逝世，大腦被鎖進大冰箱，十年後解凍，開始進行神經元圖譜繪製。NeuroPattern 公司接手。

安那其之雲：聽起來像是那麼回事。

小米：想想吧，人類歷史上最美貌、智商最高的女性，CDMA之母，而且風騷性感，一生醜事不斷。你可以用她來幹……很多事情。

她知道自己又試圖開始操控對方的爬蟲腦，儘管有點卑鄙，但卻很有效。

安那其之雲：呃……最後一個問題，妳如何證明她在妳手裡。

小米：很簡單，她被加密偽裝成某種數位蘑菇，我下載了她，我嗑了她，現在她就是我的一部分。

安那其之雲：難怪妳的跳頻技術用得這麼熟練。

小米：我可以把這當作成交交交交交……

被突然切斷的殘留資訊在小米腦中延宕，如同空谷回音。她的意識聚焦，眼前仍是潮溼陰冷的鐵皮屋，帶著濃烈的霉味，風雨聲愈加猛烈，搖撼著屋頂，李文關注地靠近，嘴唇開合，像是在說什麼嚴重的事情。小米起身，帶著些微慣性的眩暈感，雙腿一軟，栽倒在李文懷裡。

自從甦醒之後，小米還從未如此強烈地感受到一種不確定性。這種不確定讓她緊張，彷彿又回到昔日那個柔弱的垃圾女孩，金色米字熄滅，腎上腺素激起。

她只知道，風暴即將來臨。

17

「別動！」

陳開宗睜開眼，看見那女子揮著魚骨利刃朝自己砍來，心頭一緊，下意識地再次緊閉雙眼。突然手腕一陣輕鬆，橡膠陽具擰成的死結被齊刷刷切斷，刀口平整如鏡。

他還沒來得及道謝，便被女人猛力揪出棚架，身後傳來鋼架垮塌的巨響，各種義肢碎塊在重壓下向四周迸射開去，如同一頭自爆的義肢巨獸。

陳開宗跪趴在泥地裡，大雨澆透全身，他顫抖著，不知是因為過度驚恐還是寒冷，嘴唇發白，哆哆嗦嗦地擠出一句謝謝。

「算你命大，小米說要見你，再晚一步你就真成爛屌了。」女人粗魯地笑笑，向他伸出結實有力的手臂，「我叫刀蘭。」

冷風鑽過鐵皮屋的接縫在屋內亂竄，但在昏黃燈光下，還是顯得比室外溫暖許多。當小米看見狼狽骯髒的陳開宗時，卻沒有任何親密的表示，只是走近幾步打量著他。

「你怎麼把自己弄得像垃圾一樣？」小米嗔怪道。

「雨……很大。」陳開宗瞄了眼一旁略顯窘迫的刀蘭，搪塞過去，「妳臉色看起來很不好。」

「消耗也很大。」小米敲了敲肘間的自動注射器，「等它滴注的速度跟上就好。你來這裡幹麼？」

「我要妳跟我離開這裡。」陳開宗握住她冰冷的雙手，但那雙手像滑膩的魚兒般溜走。

「我不能走，至少現在不能。」小米搖搖頭，避開陳開宗熾熱的視線，「這些人需要我，他們現在有危險。」

「可妳自己就很危險，妳知道嗎？」陳開宗背過臉，低聲說，「醫生告訴我，妳的大腦隨時都會有血管破裂的可能，斯科特答應我，要把妳帶回美國，給妳找最好的醫生。」

小米聽了他的話，臉上卻沒有露出半點惶恐，她只是淡然一笑。

「我的命早就不屬於我，在那個雨夜，我已經把它交給了神靈。」

周圍的垃圾人同時雙手合十，做了個祈禱的動作。

「如果是這樣的話，那神靈又為什麼要讓我遇見妳！」陳開宗從牙縫裡擠出這句話，他的身體微微抖動，不知是因為寒冷，還是憤怒。

小米的眼神突然變得柔軟，用手抹去陳開宗臉上的泥水，而後搭在他的肩上。她輕聲說：「也許這就是它的計畫，把你帶給我。看看你自己，現在的你已經不是原來的你，你不是美國人，不是矽嶼人，也不是垃圾人，你是我們中的一員。你應該和我們一起戰鬥。」

所有人都把手臂搭在陳開宗肩上。

陳開宗無言以對，望著眼前這個貌似普通的女孩，卻是這世間最為矛盾複雜的集合體，散發著難以理解的魅力，讓周圍所有的人對她言聽計從，甚至目光中充滿非理性的崇拜。他曾經為她的純然無知而心動，而今，這個無知的人變成了他自己。在她柔弱的外表和語調下，是否潛伏著一個精於表演的魔鬼，只要時機成熟，便會撕下人類面孔，露出猙獰嘴臉，目空一切地奴役卑微的生命。

而更難以理解的是，他竟然會為這種非道義的幻想而心如鹿撞，血脈賁張。這是一種源於未知的致命性感。

「好，我留下。」陳開宗打定決心，如果不能把小米帶走，便要留在她身旁。即便他心裡清楚，自己並沒有能力保護她。開宗想要那種感覺，不僅僅是為了加入小米那難以理解的計畫，找到失落已久的歸屬感，更是因為這個女孩所帶來的那種無法描述的生命力，讓他覺得自己真實地活著。他是為了自己而留下，而不為任何人。

窗外飄入幾聲夾雜在風雨中的犬吠，屋裡的晶片狗突然狂暴地狺吼起來。

「他們來了。」小米收起溫柔，像個戰士般握緊雙拳，眼露怒火。

羅錦城身旁的嘍囉矢志不移地與雨傘做鬥爭，在狂風中被不斷掀翻，一如衝冠怒髮。老大終於看不下去，喝斥他鬆手，於是那黑色雨傘如同蝙蝠般旋轉著消失在半空中。

車子剛進南沙村不久便陷入泥坑，拋了錨。羅錦城牽著刀仔，率領了二十來位精兵悍將，冒著剛剛登陸矽嶼的強颱「蝴蝶」，徒步尋找硬虎投影中最終定位的亮點。更多的人手由於網路中斷無法聯繫上，羅錦城頗有不滿卻又無計可施。

他們闖進沿途每一間棚屋，辱罵恐嚇，抄砸家什，只是為了找到那個垃圾女孩。所有途經的晶片狗都發狂似地吠叫著，在蝴蝶翅膀扇動的暴風雨中斷續接連，恍如一場盛大演出的前奏鼓點。

羅錦城舉起手，示意所有人集合，已經沒有必要進行地毯式搜索。他們所要找的人，現在就站在面前，在黑色大雨中顯得那麼弱小，彷彿一陣風就能把她捲跑摧折。周圍棚屋裡的垃圾人開始只是不安觀望，慢慢地一個個走出家門，站到小米身後，表情堅毅憤怒，身上的電子配飾由於受潮短路變得暗淡。他們像一尊尊雕塑，凝固靜止，被淘汰的義肢閃爍粗礪光芒，如同沉睡千年的火山，藏蘊巨大能量，等待著引爆時刻。

「別誤會。我們不是來找麻煩的。」羅錦城抹去臉上的雨水，露出寬厚笑容，「我們是來請罪的。」

垃圾人們短暫地發出一陣表示不解的嗡嗡聲。小米卻沒有任何表情變化，陳開宗緊挨著她，怒目而視。

鐵鍊脆響。渾身赤裸溼滑的刀仔被羅錦城一腳踢到兩撥人的中間。他摔倒在泥水裡，不解地抬起頭張望，又委屈地爬回到羅錦城腳下，正欲討好主人，誰知又被更狠的一腳踹中肋部，他痛苦地嗷叫一聲，飛出數公尺開外，蜷縮在地。

「他，就是虐待小米的元凶。我現在把他交給你們，任由你們處置。」

所有人都不知道羅錦城葫蘆裡賣的是什麼藥。

「但我也有一個請求。」羅錦城看了看四周的垃圾人，「就在刀仔行凶的那天晚上，我有兩個手下慘死在觀潮灘上，所有的證據都確鑿表明，當時在場的只有一個人。」

羅錦城充滿紳士風度地向小米方向躬了躬腰，伸出左手做邀請狀。

「小米，妳能告訴我，告訴所有人，凶手到底是誰嗎？」

陳開宗明顯感覺到身邊的小米全身一緊，她的表情流露出一絲微妙變化。

「如果不能，那麼可否請小米跟我回去一趟，協助警方調查呢？」

「想都不用想！」陳開宗往前一步，擋在羅錦城與小米中間。所有垃圾人同時身軀一震，抖落雨水，怒氣外露，他們已經聽過見過太多類似的故事，結局無一例外地悲慘。

「好一個英雄！」羅錦城假裝鼓掌。「一個替垃圾人出頭的矽嶼人，一個寧願犧牲自己眼睛也要保護中國人的美國人，陳開宗，你對惠睿公司可真是堅貞不二。能否透露一下你和你老闆到底能從這筆交易裡撈到多少好處，能讓你們這麼死心塌地地要把小米帶回美利堅合眾國？」

「我不知道你在說些什麼！」陳開宗厲聲斥道。「人就是人，不分三六九等。」

「美國人在全世界到處亂倒垃圾亂撒野的時候，怎麼就不講人人平等了？虛偽！」

「人造了孽，遲早是要遭報應的。」陳開宗怒視著羅錦城。「遲早。」

羅錦城微微一笑，把手一揮，「既然談不攏，那就別怪我們動粗了。小米要活的，別傷著美國人，我的意思是，別傷得太重。」

羅家打手們身上亮起各色貼膜，防水萊卡緊身衣勾勒出緊繃的義肢肌肉線條，螢光色花紋如同符咒蔓爬其上，四肢上的金屬電子配飾依然閃爍，在夜風中互相撞擊鏗鏘作響。他們咧嘴邪笑，如同一群飢餓的豺狼，不緊不慢地朝垃圾人圍逼過去。

陳開宗拉著小米往人群背後逃去，他能感覺到小米試圖掙脫自己，但卻無能為力。無論這個女孩曾經擁有多麼駭人的能量，現在的她，尚未從鮀城之旅的巨大消耗中完全恢復，只是一具凡人的血肉之軀，她需要強有力的保護。但此時此地，超級英雄缺席。

垃圾人的廢舊回收義肢顯然不敵裝備精良的羅家打手。刀蘭揮舞著魚骨利刃衝上前，卻被鉗住手腳，螢光男子硬生生把刀刃從她手臂中拔出，又插入她的胸口，鮮血噴湧，和雨水混合在一起，濺溼她扭曲的面孔。夜空中響徹肉體沉悶的撞擊聲。打手們的義肢肌肉被調到增益極限，在軀體上隆起不成比例的怪異形狀。垃圾人的進攻被輕易化解，更多的人肢體被折斷，義肢被撕扯脫離，殘軀像被捅破的垃圾袋，粉白色臟器垂墜流淌，他們被拋擲向尖銳硬物，被刺穿，被擰斷脖頸，或者捂著外翻的傷口向著天空絕望號叫，隨即被更加凜冽的風聲蓋過。

高貴者炫耀著人工強化的軀殼，踏過失敗者的殘骸，緩慢靠近最終的獵物，那個被叫做小米的垃圾女孩。暴雨傾瀉，沖刷著大地的汙血，匯聚成涓涓溪流，奔向大海。狂風搖撼著站立的一切，誓要將它們揉爛、拆散、撒向天空，看那些以精緻堅固自居的文明造物，化為碎片，沉落大地，在泥沼中閃閃發光，迎接下一個輪迴。

他們的面孔已沒有驕傲和尊嚴，沒有意義，沒有目的，甚至沒有樂趣，只有機械重複的殺戮本身。

這是一場註定沒有勝者的遊戲。

小米試圖用意識接通掩藏在棚架中的外骨骼機械人，就像她在那個漫長雨夜所實現的奇蹟。可她不能。

或許是由於高能果糖尚未補足她在鮀城之旅中過度消耗的ATP，或許是身後傳來的淒厲叫聲分散了她的注意力，小米最不願意承認，卻最有可能的解釋是，只有在瀕死狀態下的她，才能夠激發出足以突破空間屏障的能量，才能不藉助任何輔助無線通訊設備，直接侵入戰鬥機甲的遙控系統，變身為小米－機械人。

就像在潮占中痛苦掙扎的生靈，愈是接近死亡，便愈是接近神明。

她遮蔽掉外界的干擾，那些哀號聲瞬間變得遙遠微弱，如同隔上一堵厚牆。小米再次聚集全部精力，如在無邊黑夜中尋覓一絲燭火，她臉色慘白，身體冰冷，肌肉開始輕微抽搐。她再次失敗。

小米。她彷彿聽見有聲呼喚穿透暴風雨拂過耳畔。

小米。呼喚似乎又近了幾分。她關閉遮蔽。

小米——那吼叫幾乎是從背後炸響的驚雷，綿延成漫長低沉的轟鳴，小米驚恐萬狀地轉過身，看見陳開宗面容扭曲地以極慢速度咆哮著，在他身後，沾滿鮮血的羅家打手同樣以慢動作奔跑跳躍，身上螢光花紋在空氣中繪出繽紛光痕，如凝固的潮水般滾湧而至。

陳開宗試圖用身體阻擋他們，但只見一條畸形的肉臂輕輕揮動，他便異常輕盈地騰空而起，飄過人群，砸向一堆電子垃圾山，山體瞬間崩潰，傾瀉而下，將他掩埋。

野獸們沒有絲毫停頓，徑直撲向小米，她幾乎可以聞見他們口中噴出的腥臭氣息。

增強現實眼鏡亮了。

幾乎是同一瞬間，小米的意識如同破堤的洪峰，所有被禁錮與壓抑的力量噴薄而出，自由暢快地漫溢到所有的時空。她知道，安那其之雲成功了。成交。她微微一笑，從容不迫地在幾個微秒內接通觀潮灘的鋼鐵戰神。

時候到了。

只聽得一聲爆裂巨響，小米－機械人從棚架中破殼而出，扭曲的鐵片以極快速度濺射，切下螢光男凝滯在半空的肢體，深深插入地面。小米還沒來得及適應這具軀體的驚人重量，收不住腳步，以強大慣性從側面撞飛幾名打手，又失去平衡，緩緩倒向被嚇癱在地的一名惡徒。小米試圖用雙臂支撐，卻在倉皇間碾碎了他的一隻胳膊和半側腦袋。

豺狼們被這突如其來的入侵者驚呆了，但已被挑起的殺心難以冷卻平息。他們試圖以圍攻之勢尋找小米－機械人的薄弱環節，在他們有限的經驗中，如此龐大體量的機械人必定代表著遲緩與笨拙。

他們錯了。

小米－機械人展開雙臂暗藏的超聲波刃，每秒四萬次的高頻震動，讓刀刃幾乎以零阻力切斷物體分子鏈，同時在瞬間以高溫熔合切口，真正的兵不血刃。她以輕快優雅步伐起舞，如同一臺跳著爵士舞的旋轉車床，雨滴穿透刀刃，化為縷縷蒸汽，任何意圖靠近的人，都會收穫一份畢生難忘的紀念品——平整、光滑、無血的鏡面切口，略微飄著一絲燒焦的肉香。

很快的，SBT又增添了十來名忠誠的終身義肢消費者。

她舉目四望，逃逸的身影中並沒有羅錦城，但她發現了另外一件禮物，龜縮在暗處的刀仔。小米－機械人躍到他面前，將繫在他鼻環上的鐵鍊輕輕拎起，聆聽刀仔鼻中隔軟骨的細微撕裂和動物般的狂嘯，感覺美好。刀仔面容因極度恐懼而扭曲，涕泗橫流，他試圖掙脫，卻又不敢過分用力，括約肌終於失控，深色排泄物順著赤裸大腿緩慢淌落。

小米感覺噁心，舉起右臂，打算像剖豬般將他的汙穢肉身從中軸線一分為二。

別殺他。小米1阻止。

為什麼不？小米0帶著怒氣回應，卻驚覺自己已在下意識間變成另一個小米，就像是在鏡中模仿自我影像循環變色的章魚。

留給更想殺他的人。

小米－機械人將刀仔如垃圾般放下，用鐵鍊在他脖頸間繞了兩圈，套在自來水管上，又將水管擰成麻花死結。她脫出鋼鐵軀殼，將這尊神靈留在刀仔面前，如同壓在孫悟空身上的五指山，確保他不敢逃脫。

滿目瘡痍。颱風與邪惡合謀，完成一場獻祭，只是他們所召喚出的，卻是一股足以摧毀自身的失控力量。

小米扶起一名被折斷雙臂的傷患，痛苦擊中鏡像神經元，令她感同身受，疼痛和絕望包圍著她的意識，令她艱於呼吸，她顫抖著接通其他垃圾人的網路，請求支援。

小米發瘋似地在垃圾堆中尋找陳開宗，後者倒伏在地，目測只是輕微擦碰傷，他在女孩的柔聲呼喚中緩慢睜開雙眼。小米喜極而泣，捧起男孩沾滿泥沙的臉，她終於衝破了另一重人格對真實感情的抑制，忘情地將雙唇緊貼上去。陳開宗感到一陣眩暈，望向深邃天空，雲層間閃爍紫紅色光芒，宛如夢魘。他似乎無法相信曾經發生，以及正在發生的一切，彷彿是被他人強行插入意識的幻覺。

斯科特跨在杜卡迪上，遠遠望著風暴中輪廓模糊的南沙村。

夜視模式下，冰冷雨點比黑夜更黑，陣風驅動暗色斜紋緩慢滑過夜空，村落的房屋縫隙洩漏熱量，勾勒亮白輪廓。一場械鬥剛剛落幕，血與殘肢的熱量被雨水和大地帶走，變冷變暗，很快便會融入周圍，成為了無生命的死物。

還沒到時候。斯科特慶幸自己拋棄了駕駛汽車的愚蠢想法。他看到那些笨拙的鋼鐵匣子漂浮於水面，被波濤推搡著捲入漩渦，或陷入路面隱祕泥沼，或受困於被颶風摧折的亂木叢中。不像這隻機動靈活的大甲蟲，可以隨時在積水中急停、掉頭、擠過極狹窄的路段、躲避突然砸下的電線杆，或是掛滿檔衝上高處。

他看到一條瘋狂泅水的狗。

矽嶼地形就像一座不規則的死火山口，只是坡度遠為和緩，斯科特此刻便停靠在邊緣的最高點處。向外是傾斜而下的電子垃圾處理區，一路延伸入海；向內則是低窪凹陷的盆地，矽嶼鎮區民居建築大多坐落其中。

在古代，矽嶼的建造者們為防止亞熱帶季風性海洋氣候帶來的內澇，修築了許多由內而外的排水溝渠，利用階梯布局和重力，戰勝了自然環境的不利條件。數百年過去了，文明世界已經遠非古人所能想像到的模樣，破壞也是。土壤毒化、鹽鹼化、沙化，溝渠淤塞、坍塌、挪用為金屬酸浴池，漫溢的雨水再也無法暢通排洩，只能如失去方向的猛獸，逆流噴湧，吞噬一切，摧毀一切。

風水也救不了你們。

斯科特看著鎮區水位緩慢升高，許多人將從睡夢中驚醒，發現洪水已漫入家門，沒過床沿，電線受潮短路，噴濺火花，網路中斷，求救無門，嬰孩的驚恐哭鬧與狗的吠叫交織，房屋飽經雨水浸泡，在狂風搖撼中鬆垮，發出巨大聲響，搖搖欲墜，而窗外是冰冷漫長的雨夜，看不到結束的跡象。

許多人甚至還沒來得及驚醒。

斯科特像石雕般靜立不動，燈塔的微光掠過，鑿刻出他凌厲的輪廓。他下意識去摸防水包裡的東西，索取自款冬組織的兩件精緻禮品，直到指尖觸及那堅硬質地，他才放下心來。一道藍白色的火焰從矽嶼最高建築物尖頂上升騰而起，弧光照亮不遠處一個艱難跋涉的身影，進入斯科特的視野。

聖艾爾摩之火[27]。斯科特拉近焦距，嘴角浮出冷笑，是羅錦城。

斯科特觀察著所有可能的路線，他不想犯下和羅錦城同樣愚蠢的錯誤，那個喪失理智的男人，像條受盡驚嚇的瘋狗，正朝著回家的方向倉皇奔亡。

只有站在最高處，才能看清，那是一條水勢最為湍急的險路。

註27　聖艾爾摩之火（St. Elmo's Fire），由於雷電中強大的電場導致空氣離子化，並在導電過程中產生的冷光冠狀放電現象。起源於三世紀時的義大利聖人聖伊拉斯莫（Sant'Erasmo），又稱聖艾爾摩，他是船員的守護聖人，因此當人們在雷雨中看到船隻桅杆上的發光現象時，都歸論為聖艾爾摩顯靈保佑，因而得名。

18

「淹起來了！」

小米虛弱地倚在床側，身旁半跪著同樣虛弱的陳開宗，緊緊握住她冰冷顫慄的手。從增強現實眼鏡的附帶耳機中傳出嘈雜議論，那是安那其之雲動用衛星通道臨時搭建起的垃圾人網路。

「老天有眼，這就是報應！」「沒錯，活該他們被淹死！」「走吧，去看著他們死！」「……看著他們死……」「……看著……死……」「……死……」「……」

愈發激憤的話語充斥著耳膜，相互重疊干擾，混縮成一股暴戾的無調音樂，隆隆作響。突然，一把女聲怯怯回了一句，如同銀針落地，所有的噪音霎時平息。

「可救護車也過不來了……」那女孩說。

之前一直保持沉默的少數派開始謹慎發言。

「所有的警力都被鮀城緊急調走，去追捕越獄逃犯和搶救車禍傷患了……」

「……那是我們闖的禍。」

眾人默然。沒人願意自己成為殺人凶手，哪怕只是間接行凶。

「這是天災，誰都沒法料到，不是我們的錯。」

「看著他們死，和親手殺死他們，有什麼區別？」

「區別在於你手上沾沒沾血，你這白痴！」

「血已經沾在你的名字上，滲進你的靈魂裡，你的孩子會被欺辱，說成是殺人犯的後代。」

「我們的孩子無論如何都會被欺負，別忘了，我們是垃圾人。」

「可我們不能把自己也看成什麼該死的垃圾人！我們是人，是人！跟他們沒有兩樣！」

「都他媽給我閉嘴，誰想去送死就去，少他媽滿口仁義道德！」

「看看羅家是怎麼虐殺我們的，你們居然要去救毫無人性的人渣！」

「嗤！瞧瞧，這才是真正的垃圾，連羅家和矽嶼都分不清楚。」

小米臉色蒼白，接連不斷的高強度消耗讓她瀕臨虛脫，自動注射器正在將最後數毫升果糖注入她的靜脈。她甚至沒有力氣提高音量。

「停。」她綿軟無力地說，「都閉嘴。」

所有尖銳的、粗魯的、遲疑的聲音都消失了。

「你們還記得嗎，在鮀城，沒有人爭吵，也沒有人質疑，你們在極短的時間內做出判斷，選擇出集體行動的方向。我不知道那選擇是對還是錯，但看起來，似乎你們都接受了這一選擇，無論是它帶來的風險，還是回報……」

妳確定要這麼做嗎？小米0問道。她腦海中閃爍過許多黃綠碎片，矽嶼人厭棄的眼神，在街頭蜷縮下跪的垃圾人，刀仔的凌虐，羅錦城的冷酷嘴臉。她打了個冷顫，某種生理性的厭惡隨化學物質融入血液，那甚至不是憤怒。

除非妳有更好的辦法。小米1回答。**我知道妳不想救他們**。

只要妳說救，他們一定會救，他們把妳當神一樣崇拜。小米0甩下話。那些為保護自己性命而流血的兄弟姊妹，他們的殘肢和屍體就在那裡，像垃圾一樣被遺棄在汙泥裡，受盡雨淋風吹，甚至來不及記下他們的名字，而我們卻在這裡討論著要不要去救那些凶手的家人。

那不是我的風格。小米1冷冷一笑，小米0頭皮一陣發麻。**別忘了，女神有兩張臉**。

這一切到底是為了什麼？妳殺了他們，現在又要救他們？小米0的情緒劇烈波動著，消耗更多的能量，視野邊緣開始扭曲、模糊，折射出細小的粉紅色紋理。

不是我，親愛的，是他們。小米1似乎搖了搖頭，又或許是世界在她眼前晃動。**如果你站得夠高就會看見，我不只是在救矽嶼人，也是在救垃圾人**。

「現在，選擇吧。」

小米視野中出現一個灰色圓形，如一塊蛋糕被切出紅藍兩色扇形區域，兩塊扇形都在緩慢展開，擴大面積，它們大小相仿，難分伯仲，最後幾乎互相接壤，像平分秋色的兩個半圓，交界線顫抖著，像是兩邊在發生激烈的戰鬥。正當所有人都在靜待裁決時，藍色極其細微地跳動了一下，咬下了紅色的一線疆域。

「救人！」小米宣布，耳畔傳來一陣摻雜著牢騷的歡呼，但她分明聽見那些反對者像是卸下了心頭重負，暗自鬆了一口氣。現在，任何藉口都成為了針對集體的絆腳石，所有的計畫和行動都必須變得高效率。因為這是所有人做出的選擇。

垃圾人們自動組織起來，利用比重小的矽膠橡膠廢料捆紮成救生浮筏，將塑膠纖維束擰成安全扣索，用半透明隔水人造皮膚和LED光管製成應急燈，他們兵分幾路，沿著鎮區主要幹道搜尋受困災民，指引他們尋找堅實掩體，或登上高處，遠離漩渦和暗湧，並時刻通過增強現實眼鏡保持聯絡。他們同樣期盼能夠找到一條通路，讓醫院的救護車得以抵達南沙村，這裡有幾十個重傷患亟待救治。

只有李文站著一動不動，表情僵硬如鐵，他對矽嶼人的恨如此根深柢固，並非一次簡單的投票便能輕易扭轉。

「文哥，」小米喚他靠近，「我知道你心裡有解不開的結。」

「可我們救的不止是命，還有矽嶼人被蒙蔽的靈魂。要是我們讓自己充滿仇恨，那他們就贏了。我們要讓他們看清楚，我們不是製造汙染的垃圾，也不是寄生在他們土地上的低等動物。我們是人，跟他們一樣，有喜怒哀樂，會憐憫，懂得同情，甚至可以冒著犧牲自己的危險去救他們。我們要伸出手去，看看矽嶼人到底還給我們什麼樣的回應。」

李文嘴角抽動了幾下，像是努力克制自己的情緒波動，他沙啞而低沉地吐出一句話。

「他們殺了我妹妹。」

「我知道。我都知道……」小米把手搭在這個男人微微顫抖的肩膀上，「你的眼鏡裡，還一直保存著那段影片，藏在根目錄的最深處，加密上鎖，就是為了自己不再想起……」

「……可我一秒鐘也沒辦法忘記！」李文的嘴唇猛烈抖動，淚水奪眶而出。

「噓。噓。」小米抱住他的頭，像在安撫嬰兒或者某種小動物，她俯到李文耳邊，以近乎耳語的聲音說，「我知道，我都知道。對你妹妹來說，一切都太遲了。可你還有機會，讓其他人的妹妹和孩子們不再承受同樣的命運。那樣的話，是不是你就能得到解脫？」

李文抬起通紅的淚眼，死死盯住小米，再也不肯移開視線。

「去找機械人，它看守著你想要的答案。還有……」小米說。「現在你能夠直接控制它了。」

陳開宗看著小米對著虛空喃喃自語，儘管看不見聽不著，但從隻言片語中，他仍然推斷出事態的發展。陳開宗心中五味雜陳，不知該為這依稀的和解曙光感到欣慰，還是為它的姍姍來遲以及慘重代價而痛心。

他看著李文無法自控地啜泣起來，又看著小米如聖母般低聲祈禱，替他戴上增強現實眼鏡。弧形鏡片投出昏暗影像，李文的身體逐漸變得僵硬，彷彿目睹美杜莎真容，瞬間凝固成石像。

小米又對他說了句什麼，李文奪門而出，衝進黑色雨夜。

「他看到了什麼？」陳開宗疑惑，「是什麼讓李文這麼憤怒？」

稍稍恢復血色的小米看著陳開宗，手指溫柔滑過他的右眼，他下意識地閉上眼，體會滿懷愛意的細膩觸感。

「你會看見的。用最好的眼睛。」小米輕聲說。

一陣刺目的白光在陳開宗右眼前炸開，迅速分解成放射狀彩線，顏色之豐富超過他所有視覺經驗的總和，彩線像是從視野中心無限遠端的某點射出，朝他襲來，一種高速飛行中的眩暈感，卻在某刻忽然萬物靜止，方向反轉，彩線從周圍匯聚到中央，凸起，構成一座光錐，似乎要從右眼瞳孔中插入至無限深。

陳開宗眼中的世界以難以置信的速度膨脹，所有的事物都將遠去，都將與他拉開百萬光年的距離。他的意識凝縮成微小星塵，飄浮於無垠的時空中。一種超越所有已知生命體驗的宏大感將他環抱，如此神聖，如此崇高，卻沒有絲毫壓迫與恐慌，彷彿回歸某個溫暖如初的源頭，億萬年的子宮，宇宙原點。他從未信仰過的神。

他想流淚，但卻不能。每一寸肌膚似乎都掙脫了植物性神經的束縛，戰慄不止。光錐解體，彩線收縮成點，如沙如霧，擊中他的人工視網膜，激起億萬細密的虹色漣漪。光點仍未停止，穿過他的視神經纖維束，試圖刺入大腦皮層。陳開宗感到眼後傳來痙攣般的微小痛感，彷彿劇烈射精，伴隨著無法掩飾的快感，他下意識地想用手去捂住眼睛，去逃避這種文明建構出的羞恥心。

「你看見了什麼？」小米含笑問道，彷彿試探般握住他的手。

「我看見了……」他的胸膛起伏不定，話剛出口卻又停住。

「就好像……」他試圖找到一種修辭方法。

陳開宗終於放棄語言上的徒勞，眼帶潮紅地望著小米。「我想我懂了。」

Cyclops VII 型的預設網路模組被啟動。他接入了垃圾人共用的網路。

「歡迎加入我們。」那聲音似乎同時在鼓膜和腦中響起，似近忽遠，彷彿視覺皮層敏感度被大幅提升，以至於產生了共感效應。

陳開宗看見了。颱風中的陌生矽嶼，街道成為蜿蜒河流，洪水奔湧，車輛如小船漂起、旋轉、互相撞擊、順流而下；房屋如同礁石，在水面上露出黑色厝頂，緩慢解體、潰爛，落入水中；未被折斷的樹木只剩下樹冠，枝杈間有赤裸孩童緊抱樹幹，雙眼發亮，如同某種熱帶雨林蝠類；颶風中，整個視野都在抖動，應急燈明暗之間，有未知質地碎屑飛過，如同失速的驚鳥。

所有這一切，都伴隨著男童福音般的吟唱，如泣如訴，在黑夜裡像把鈍刀，一寸寸地拉扯著神經。他知道這是幻聽。

他看見一隻手伸出去，抓住樹枝，穩住浮筏，更多的手伸出去，接過那些樹上的孩子。

吟唱音色變得溫暖起來。

繫著繩索的輪胎被拋向落水的人們，有人跳入水中，抱住即將被水流捲走的老人，搬開堵住出口的斷木，短路的電線在頭頂吐著火花，貼膜在湍急水流中明滅不定，標記著可能出現的暗湧和漩渦，浮筏不知疲倦地來回巡視，將受困的人們運到更加堅固的學校和公共建築，那些矽嶼人的表情由驚恐、惶惑、猜疑，漸漸轉為感激。

謝謝。他們說。

謝謝你們。更多的人說。

唱詩班的大和聲響起，明亮清澈，如向天空盤旋生長的水晶之樹。

陳開宗看到一具熟悉的身影進入某個視野。一名身軀肥碩的男子，身陷洪流，右手緊緊抓住一根被扯緊的樹枝，仔細看，他的手與樹枝末梢之間卻沒有相連，隔著一段黑暗的距離，焦距拉近，那是一串黑色佛珠，纏在男子腕間，勾住柔軟枝杈，承載著他全部重量和水流的衝力，岌岌可危。

視線移向男子面部，潮溼蒼白，稀疏髮絲凌亂貼在額前，表情用力。那是羅錦城的臉。

他一次次試圖從水流中站起，卻摔得更重更狠，絕望地盯著那串緩慢滑脫的佛珠，口中念念有詞。

救？還是不救？陳開宗像是在提問，又像在問自己。他很快有了答案。

視角所有人似乎花了更長的時間來思索決定，最終浮筏還是向羅錦城的方向鳧近。出於地勢原因，這是水流最為湍急的路段，浮筏勉強在離落水者一尺開外水域停穩，一隻手伸向曾經隻手遮天，而今卻只能依靠佛珠苦苦支撐的羅老闆。

陳開宗對著虛空面露微笑。

羅錦城看著這隻垃圾人的手，臉上閃過複雜表情，似乎這個簡單動作卻是他這輩子所做過的最為艱難的抉擇。

他垂下眼，搖了搖頭，終於從水中抬起左手，幾乎是同時，那串黑檀木佛珠分崩離析，跌入水中，羅錦城身體失去支撐，一頭栽入水中，迅猛的洪流如野獸般將他吞沒，不多會兒，連水面的痕跡也消失得無影無蹤。

陳開宗感覺到掌心中小米的手狠力一縮，指甲嵌入他的肉中，這種疼痛，似乎便是她無法準確表達的糾結心緒。他一出神，視線脫開無線傳輸的共用圖像，看到窗外閃過一道高大人影，以超乎想像的迅捷動作進入屋內。

那是他的老闆，渾身溼透的惠睿專案經理——斯科特・布蘭道。

李文在狂風中奔跑，瘦弱身軀不停晃動，躲開迎面撲來的垃圾碎屑。他的眼中燃燒著火焰。

小米調出他封存已久的影片，那種令人厭惡的色調和晃動感重又出現，小米快進，凝固在那名少女痛苦放大的面孔，逐幀跳躍。李文痛苦地面對著那張臉，那張他日夜思念，此刻卻無法直視多一秒的稚嫩面孔。畫面在某一幀停下，看起來並沒有任何異常，畫面急劇擴張，少女的瞳膜如無底深淵吞噬光亮，自動灰階過渡色差，鋸齒狀邊緣逐漸平滑，有幾個像素如傷口般慢慢滲出暗紅，變亮。

李文終於看清妹妹眼中反射出的細微圖案。一團深紅的火焰。他的身體暫態由於憤怒繃成一塊頑石。

最讓他無法接受的並非事實本身，而是自己曾無數次與仇敵擦身而過，甚至替他出過力、解過困、調節過那塊火焰貼膜，卻無絲毫覺察。當刀仔用同樣手段凌虐小米後，他所想到的，也僅僅是利用這一事件謀求談判資本，卻從來沒有想過，自己的復仇之心，便是在這日復一日的精於算計中，消磨殆盡，荒於麻木。

他終於看見了如墓碑般矗立於風中的黑色戰甲，和它腳下狗般匍匐著的肉體。

李文在腦海中曾經無數次演練，當仇敵站在跟前時，將如何手刃對方。割下他的雞巴和卵蛋，塞進他自己嘴裡，砍斷四肢，破壞所有的感官輸入，接上生命維持系統，讓他在無有盡頭的黑暗、死寂、痛苦中了卻殘生。

他等待這一天已經等得太久，可此刻卻前所未有地慌張起來。他從未真正地殺過人，至少沒直接殺死過。李文刻意放慢了腳步，他掃視四周，空無一人，只有風雨掃蕩過的廢墟。他想找件稱手的傢伙。

一根帶著鏽跡的撬棍，他揮了幾下，在泥地裡刻出傷痕，泥點像血般反濺他一身。

操你媽。他心裡暗罵一句。**那是糟蹋你妹妹的人渣，你這慫蛋**。

他又揮了兩下，深吸一口氣，走上前去。

刀仔面朝泥地趴著，脖子上的鐵鍊被拉扯到極限，身體卻在遠端，似乎想逃開什麼。李文用撬棍捅了捅他的背部，沒有反應。他將刀仔翻過身來，卻被眼前的景象驚駭得往後一退，差點摔倒在地。

鐵鍊在刀仔的脖頸間死死纏繞，勒成紫紅色，而他的面孔已呈烏青，雙目圓睜，舌頭伸出嘴巴，長長地垂在胸前，雙腿間還殘留著精液和排泄物，就像被處以絞刑的死犯，由於頸動脈和椎動脈受到壓迫，大腦供血不足而死，下身平滑肌隨之喪失張力，體液和排泄物失禁溢出。

李文扔掉手中的撬棍，站在屍體前，感覺空虛。風突然停歇了，雨也止了，寧靜不期而至。他迷惘地望向天空，厚厚的雲層中竟破開一個洞眼，如一口深井，洩漏出無限澄澈的星空。他貪婪地望著繁星點點，彷彿想從中窺見宇宙的祕密。

那隻眼睛回看他。

李文渾身一個哆嗦，彷彿有某種力量透過星光，傾注到他的身體裡，充盈整個宇宙。沒有仇恨，沒有憤怒，只有深深的敬畏。他閉上雙眼，全身心地感受那種力量。在腦海中，妹妹的面孔疊加在星空之上，閃爍不止，她終於露出微笑，一如往昔。李文再也無法阻止自己滾燙的淚水，像是內心的冰封終於徹底融解，完全釋放。

風眼過後，等待他的是即將襲來更加猛烈的暴風雨。

「斯科特！你怎麼會在這兒？」陳開宗向小米解釋來者身分。

「我來帶你們離開這裡。」

「現在？」陳開宗猶疑著，「可小米她現在很虛弱，恐怕……」

「我看看。」斯科特走近小米，右手半垂在腰間。他伸出左手探明她頸動脈位置，小米抬起迷離雙眼看了他一眼，幼鹿般的眼神讓斯科特心頭一顫，但他並沒有猶豫，以難以看清的速度從背後掏出注射器，頂住小米頸部，扣動扳機。

「你在幹什麼！」陳開宗衝前一掌擊落斯科特的注射器。

小米驚恐地看著斯科特，掙扎著想要起身，但只是一秒，她腦袋一歪，整個身體便像章魚般癱軟在床。

「別擔心，只是神經抑制劑，為了安全起見。」

「去你的！」陳開宗憤怒地將他推開，「原來羅錦城說的都是真的！你這個貪得無厭的混蛋！」

「很抱歉，開宗。」斯科特露出歉疚表情，「這個世界比你所瞭解的要複雜得多，但願我以後有機會向你解釋清楚。」

「現在就告訴我！否則別想把小米帶出這間屋子！」

斯科特低下頭，似乎在認真地考慮陳開宗的建議。他輕輕嘆了一口氣，突然一個掃堂腿撩向下路，陳開宗應聲倒地。斯科特跨上他腰間，一隻鐵鉗般的手扼住他的咽喉，任憑他如何掙扎撲打，都如同機械臂般巋然不動。

陳開宗的臉漲得通紅，喉嚨中發出喀喀氣聲，他的手腳漸漸變得綿軟無力，像觸鬚般輕飄飄地拍在斯科特身上，又滑落地面。

他終於徹底不動了，雙眼像一對蒙上霧氣的淡水珍珠。

斯科特鬆開手，避開陳開宗的視線，再次說了聲對不起。他環抱起柔軟的小米，走出棚屋，將她橫放在杜卡迪的前座，發動引擎，輪胎在泥漿上劃出一道深長傷痕，伸向不可預知的方向。

19

這是個夢。小米告訴自己。**一切都不是真的**。

可又有什麼樣的夢能比眼前這一個更加瘋狂？

她看見自己走向大海，海水自動分開，讓出一條大道。她走在海水築成的巨大城牆間，城牆顏色從上到下逐漸加深，由湛藍到墨綠，兩側豎起幾百公尺，將天空擠成一條窄縫，大道伸向無盡遠方，有螢光紋路不斷變幻掠過，如同行駛於高速隧道中。愈是走近，她愈是訝異，並非只有一條中央大道，城牆上還密布著許多狹窄的岔路入口，蜿蜒著消失於暗處，似乎藏匿著未知的恐怖。小米不敢多停留半步，只是匆匆瞥過。

道路似乎沒有盡頭，直到她看見自己款款走來，猶如步入鏡中。

但她知道那不是鏡子。

兩個小米相視而立，表情僵硬，似乎都在揣摩對方的下一步舉動。直到其中一方露出狡黠微笑。

「我們還要繼續這個愚蠢的模仿遊戲嗎？」她說，「至少能證明鏡像神經元還沒被完全抑制。」

現在小米終於能夠確定對方是1，而自己便理所當然地成為對立面0。

「妳沒有阻止他，妳原本可以的！」小米0眼含憤怒。

「對不起親愛的，我當時很虛弱，況且……還被妳的小男友分了心。」

「閉嘴！」

「那是軍用型號，突破血腦屏障的速度太快了，我只來得及切斷一小部分突觸連接，保護意識核心，妳那軟弱的人類軀殼已經徹底罷工了。」

「還有什麼辦法？那個鬼佬到底想把我怎麼樣？」

「我已經加快腦部新陳代謝速率，希望能夠盡量恢復更多的片區，但妳也知道，ATP本來就所剩無幾，這是玩命的事兒。」小米1竟然也面露憂慮，「所幸，他想要的是我，所以應該不會殺妳。斯科特的舉動已經透過眼鏡被共用給其他兄弟姊妹，但願還來得及。」

「做為僥倖存活的寄生蟲，我是不是該對主子感恩戴德一番？」小米0控制不住自己的譏諷。

「妳弄錯了寶貝。妳，我，甚至整個人類，都是寄生蟲。」小米1淡然處之，「況且，活下來，未必就會比乾脆俐落地死掉更幸運，還記得那些猴子嗎，如果落入他們手裡，我們的下場可能比那還要糟糕千萬倍。」

小米0眼前飛速閃過血腥片段，她痛苦地抱住腦袋。

「妳究竟是什麼？」她從牙縫裡擠出這個困擾已久的難題。

「一場慢上百萬倍的核爆。億萬年間趨同進化的副產品。妳的第二人格和生命意外險。量子退相干時浮現的自由意志。我是偶然。我是必然。我是一個新的錯誤。我既是主宰又是奴隸，是獵人又是獵物。」另一個小米爆發出尖笑聲，比冰更冷，「我只是個開始。」

一種難以言喻的震撼讓小米0無法回應，所有抽象艱深的理念此刻卻恍如靈魂中的迴響，早已徹悟參透，只需要燈草一根，輕輕點破。

「可還有一件事，我始終沒想明白。」小米0皺起眉頭。

「嗯？」

「為何妳要大費周章地找到安那其之雲？只是為了建立垃圾人通道，同時切斷矽嶼網路嗎？這沒有道理。」

小米1眼中似乎閃過一絲微妙光亮。

就在那一瞬間，小米0知道了答案。被上傳到安那其之雲的海蒂・拉瑪意識模型。真的只是那麼簡單嗎？「一個人格備份？妳把自己的拷貝也藏在裡面暗度陳倉了？」

「妳確實變聰明了，這很好。」她微笑著，若有所思，「我也有個問題。羅錦城被洪水捲走時，妳感到痛苦，為什麼？」

「他很壞，可他還是個人，和我一樣的人。小時候媽媽常常跟我說，人……」

「人類，總是過分誇大後天文明教化的作用。」小米1接過她的話頭，「憐憫、同情、羞恥、公平……道德。它們早已被刻入你們的後扣帶皮層、額中回和顳上溝，前額葉皮層的背外側和腹內側，甚至遠早於人類的源頭，這些反應模式讓妳對其他個體的痛苦和恐懼感同身受。在漫長的進化中，這種生理基礎幫助人類克服或抑制了靈長目動物的種種習性——自私自利、群交亂倫、野蠻競爭……用血族關係和合作代替了衝突，將團結置於性欲之上，將道德置於力量之上。人類才得以做為一個物種生存壯大下去。

「但現代科技破壞了這種基礎。技術成癮者放任多巴胺摧毀腦中突觸連接，成為道德缺失的病人。有一個測試，受試者被要求或者選擇將一名重傷患扔下船，以解救其他人，或選擇不採取行動。所有大腦中道德情感區受損的患者都會選擇前者，而正常人則選擇不採取行動。他們將生命當作一場有限的零和博弈，必須分出勝負，哪怕犧牲他人的利益，乃至生命。這是一場行星尺度的瘟疫。

「矽嶼人，垃圾人，妳，都是病人。我之所以選擇這種方式，不過是想修好你們，讓遊戲繼續。」

小米0知道這並非真相的全部，但她還沒來得及繼續逼問，大海深處傳來低沉的轟鳴，如巨鯨歌唱，震耳欲聾。小米0心驚膽顫地看著城牆中蕩漾的波光，彷彿隨時可能崩塌，吞沒一切。

「發生了什麼？」她驚恐萬狀。

「好消息是，意識能量已經開始恢復流動。不那麼好的消息是，我們得趕緊離開這裡。」小米1吼道。

「怎麼離開？」小米0拚盡力氣喊回去。

「抓緊了！」小米1抓住她的手，雙腳離地，朝城牆的頂端飛去。

小米0心驚膽顫地望著漸露崢嶸的大海在腳下合攏，波濤翻湧，掀起數百公尺高的巨浪。她驀然發現，自己原先所在的位置，竟是兩個大腦半球的分界線，而那些幽深曲折的岔道，勾勒出皮層上複雜細密的褶皺。腦之海由凝固態逐漸融解，螢光流動速度加快，一片憤怒的沒有邊界的資訊汪洋。

而天空密布著陰暗條紋，由視野中心向兩側擴散，帶著虹彩樣的衍射效應。

「我們正在高速運動中，那是妳大腦中的導體顆粒切割地球磁感線所引發的視覺扭曲。」小米1解釋道，「得趕緊回到意識表層去，我已經聽到了呼喚。」

陳開宗如詐屍般高高彈起，隨著一聲痛苦綿長的嘶叫，空氣重新充滿他的肺部，他猛烈咳嗽著直至反胃，黏稠的唾液從口中垂落地面。他發現自己躺在露天的泥地裡，眼前站著一具面目猙獰的黑金剛，雨水不停地從濛濛亮的天空灑落。

「我看到小米共用的視野就趕過來了，可惜還是晚了一步。」李文從機械人背後出現，一臉心緒不寧，「幸好還來得及救你。」

陳開宗艱難地起身，步履不穩差點滑倒，李文扶住他。

「我們得趕緊追上，斯科特要把小米帶出境。」陳開宗喘著粗氣，「你知道怎麼追蹤他們嗎？」

「從矽嶼要出境只有一條路，出公海。我可以侵入鮀城海運局的調度中心，所有離港船隻的定位信號都需要經過那裡的資料樞紐與衛星對接，除非你老闆選擇盲開，在這種颱風天跟送死沒區別。」

「需要多長時間？」

「運氣好的話……二十分鐘。」李文猶疑著說。

「我們沒有二十分鐘！」陳開宗幾乎是吼了出來。

兩人無助地望向不同的方向，就像兩條喪家犬。

「操，我怎麼把這茬兒給忘了。」李文眼睛一亮，突然想起了什麼，「小米的貼膜！裡面有我親手安上的射頻發射器！」

陳開宗一愣，目光突然變得陰冷：「你的意思是……你一直在追蹤小米的方位？」

「理論上說……沒錯……」李文似乎已經猜到他想說什麼，心虛地補充道：「……我一直把她當成親妹妹，我想保護她……」

「親妹妹？你就是這麼保護自己親妹妹的嗎？」陳開宗逼近李文，火星像要濺出眼眶，他舉起拳頭又強忍著放下。「所以你什麼都知道，卻放任羅錦城把她綁走，又讓刀仔隨意糟蹋，差點要了她命？」

「那天晚上，我追蹤她的信號到了觀潮灘。可是太晚了。」李文低垂著臉，聲音輕得難以辨清，「我想錄下證據，做為要脅羅家的籌碼，可信號一直受到干擾。我衝過去救她，真的，可一直沒找到確切的位置。我太相信自己的計算了，沒想到他們下手那麼狠。那種感覺，就好像我親手把妹妹送上了屠場……真的，我沒辦法忍受再失去她。後來發生的事，就像一場噩夢。我找到了小米，把她抬了回來……」

「所以到頭來，你竟然成了刀仔的幫凶。」陳開宗冷笑一聲。

李文渾身一哆嗦，想起了妹妹的影片，他雙膝綿軟無力地跪倒在地，不斷重複著一句話：「……這是報應……」

「想想你的妹妹，想想那些人是怎麼對待她的。」陳開宗面無表情，盤腿席地而坐，任憑雨水澆溼全身。「再想想小米。希望這次我們不會太晚。」

李文的嘴角抽動了兩下，他沒有回話，只是戴上增強現實眼鏡，雙手在虛空中迅速飛舞，他將追蹤圖像共用給陳開宗的右眼。一幅矽嶼及周邊海域地圖浮現，一枚金色亮點離開碼頭，朝著海面快速移動。

「他們確實是向著公海的方向去，我們沒有船，怎麼追得上？」李文懊喪著臉。

「那是什麼？」陳開宗標識出一道銀白色的齊整曲線，橫跨鮀城與矽嶼之間的海域，是金色亮點軌跡必經之地。

「跨海大橋！」李文迅速地估算兩條線路的距離及各自所需時間，「你是對的，我們還有機會！」

「可我們沒有車，怎麼到橋上去？」陳開宗望著廢墟般的大地，積水、殘骸和垃圾如同潰爛的皮膚，難以穿行。

「我們有比車更棒的玩意兒。」李文咧嘴一笑，手指飛舞，這是小米留給他的禮物，一個完全敞開的外骨骼機器人操控介面，甚至比原裝的還要好用。機械裝甲鏗鏘作響，軀體折疊前傾，雙腿收縮打開內置履帶，姿勢宛如一部迅猛龍式裝甲越野車。他縱身輕巧鑽進控制室，又伸出機械臂讓陳開宗坐上肩部。

「抓牢了，這傢伙比看上去要跑得快一些！」李文喊起來，「你試試接通小米，我們需要她的配合！」

陳開宗瞪了他一眼，他也許永遠都無法諒解李文，但此刻小米危在旦夕，他心中已經塞不下任何多餘的怒火，他需要這個幫手。

黑色裝甲車咆哮起來，帶著金屬摩擦咬合的聲響，破開黑暗，朝著魚肚白的天邊疾馳而去。

斯科特緊張地把著沉甸甸的舵，前舷窗的雨刮器有些失靈，雨水像是直接用桶潑在玻璃上，視野一片朦朧。颱風「蝴蝶」的風眼剛剛掠過矽嶼本島，正在穿越面前的這片海域，最終將在鮀城登陸，並減弱為熱帶氣旋。這正是斯科特無法切換為自動導航的關鍵原因。

他扭頭看了一眼的小米，被安全帶固定在座椅上，臉色蒼白，沒有半絲甦醒跡象。這艘輕型玻璃鋼快艇在風浪交襲下猛烈顛簸，任何意識清醒的人都難免暈眩、嘔吐甚至交感神經紊亂，從這點上看，小米確實是名幸運的乘客。

一切終將有個了結。斯科特心想，他曾在腦中虛擬沙盤反覆推演所有可能發生的情況，步步謹慎，穩紮穩打，卻終究棋差一著，無法全身而退。環環相扣的正確步驟如何推導出錯誤答案？他想不通，或許正如矽嶼人所說，一切都是命中註定。

羅錦城不再是他的脆弱盟友，陳開宗也不再是他的忠誠下屬，惠睿、SBT甚至荒潮基金會都不再是他的庇護所。

他需要更大的舞臺，才對得起這小小船艙裡的大發現。**人的歷史即將結束**。他早已在心底擬好宣傳語。公海上等候的款冬商船，便是通往嶄新篇章的第一塊跳板。

南西。不知為何，死去女兒的面孔在他眼前揮之不去，令斯科特備感憂傷，彷彿這一切的一切，僅僅是為擺脫罪疚所做的徒勞無功，終將化為虛無。他用力搖頭，知道這只是良知為維持人格的邏輯性尋找藉口。

這對小米同樣是好的。他反覆對自己強調，我們有最好的醫生，最好的設備，最好的環境，我沒有撒謊。我們曾經有過不人道的行為，但那是歷史，是戰爭時期的非常舉措，現在是二十一世紀，是盛世，沒有任何必要再用那些野蠻、殘忍、血淋淋的手段對待實驗品，何況在她的身上，在她的大腦裡，藏著整個人類的未來。我們會讓她過得很開心，非常開心。

萬一她不是個錯誤呢？斯科特的心臟慌亂地略過一拍，病態的想像力開始不受控制地瘋長。

萬一她是個全新的造物呢？上帝按照自己的模樣創造人類，人類探究世間萬物的祕密，發明理論，創造科技。

人類寄望於造出更接近自己的造物，讓科技模仿生命，不斷進化，力圖接近金字塔的頂點，而人類卻輕易地將自己全盤託付給科技，退縮為坐享其成的寄生物，停滯前進的步伐。

某種無法察覺的力量，帶著人類尚不能知悉的意圖，將所有嚴絲合縫的環節偽裝成一場不可能的意外，或許這樣的意外每天都在發生，在這顆行星任何一個不為人知的偏遠落後角落，孵化著成千上萬類似小米的雛形。生命是個巨大的黑盒子，在山窮水盡之處總能找到新的出路，延續向更高處盤旋上升的輪迴。

一種跨越生物與機器界限的新生命。人的歷史即將結束。

可誰是她的造物主？斯科特不由打了個寒噤，似乎有雙眼睛從背後盯著他，他猛地回頭，眼前卻只有昏迷不醒的小米。

船身在狂風中劇烈晃動，斯科特不得已放慢了速度，怕會被浪頭打翻。眼下最理智的做法便是等著颱風吹過，海面稍微平靜後再上路，可他怕夜長夢多，等不及了。

一道灰白色細線出現在昏暗半空，橫穿整個海面，船身起伏，它卻懸然不動。隨著距離縮短，斯科特終於確定那是一座人造建築，從風雨迷霧中露出白色象足般的巨型橋墩。

冷風像刀子般刮擦著陳開宗的臉頰，景物邊緣模糊，快速向後退去。颱風蹂躪過的矽嶼有如《神曲》中的地獄景象，悲河、幽冥、暴雨、滾石、沼澤、燃墓、火河、血池、十壕、四圈……他的右眼視野中出現巨大半透明生物，在廢墟上空逡巡悲鳴，那是貪欲之狼、野心之獅和逸樂之豹，耶路撒冷黑暗森林中的守護獸。

陳開宗無法理解它們出現的深意，某種擬態動物程式，他甚至不知該如何關閉這項功能。這是一隻全新的眼睛，小米賜予的眼睛。想到這裡，他開始心慌。

他不知疲倦地通過垃圾人網路呼喚小米，如同石落深潭，激不起一絲迴響。

裝甲車形態的機械人在崎嶇路面上靈活擺動，避開折斷的樹木，劃破沉積的水窪，它顛簸顫抖著，速度卻沒有絲毫下降。

東方的天色變得微薄，彷彿雲層正在散開，一團淡粉色的火焰在濃如凝乳的白色屏風後燃燒，像隨時都會熄滅，或者破殼而出。

那條銀灰色的大橋初露端倪。

陳開宗堅信小米就在那裡，等著自己。他深情地重複著那個名字，如同拳頭一次次砸在緊閉的大門上，卻沒有人出來應答。

機械人駛上空蕩蕩的大橋，開始提速，橋的一側已經放晴，而另一側卻仍被籠罩在一團灰色雨霧中。

「她來了！」李文在控制室中迎風呼喊。

陳開宗望向迷濛的海面，試圖從中分辨出點什麼，一條白線慢慢延長，在深色海面上畫出一道不完整的圓弧，往他們前方數百公尺遠的橋下方接去。

「我們趕不上了！」李文號叫起來。

陳開宗將右眼焦距拉到極限，試圖從船艙中尋找小米的蹤跡，彷彿這樣會有助於接通她的意識。

他看到了若隱若現的熟悉身影，在虛實間變幻不定，輪廓碎裂成細微顆粒，下一秒又重新組合，恢復堅實質感，恍如薛丁格的貓。

他想起陳氏族長講述的潮占祕史，海水中痛苦掙扎的生靈，界於生死之間的臨界狀態。觀潮者知天下，可他只想看清小米的面容。

小米！橋！陳開宗絕望地做著最後努力，他知道，如果無法在這轉瞬即逝的交會處阻止斯科特，等船駛出公海，一切便再也沒有挽回的餘地。

小米！把船停下！

他似乎覺察到了什麼，在這緊要關頭，扭頭望向橋的另一個方向，厚重雲層破開缺口，金色朝陽如地毯般沿著海平面鋪就一條燦爛大道，閃爍著細密的褶皺質感。他看見一條早已滅絕的寬吻海豚高高躍出海面，在半空中劃出完美弧線，背部閃耀神祕金光，一種令人窒息的美感。

他知道那不是真的，海豚消失了，金光也消失了。他不知道這種幻象象徵著什麼。

陳開宗在李文的叫嚷聲中回過頭來，看見那道白色弧線正破開海面，即將穿越由橋墩構成的巨大白色拱門。

20

斯科特手中的舵盤突然變成附滿藤壺的礁石，沉重僵死，他驚恐地看著儀表板閃爍，切換為自動駕駛模式，船頭輕巧地甩過一個角度，朝著橋墩衝去，速度沒有絲毫減緩。

巨大堅硬的白色物體在前舷窗中迅速擴大，撲向斯科特眼前，他呢喃著幾個沒有意義的單詞，下意識地將雙臂交叉環在頭前。快艇幾乎以直角插向橋墩，發出懾人魂魄的巨大金屬撞擊聲，扭曲艇頭被強勁衝力抬起，沿著橋墩方向指向半空，又在重力作用下回落，翻滾，重重砸向水面，船底朝上，像條被炸死的河豚。

斯科特從轟鳴中醒來，最後關頭的保護動作讓他免於喪命，代價是雙臂插滿玻璃碎片且右側肩部脫臼，他試圖聚焦模糊視野，發現那個全人類的寶藏被座椅安全帶捆綁著，此刻正腦袋向下，倒扎在水中。

他忍住劇痛游了過去，將小米的頭部頂出水面，同時解開安全帶扣，女孩的身體綿軟無力地滑入海水，重量拽著斯科特往下沉去。

「不！別死！別死在這裡！」斯科特喉嚨中發出痛苦嘶吼，南西漂浮在水中的蒼白面孔再次掠過，他將小米倒置於膝上，按壓背部，擠出呼吸道的積水，他將她翻過來，捏住鼻孔，打開口腔，以一．五秒的間隔頻率往裡吹氣。

「別死！別……」他苦苦哀求著，帶著哭腔，他拖過折斷的桌板，固定住小米的身體，雙掌外翻，十指交錯，用力按壓她的胸骨，胸廓失去壓力後緩慢抬起，卻仍然沒有心跳。

「別他媽的這麼對我……」斯科特哽咽失控，拳頭一下下砸在自己手背上，發出沉悶聲響，將力道傳入小米胸腔，「求求妳……」

他突然停頓，似乎聽見了地底下暗流湧動的水聲。

小米突然吐出大口海水，隨即猛烈地咳嗽起來，她那曲線平緩的胸部開始溫柔起伏，原本蒼白的面孔也恢復幾分血色。

斯科特露出複雜表情，半是欣喜，半是惶恐，他知道，現在需要動用最後一件法寶了。

「操！操！操！」李文不住地高聲咒罵著，機械人一個急停，將橋邊的金屬護欄撞出一個鈍角。

「她聽見了，她聽見了……」陳開宗跳下橋面，與李文一起從大橋邊緣探出腦袋，巨大橋墩筆直地伸向遙遠海面，有種令人難以忍受的恐懼感，那艘快艇的白色肚皮，便在橋墩底部不遠處漂浮著，沒有倖存者出現。

「我們得下去，我得下去救她！」陳開宗望向李文，後者臉上露出驚恐神情。

「我懼高，每次從高處看下去，就會有一群螞蟻在啃我的卵蛋，我，我幹不了……」

「慫卵！」陳開宗吐了口唾沫，再次望向海面，心頭一陣發緊，他的右眼開始工作，計算出距離、風力，以及人體拍落海面時的相對速度，閃爍紅色警告信號，「沒法跳，太高了，會摔死的，如果再低個……十公尺，不，八公尺就可以了！」

李文皺眉沉思，隨即眼睛一亮：「哥們兒，跳水我不在行，可這玩意兒是我強項。」

陳開宗抱住機械人的鐵拳，在寒風中伸出橋面，懸在半空，他努力控制自己不往下看，溼冷空氣像一層冰貼著皮膚，激起一片雞皮疙瘩。鐵拳脫開機械臂，由鋼索牽引著緩緩下放，將陳開宗沉降到稍微接近海面的位置。

「還不夠低，繼續！」陳開宗高喊著，忍住眩暈。

鋼索摩擦齒輪發出金屬顆粒聲，終於猛地一緊，停住了。

「到頭了！」上方傳來李文的聲音。

「還不夠，還差一點！」陳開宗緊緊抱住鐵拳，在風力作用下開始旋轉、擺晃，他用力吞嚥口水，試圖減輕自己的緊張情緒。

「你抱緊了！」李文的聲音消失了。

鐵拳猛地一顫，往下一沉，陳開宗幾乎是本能地閉上雙眼，扣住雙臂。李文將整個機械人軀體放平，壓在護欄上，這樣機械臂的長度也加上了。

「再來點！」陳開宗右眼顯示，距離安全範圍只有三十公分。

「操你媽——」李文遙遠地咒罵著。

鐵拳再次一沉。李文已經把機械人的身體探出到極限，它的雙腿在槓桿作用下被撬離地面，只要再往前多挪一寸，整架鋼鐵之軀便會進入自由落體狀態。控制室裡可沒有配備安全氣囊。

陳開宗右眼中的紅色標誌終於變成綠色，他深吸一口氣，隨著鐵拳在空中劃出的軌跡，望向海面，尋找最佳時機，他可不想撞上橋墩，或者一頭撞上礁石，右眼忙碌地計算著水深和入水角度，海水被劃分為小片區域，疊加上不同顏色，幫助他做出判斷。

就現在！他鬆手，躍出，像一名真正的跳水運動員般，調整姿態，雙手合攏放於頭頂，全身繃成一條直線。機械人失去了部分重量，雙腳重新落地，發出金屬刮響。

陳開宗像一根箭直直地射入水面，激起一簇白色浪花。過了幾秒，他的身影如大魚緩慢浮現，破水而出，大口呼吸著寶貴的空氣，稍事喘息後，隨即揮動雙臂，朝失事快艇方向游去。

橋面上傳來李文微弱的歡呼聲。

「我說別過來！」斯科特用一把造型奇特的槍頂住小米的後腦，警告陳開宗，「我要一艘船，現在！」

「放鬆，斯科特。」陳開宗在灌了水的反轉船艙中尋找穩妥落腳點，「別傷害她，我答應你，我會給你一條船，只是別傷害她，好嗎？」

「你知道嗎？這世上只有我能救她，沒人可以。可惜你不信，沒人相信。現在我感覺無論如何這把槍都會派上用場，這就是它被造出來的意義。」斯科特突然露出怪異笑容，「超微型電磁脈衝槍，功率不大，但足以燒毀你女朋友腦子裡的電路。如果我得不到她，沒人可以！所以，別跟我耍花招！」

「你不會的，斯科特，」陳開宗望著他，「相信我，你不是個壞人。」

斯科特身體搖晃了一下，像是被這句話戳中了某個痛處，可他已經無路可退。

小米面露驚恐，身體被斯科特脫臼的右臂彎卡在半空，虛弱搖晃，她看著赤手空拳的陳開宗，用眼神示意他不要輕舉妄動。另一把聲音開始從她腦海中浮現。

心臟。小米1輕聲說。**我會接管他的心臟**。

小米眼睛微閉，眼瞼快速顫動，她的意識觸鬚穿透身後男人的胸腔，鑽入那具精巧方匣，用於同步資料的通訊協定被輕易破解，她附身於這部本用於救死扶傷的心律調節器，彷彿將斯科特的殘缺心臟握於手中。

她讓斯科特心跳異常加速，那個脆弱的器官如通電水泵般突突運轉，收縮、舒張、收縮、舒張……血液沿著血管向全身奔湧，如同潮水般擾亂他身體的機能。

斯科特臉色一變，額頭冒出冷汗，他試圖強撐下去，等待心律調節器發揮作用，他不知道那正是問題的根源。一陣刺痛襲來，如鋼針扎入他身體深處。他身上的力氣霎時消失，不得不鬆開小米，用拿槍的手捂住胸前，倚在船壁，不住大口喘息。他的呼吸開始急促顫動，眼神中充滿絕望。

「南西，」他說。「南西。」

陳開宗拉過小米，將她藏到自己身後。他試探著接近斯科特，從他鬆脫無力的指間取下電磁脈衝槍，如同取走一個有毒的蘋果。

小米突然遏止斯科特的心跳，血液喪失了動力，停止循環，氧分消耗，轉為酸性。那是死亡的味道。

斯科特感到耳後一陣寒意，似乎有超自然力量降臨於這狹仄船艙，附著於他背後，他扭頭看去，只有冰冷鋼壁。他的身體開始不住抽搐，喉嚨中發出痙攣聲響，如同一條將被溺死的狗。他似乎低頭在尋找什麼，口中重複無聲念白，終於失去平衡，跌倒在海水中，蒼白面孔浮出，如同大理石雕塑，凝視著空無一物。

陳開宗聽懂了他的臨終獨白，他說，對不起。

夠了。小米0心頭湧起一陣厭惡。**我說夠了**。

你的人類軟弱終有一天會害死自己。小米1重又隱沒於黑暗中。

小米0如堅冰般保持長久沉默。她知道時候到了。

陳開宗將小米緊緊擁入懷中，兩具瑟瑟發抖的潮溼身體緊貼彼此，傳遞殘存的溫度。他們久久深吻，貪婪地品嘗對方的嘴唇與舌尖，彷彿是在這世間的最後一吻。船艙裡的水已經沒過兩人的腰間，帶著鹹腥的味道。

「我們快離開這裡！船就要沉了！」陳開宗拉起小米，她卻沒有動。

小米抬起陳開宗手中的槍，對準自己腦袋，她說：「開槍。」

「妳瘋了嗎？」陳開宗簡直無法相信自己的耳朵，「為什麼？」

「我已經不是你認識的那個小米，我殺了很多人……」小米的表情劇烈扭曲著，似乎在與內心潛藏的另一個自我交戰，「……我不想變成怪物，我不想殺人，我不想被當成實驗品……」

「那不是妳，不是妳。小米，我們會有辦法的，相信我……」陳開宗想奪下電磁槍，卻發現槍紋絲不動，眼前這個看似隨時會崩潰的女孩竟有著驚人的臂力。

「你不明白！」小米帶著哭腔吼道。

陳開宗的右眼被一連串圖像擊中，快速掠過，荒潮計畫中的實驗者，被撕成碎片的黑猩猩，戰場上的硝煙和屍體，城市的十萬塊碎片，潮水般湧出監牢的犯人，瘋狂追尾碰撞的車龍，在殘骸間驚惶爬行的流血路人……圖像交疊得越來越快，混合成刺眼的光球，燒灼得陳開宗眼窩發燙，無法直視。

「快動手！趁她還沒恢復！」小米身體痙攣顫動，彷彿傀儡用盡全力對抗著無形的絲線，她突然表情一變，從喉嚨中迸出粗糙沙啞的怒吼，「你敢動我就殺了她，然後殺了你！殺了所有人！」

陳開宗的右眼如同滾燙的煤球，深嵌頭顱，他感覺自己的神經在燃燒，一寸寸地化為灰炭，他聞見燒焦的味道，一百萬把小號和一億隻金絲雀在腦中同時鳴響，那顆眼球似乎一枚隨時可能引爆的炸彈，在不安地顫動著。

「我不能……我不能殺死妳……」陳開宗痛苦地嘶叫著，跪倒在海水裡，他的眼周皮膚開始變紅、起泡、燃燒，碎片滴落海水，發出滋滋響聲，化為白煙。巨大的疼痛如同一把開足馬力的電鑽，從太陽穴死死釘入他的顱骨。

有那麼一瞬間，所有的痛苦和噪音突然消失了，陳開宗彷彿飄浮於一片甜美寧靜的真空中，他想起了與小米躺在觀潮灘上仰望星空的那個夜晚。但瞬間之後，痛苦加倍返還，如潮水般將他僅存的意志淹沒。

「你殺不死我！你殺不死我！」小米竹葉般的聲線和惡魔的咆哮交疊在一起，如同奇妙的二重奏，彼此糾纏，相互壓制，「我只是個開始！只是個開……」

聲音戛然而止。

陳開宗的手臂在半空中不停顫抖，他終於扣動扳機，似乎什麼事情都沒有發生。

快艇的儀表板突然猛烈閃爍，從所有縫隙中迸射出奪目火花，如同一場盛大的狂歡宴會，電子汽笛尖嘯，刺破船艙，漸弱，最終歸於死寂，所有發光的零件同時暗下，像一頭巨獸用盡生命中最後一絲力氣來展示自己的存在。

小米的臉上凝固著驚異表情，似乎不相信發生的一切，她伸出手指，竭力去觸碰陳開宗變形的右眼，手臂在空氣中劇烈抖動著，但終究沒有成功，只是僵直著身體向後倒去，拍入水中，掀起浪湧。

槍從陳開宗手中滑落，他蹚過積水，抱起小米毫無知覺的身體，潛入水中，過熱的右眼在海水中劈啪作響，短路，光亮消失，帶來錐心疼痛，他靠著剩下的肉眼尋找出口，鑽出船艙，破開波光粼粼的海面，奮力游向橋墩。

在他身後，快艇兩側冒出氣泡，白色船腹如冰山融化，帶著斯科特的野心，最終沉入海中，攪起不規則漩渦。減弱成熱帶氣旋的颱風「蝴蝶」吹往鮀城，矽嶼海面恢復一片寧靜，像是什麼也沒有發生過。

尾聲

又是一個七月，阿留申群島以南海域在低壓槽控制下，飄起濃濃海霧，經月不散，向西綿延至千島群島，在那裡，發源於白令海峽的親潮寒流南下，在北緯四十度以北海域與北上黑潮暖流交匯，向東奔流而去。

一名男子站在「克洛索」(Clotho)號科學考察船的駕駛艙內，望向蒼茫海面，他的右眼側皮膚帶有燒灼傷疤，只需簡單整形手術便可修復如初，可他似乎並不在意。

「陳先生，來一杯茶嗎？」船長威廉・卡岑伯格端著香濃咖啡出現在他身旁。

「謝了，我自己來吧。」陳開宗朝他微笑示好，「您見過這麼大的霧嗎？」

「噢，當然，就像每天的下午茶。所以年輕人，只要你活得夠長，就會喪失許多樂趣，像我這把年紀，已經很難有什麼激動人心的新鮮事了。」

「對此我持保留意見，威廉。如果一年前……」陳開宗突然停下。

「一年前怎麼了，陳先生？」威廉迷惑地順著他的目光望去，除了乳白色霧氣，一無所獲。

「噢，沒什麼。」陳開宗引開話題，船長心領神會地講起阿留申群島的藍狐。

金色海豚。陳開宗思忖著。

一年前的事故讓他再次變成半瞎，他拒絕了醫生更換電子義眼的建議，花了更高的價錢修復器件，在他的堅持下，這隻右眼保留了高溫造成的光線成像瑕疵，桶狀變形及略偏黃綠的色差。一套矽嶼風格的濾鏡，一種屬於小米的色彩，一份殘缺的美。他希望能夠永遠記住發生過的一切，就像臉上留下的傷疤。

惠睿與矽嶼政府簽訂協定，開始為期三年的循環經濟工業園區建設，由於羅家掌門人突然亡故，專案推進阻力驟減，林逸裕說服林家不再倚仗政府關係干預市場，與陳氏宗族平起平坐，成為公平競爭的兩大股東，推動整個矽嶼垃圾處理勞工人員的企業化管理、自由流動以及保障體系的健全。

他還記得翁鎮長在簽約儀式上慷慨激昂的陳詞，創建多贏格局，開拓矽嶼的嶄新未來。

在颱風中英勇救人的垃圾工人受到嘉獎。由於在颱風期間強制斷網，導致矽嶼重大人身財產損失，當局在媒體猛烈抨擊下同意檢討網路監管條例。惠睿成立專門基金會，從利潤中拿出部分用於救助在垃圾處理過程中健康受損的外來工人。小米是基金會的首位受助者。

小米。陳開宗胸口一陣揪痛，他永遠忘不了最後一次與小米見面的情形。

那是一個昏黃的午後，他走入看護中心的特殊病房，小米坐在輪椅上，背對著他，望著窗外的綠葉。陳開宗走到她面前，蹲下，仔細端詳那張木然的臉，輕輕呼喚她的名字，用那根扣動扳機的手指撫過她的長髮。小米望著他，如同望著任何一件沒有生命的物品，一些東西已經從她眼神中被永遠抹去，如同被抽走靈魂的軀殼。她張了張嘴巴，沒有聲音，沒有表情，像部被重置到出廠狀態的機器。

醫生說，她運氣真好，電磁脈衝穿透大腦的瞬間，所有金屬微粒周圍的腦神經組織被高溫燒毀，但由於時間僅維持了數個微秒，因此沒有危及生命，同時將損傷降到最低。小米腦中的定時炸彈被以這種地毯式爆破掃雷的方式拆除，但她的邏輯思維、情感處理及記憶能力退化已不可逆轉，目前僅有三歲小孩的水準。

還有希望，醫生放低了聲音，我們在試用一些你們提供的臨床試驗藥物，但是需要耐心，很多很多的耐心。

「荒潮」計畫的遺產。陳開宗知道，歷史總喜歡開一些病態的玩笑。

陳開宗輕輕地在小米額頭一吻，小米嘴中發出動物般的嘟囔聲，眼中似乎閃過一點光亮，隨即消失。他站起身，走出房門，沒有回頭。他不敢回頭。他怕自己想要留下來，守候那份遙不可及的希望。這份希望也許會摧毀兩人之間最後僅存的那點美好。陳開宗清楚，自己並不是任何人的英雄，他拯救不了小米。

「嘿，開宗，看看我們找到了什麼！」從側甲板傳來副手興奮的叫嚷，陳開宗從回憶中抽離，沿著舷梯衝上溼滑甲板，幾名隊員正端詳著從海面撈上來的怪異物體。

一部簡陋但巧妙的機器，像朵金屬和塑膠嫁接成的蓮花。

副手演示著它的運作原理。正常狀態下漂浮於海面，在水下伸出一根ＬＥＤ發光軟管，隨著波浪輕輕擺動，吸引魚類靠近，當有生命物體進入感應範圍內時，感應器啟動類似捕鼠夾的裝置擒住獵物，避免垃圾等漂浮物觸發機關，被擒魚類隨著重力翻轉到水面蓮花中心，發送可定位信號，等待漁人收穫。

完美的模擬器。陳開宗讚嘆著，想起在下隴村看見的那隻義肢斷手。

「夥計們，打起精神，那玩意兒一定就在附近！」陳開宗一個呼哨發出指示，所有人都匆忙回到位置。

「陳先生，恕我多嘴，從加利福尼亞西岸一路到這裡，你們到底在找些什麼？」船長臉上寫滿好奇。

「你會看見的，威廉，而且我先提醒你，到時別激動過了頭。」

矽嶼之後，陳開宗辭去惠睿工作，四處遊歷，疲憊後回到波士頓，為一些小的網路媒體撰寫時評。這是一個不需要歷史學家的時代，社交網路、流媒體和即時計算的歷史資料服務可以提供更加深入、易懂且量化的分析報告。從某種意義上講，歷史已經結束了，做為一種帶有不確定性的可供敘事的技藝已經永遠消失了。陳開宗甚至萌發寫信給母校校長辦公室建議取消歷史這門學科的衝動。

他以平靜口吻向父母講述了矽嶼上發生的故事，當然，僅限於允許被講述的部分。這麼多年來，他第一次擁抱了父親，父親用力拍了拍他的後背，像是達成了某種微妙的默契。

陳開宗自認為內心的某種衝動已經消失。他曾經以為自己能夠改變什麼，現在他明白，這種想法不過是個幻覺，世界從來沒有停止過改變，卻也從來不會為了誰而改變。

他還記得向陳氏族長告別時，老者給他的臨別贈言。

人總自以為是弄潮兒，到頭來不過是隨波逐流。

直到他接到來自香港的陌生通話請求。

對方自稱何趙淑怡，款冬環保組織的專案負責人，她對陳開宗的背景深表興趣，尤其提到在矽嶼惠睿專案中的相關經歷。她樂意提供一個不同尋常的工作機會。

一個改變世界的機會，她說。

陳開宗在電話這邊輕輕搖頭，露出苦澀微笑。

每年有數以億噸計的垃圾從全世界的沿海城市未經處理排入海洋，這些不可分解的垃圾順著洋流做環球旅行，在旅途中互相吸引、融合、發生作用，甚至自行組織生長成巨大的島嶼，成為航線上的隱患。款冬一直在密切追蹤這些垃圾島的動態，他們通過RFID技術，建立了全球主要垃圾島的漂流路線圖，免費提供給航運公司做為參考，有備無患。

但終究還是得有人為此買單。那個幹練的亞裔女子笑笑說，我們在追捕幾條大魚，有一些奇怪的事情正在發生。比如垃圾島上空難以置信的閃電頻次。我們需要你，也許那裡的人也需要你。

那上面有人？陳開宗記得自己的第一反應。

我們不知道。但可以肯定的是，那裡不是火星。

陳開宗又回到了海上，那種無休止的搖晃令人作嘔，卻又有別樣的成癮依賴。那些垃圾島並非一味隨波逐流，它們利用洋流效應玩出複雜花樣，似乎洞悉了款冬的意圖，一場貓捉老鼠的遊戲。他們只有疲於奔命，從總部傳來的指令朝令夕改，似乎任何風吹草動都會引起高層的無限猜想，乃至將邏輯鏈條推演至不可思議的境地。

陳開宗時常躺在甲板上仰望星空，隨著波浪溫柔起伏沉入夢鄉，每當瀕臨夢與醒的邊界，便會有奇妙幻覺侵入他的右眼，彷彿有巨大瞳孔從宇宙中驚鴻一瞥，目光清澈，浸透他的整副靈肉，帶他飛升至另一層極樂世界。就像是小米的目光。

我只是個開始。

每當記起小米說出的最後臺詞，便會有一絲刺骨寒意蔓爬他的全身，像是無法治癒的過敏。

離開矽嶼前，他還特地去看望了羅子鑫，羅錦城最小的兒子，除了一口標準得略顯怪異的普通話，那個男孩與周圍的矽嶼本地奴仔沒有任何區別，在操場上嬉鬧成一片。只是偶爾他會停下，呆呆地盯著空無一物的前方，若有所思。

陳開宗會在不經意間幻想與小米再次相逢的場景，甚至精細入微到季節、光線、溫度、植物種類、衣物質地、彼此神情、鳥兒的鳴叫以及第一句對白，然後重溫舊夢，像一對普通人那般，結婚生子、為所有無足輕重的瑣事爭吵、互相傷害、彼此厭倦、最終分開或者白頭偕老。但他清楚知道，至少在這個現實世界裡，他們再也不會相見。

海面的濃霧似乎顏色稍深，如旋轉的牛奶中滴入可可脂，不均勻地化開。陳開宗爬上船頭，看著那巨大輪廓如怪獸般從霧氣中浮現，逐漸堅實清晰，帶著震懾人心的壓迫感，天空中開始閃爍不安的藍白色弧光。一座垃圾之島。

是時候靠岸了，他對自己說。

奇炫館

荒潮（Waste Tide）

著　者／陳楸帆
發行人／黃鎮隆
總經理／陳君平
經　理／洪琇菁
總編輯／呂尚燁
執行編輯／丁玉霈
美術監製／沙雲佩
美術編輯／陳聖義
企劃宣傳／邱小祐、劉宜蓉
國際版權／黃令歡、梁名儀
文字校對／施亞蒨
內文排版／謝青秀

出　版／城邦文化事業股份有限公司　尖端出版
台北市中山區民生東路二段一四一號十樓
電話：（〇二）二五〇〇—七六〇〇
傳真：（〇二）二五〇〇—二六八三
E-mail：7novels@mail2.spp.com.tw
發　行／英屬蓋曼群島商家庭傳媒股份有限公司城邦分公司　尖端出版
台北市中山區民生東路二段一四一號十樓
電話：（〇二）二五〇〇—七六〇〇（代表號）
傳真：（〇二）二五〇〇—一九七九
中彰投以北經銷／楨彥有限公司（含宜花東）
電話：（〇二）八九一九—三三六九
傳真：（〇二）八九一四—五五二四
雲嘉經銷／威信圖書有限公司　嘉義公司
電話：（〇五）二三三—三八五二
傳真：（〇二）二三三—三八六三
客服專線：〇八〇〇—〇二八—〇二八
南部經銷／威信圖書有限公司　高雄公司
電話：（〇七）三七三—〇〇七九
傳真：（〇七）三七三—〇〇八七
香港經銷／城邦（香港）出版集團有限公司
香港灣仔駱克道一九三號東超商業中心1樓
電話：（八五二）二五〇八—六二三一
傳真：（八五二）二五七八—九三三七
E-mail：hkcite@biznetvigator.com
新馬經銷／城邦（馬新）出版集團Cite（M）Sdn. Bhd.
E-mail：cite@cite.com.my
法律顧問／王子文律師　元禾法律事務所
台北市羅斯福路三段三十七號十五樓
二〇二一年五月一版一刷

■中文版■

郵購注意事項：
1. 填妥劃撥單資料：帳號：50003021戶名：英屬蓋曼群島商家庭傳媒(股)公司城邦分公司。2. 通信欄內註明訂購書名與冊數。3. 劃撥金額低於500元，請加附掛號郵資50元。如劃撥日起 10～14日，仍未收到書時，請洽劃撥組。劃撥專線TEL：(03) 312-4212 ・ FAX：(03) 322-4621。E-mail：marketing@spp.com.tw

國家圖書館出版品預行編目(CIP)資料

荒潮 / 陳楸帆作. -- 一版. -- 臺北市：城邦文化事業股份有限公司 尖端出版, 2021. 05
面； 公分
Waste Tide
ISBN 978-957-10-9732-9（平裝）

857.83 110003052